THE CLEAN CODE

설혜원 미스터리 소설

지금이책

차례

클린 코드

어디서부터 잘못된 걸까. 추지혜는 멍하니 눈앞을 보며 떠올렸다. 이 배에 올라탈 때만 해도 꿈같은 기회를 잡은 거라고 생각했다. 각계 명사들만 초대되는 전문인들의 파티 로열 소사이어티. 주최측에서 보내온 황금빛 초대장을 손에 거머쥐었을 때 그 짜릿함이란. 로펌의 대표를 대신해 그녀의 수행비서 겸 직속 변호사인 선우와 함께 승선했을 때 그녀는 이 3박 4일의 꿈을 제대로 누려보리라 결심했었다.

13층 높이의 객실과 돔형 루프탑 수영장, 바다가 내려다보이는 스파와 호텔식 뷔페 레스토랑까지, 선상에서의 이틀은 그야말로 완벽 그 자체였다. 선원 복장의 승무원들도 친절했고 TV에서 보던 유명인을 마주치기도 했다. 사교를 위한 저녁 만찬의 사회자가 KBS 아나운서 한이수라는 사실은 이 모임의 품격을 더욱 높여주는 듯했다.

루프탑을 열어젖힌 하늘을 새떼들이 가로지르는 모습을 보며 수영을 할 때는 하선할 때가 오지 않았으면 좋겠다고 생각하기도 했다. 아주 달콤한 꿈 가운데 있는 것처럼 느껴졌기 때문이다. 이곳에서 깨어나기 전까지는.

―배심원단의 평결을 앞두고 피고들이 변론할 차례입니다. 피고 강도현과 추지혜, 두 분은 변론 준비를 해주시기 바랍니다.

스피커에서 울리는 감정 없는 여자의 아나운싱이 추지혜를 현재로 되돌렸다. 지금, 이곳은 구름 위를 거니는 듯한 꿈에서 가장 멀리 떨어져 있는 지하 444층의 지옥이다. 이 지옥의 수감자들에겐 어떤 자유도 허락되지 않은 채 안내 음성의 명령에 따라 자녀들의 목숨을 구걸해야 한다.

―강도현 씨부터 변론을 시작합니다. 피고 강도현 씨는 가운데로 나와 주십시오.

안경 쓴 중년 남자가 무대 가운데 서자 하얀 스포트라이트가 번쩍 눈 시리게 쏟아졌다.

프롤로그 : 암전과 페이드인

처음 이곳에서 눈을 떴을 땐 아무것도 보이지 않았다. 눈을 뜬 건지 감은 건지도 알 수 없는 어둠뿐, 기척과 숨소리를 통해 방 안에 선우 말고 다른 사람이 있다는 것을 안 추지혜는 날카롭게 소리 질렀다.

"누구야!"

다른 사람들의 반응도 그녀와 다르지 않았다.

"여, 여긴 내가 잠든 객실이 아니야. 당신들 뭐요?"

"빨리 불을 켜!"

들려오는 목소리들을 통해 자신 말고 세 사람도 자신과 같이, 잠든 곳과는 다른 공간에서 막 깨어난 상태라는 걸 알 수 있었다. 방 안의 사람들은 벽을 더듬으며 스위치를 찾았지만 벽은 매끈할 뿐 조명 스위치도 문도 없었다. 자는 동안 옮겨졌고 지금은 갇혔다는 걸 깨달은 네 사람은 영문 모를 어둠 속에서 서로의 안전을 위해 자기소개를 하기로 했다.

"난 강도현 판사요. 서울남부지방법원 부장판사로 있다가 얼마 전 법복을 벗었지."

추지혜가 알은체하기 전에 다른 여자의 중후한 목소리가 났다.

"강 판사님? 난 황정주예요. 5년 전, 판사님이 맡은 사건의 사실확인요청을 의뢰받았었죠."

"아. 세브란스병원 산부인과 황정주 박사님? 박사님도

로열 소사이어티에 초대받으셨지요. 어제 저녁 만찬에서 잠깐 뵌 것 같은데."

"네, 마침 학교도 방학 중이라 조교수한테 진료일정을 넘기고 참석했죠. 이번 파티는 3박 4일간의 크루즈 여행도 같이 즐길 수 있으니까요. 그런데 여기서 이런 황당한 일을 당하게 될 줄이야……. 우리가 알지 못하는 사이에 강력한 수면 마취를 당한 게 틀림없어요. 여기 옮겨질 때까지 어떤 의식도 없었으니까요. 뭔가 이상해. 예감이 좋지 않아요. 여기서 빨리 나가야 해요!"

"그래요. 머리를 맞대보면 무슨 수가 있겠죠."

판사의 대답이 끝나기도 전에 조금 쉰 남성의 목소리가 끼어들었다.

"난 요셉교회 부목사 남희중입니다. 저도, 5년 전 그 사건에 증인으로 출석했었고요."

한 번에 무대의 휘장이 축 떨어지듯 추지혜의 마음이 덜컥 내려앉았다. 이곳에 네 사람이 갇힌 건 우연이 아니었기 때문이다. 다른 세 명도 똑같은 생각을 한 듯 입을 다물고 있는 한 명이 누구인지 캐물어왔다.

"법무법인 빛세움의 파트너 변호사 추지혜입니다."

추지혜가 말하자 강도현이 덧붙였다.

"그 사건의 피고인 변호를 맡았었지."

—이제 피고들이 한자리에 모인 이유를 납득하셨을 테죠.

　기습 같은 내레이션과 함께 샹들리에에 불이 들어왔다. 순간적인 밝기 변화에 눈을 찡그리며 크리스탈이 반사해내는 부드러운 주황빛 조명 아래 네 사람은 주위를 살펴보았다. 소극장처럼 네 면이 꽉 막힌 공간 한가운데 테이블이 있고 그 둘레에 의자가 놓여 있었다. 추지혜는 자신이 그 의자 중 하나에 걸터앉아 있음을 알게 되었다. 그녀의 시선은 자연히 세 사람을 훑었는데 5년 전 법정에서 만났을 때와는 너무도 다른 몰골들이었다.

　강도현 판사는 법복 대신 크루즈에서 제공하는 흰색 가운을 걸치고 있었으며 그 사이 머리숱이 많이 줄어 이마 위가 쓸쓸하게 휑했다. 양복을 빼입고 증인석에 섰던 남희중 목사는 과거와 달리 살이 덕지덕지 붙은 얼굴에 붉은 기가 감돌았다. 황정주 박사는 머리칼이 세어 곱슬기 있는 은발이 된 채 입 주위에는 깊은 주름이 패어 있었다. 추지혜 역시 화장으로 가리지 못한 기미와 헝클어진 긴 생머리가 볼품없이 보이리란 생각에 살짝 움츠러들었다. 잠자리에 들 때 걸쳤던 실크슬립 차림 그대로라는 것도 마음에 걸렸지만 안내 음성의 다음 멘트는 그런 것들을 조금도 개의치 않게 만들었다.

—아시다시피 네 분은 5년 전 2012고합2037 사건에 연

루된 분들입니다. 피고 김용석과 연인 관계였던 신희수 양은 폭력과 폭언을 일삼았던 피고에게 이별을 고합니다. 피고의 폭력적 성향을 아는 신희수 양은 연락처를 바꾸고 이사를 갔죠. 그러자 피고는 대학원 연구생으로 있던 신희수 양의 학교 홈페이지에 두 사람의 섹스 동영상을 올립니다.

검사의 기소로 재판이 시작됐지만 강도현 씨는 편파적인 불공정한 심리로 피고에게 무죄를 선고, 검사 측의 구속요청을 기각했습니다. 추지혜 씨는 피고의 무죄 판결을 받아내기 위해 동영상 촬영 및 유포 동의서라는 위조문서를 제작하여 증거로 제출했고, 법원에서 지정한 감정사도 매수하여 피고가 무죄 판결을 받도록 승부조작했습니다. 황정주 씨는 당시 불필요한 개복 수술 시행으로 인한 의료분쟁 중이었고 추지혜와 같은 로펌의 다른 변호사가 그 사건을 수임하게 하기 위해 피해자 신희수 양이 낸 진단서가 과장된 것이라 증언했습니다. 신희수 양과 김용석이 처음 만나 인연을 맺게 된 참사랑교회 청년부 목사 남희중 씨는 지금의 요셉교회 건축기금 일부를 제공받는 대가로 해당 재판의 증인으로 참석해 위증했습니다. 집착이 심했던 희수 양이 피고가 이별을 통보하자 그에 대한 복수로 신고한 거라는 거짓 증언을 하여 신희수 양에게 불리한 심증을 조성했죠.

추지혜 변호사의 적극적인 조작과 증인 매수로 무죄 방

면된 김용석은 신희수 양을 무고죄로 고소했고, 피해자에서 가해자로 입장이 뒤바뀐 신희수 양은 투신자살로 생을 마감했습니다. 이에 대해 네 분은 어떤 책임도 지지 않았으므로 징벌적 손해배상을 청구할 목적으로 이 심리가 열리게 된 것입니다. 이 재판의 의뢰인들, 즉 원고는 여러분들이 전문 직종의 의자에 앉아 안전하게 살해한 신희수 양의 가족들이며, 여러분에게 청구할 손해배상은 가벼운 상해에서부터 목숨까지 네 분의 자녀가 대신해서 책임지게 됩니다.

"말도 안 돼. 내 자식을, 내 딸들을 어떻게 할 순 없어. 이게 무슨 더러운 협박이야! 어서 내보내주지 않으면 가만히 두지 않을 거야! 그렇게 앉아서들 뭐해요? 빨리 출구를 찾으라고!"

발작하듯 일어선 황정주가 관자놀이의 핏대를 드러내며 소리쳤다.

─피고들은 정숙하고 즉시 착석해주십시오. 재판 진행자인 저의 권고를 따르지 않는 분께는 불이익이 있겠습니다.

황정주를 따라 큰소리로 항의하는 세 사람에게 진행자가 경고했지만 소용없었다. 모두들 비상구를 찾는 동시에 말도 안 되는 수작을 멈추라고 항의할 뿐이었다.

─법정 내 소란행위에는 패널티가 있습니다.

아나운싱과 함께 조도가 일시에 낮춰졌다. 천장의 빔프로젝터가 지잉 하고 빨간 빛을 깜빡이더니 한쪽 벽에 영상이 비쳤다. 청색 핫팬츠를 입고 아기띠를 한 채 흥얼흥얼 콧노래로 돌이 된 아이를 어르며 걷고 있는 젊은 여자의 뒷모습. 휘적휘적. 그녀를 뒤따라가고 있는 촬영자의 걸음 소리가 같이 들렸다.

"비, 빛나야!"

황정주가 자지러질 듯 놀라며 화면 앞으로 뛰어나가 손을 뻗었다. 그녀의 손에는 딸 대신 견고한 벽만이 만져졌다.

"뭐야, 당신들. 내 딸을, 우리 빛나를 어떻게 하려고. 당장 멈춰. 뭐하는 거야?"

─법정내 소란행위에 대한 패널티를 집행합니다.

차가운 내레이션이 깔린 뒤 영상 속에서 번쩍, 무언가 빛났다. 화면 속 여자가 허벅지를 감싼 채 비명을 지르며 나동그라졌고 아기는 울음을 터뜨렸다. 여자의 비명보다 황정주의 처절한 고함 소리가 더 크게 실내를 울렸다

─벌은 가해자가 아니라 그 자식이 받는다. 말했다시피 이 재판의 가장 큰 전제입니다.

"끄어어어……."

황정주는 비명과 신음 중간의 어떤 소리를 흘리다가 부들부들 떨면서 항의했다.

"왜, 대체 왜 내가 아니라 빛나인 거야!"

―이 재판의 의뢰인이 고 신희수 양 본인이 아닌 그분의 가족들이기 때문이죠. 지금부터 발언권이 필요하신 분은 손을 들어주시기 바랍니다.

벽에 비친 영상은 네 컷으로 나뉘었다. 그중 한 컷에 강 판사의 맏아들 강창운의 모습이 나타났다. 미국에서 박사 유학 중인 창운은 방학을 맞아 한국에 나와 있었다. 광화문 교보문고에 가기 좋아하는 아들은 화면 속에서도 영어 원서 코너에서 책을 고르는 중이었다.

추지혜의 쌍둥이 남매는 집 안에서 블록놀이를 하고 있었다. 보모는 부엌에서 이유식을 만드는 중인지 화면 속에 저 멀리 왔다 갔다 하는 다리만 잡혔다. 임신이 안 되어 인공수정으로 얻은 아이들인 만큼 한번 잃으면 막대한 시간과 노력을 또 들여야만 했다. 추지혜에게 아이들은 자신의 피를 나눈 사랑의 대상이기도 했지만 그녀의 삶을 더욱 완벽하게 만들어주는 구성물이기도 했다. 직업적으로도 가정적으로도 성공한 유능한 여성, 그것이 추지혜가 사회적으로 드러내놓고 싶은 자신의 페르소나였다. 의사 남편과 변호사인 자신의 유전자를 전해 받은 쌍둥이들은 어디에서든 우월감을 과시할 수 있을 만큼 예쁘고 똑똑해야 했다. 그렇게 공을 들여 5년을 키워왔기에 지금 저 아이들이 없어지면 아주 곤란해질 테니 저 아이들을 지켜야만 했다.

초등학교 저학년인 남희중의 막내아들 해희는 교실에 들어가는 참이었고 그것을 보는 목사의 입에서 헉 하고 바람 빠지는 듯한 소리가 났다.

네 번째 컷에 잡힌 인물이 자신의 둘째 딸로 바뀌자 황정주는 신음을 삼키려 두 손으로 입을 막았다.

—지금 이 시간부터 발언권이 없는 분의 신음이나 코웃음, 손뼉 등 모든 소리를 소음으로 간주하오니 특별히 정숙하여 주시기 바랍니다.

진행자의 멘트에 장내가 조용해졌다. 흥분된 서로의 숨소리만이 들리는 가운데 판사가 손을 들자 보이지 않는 진행자가 발언을 허락했다.

"재판은 양측 변론을 종합하여 판단을 내리는 과정이기에 이건 재판이라 부를 수 없소. 요컨대 이 과정이 너무 일방적이고 불합리하여 재판 성립이 불가하단 말이오. 우리 중 누군가에게 원한이나 악감정이 있다면 밖에서 실제 법적 절차를 밟는 게 좋을 거요."

—실제 법적 절차로 해결할 수 없는 문제여서 이렇게 특별한 형식의 재판극이 열리게 된 겁니다. 세상이라는 부조리한 시스템에는 필연적으로 여러 오류가 존재할 수밖에 없죠. 그 오류를 정정하는 처리 과정을 '클린 코드'라고 하는데, 여러분의 죄를 심판하지 못한 것이 세상의 오류인 이상

그것을 바로잡기 위해 마련된 재판이므로 강도현 씨의 요청을 기각합니다.

이번에는 남희중이 손을 들었다.

"난 목회자요. 주님께 기름부음 받은 주의 종이니 목사인 나를 재판할 권리도 오직 신께 있습니다. 인간이 인간을 비판하고 재단하는 건 교만한 월권행위입니다."

―남희중 씨의 발언은 법정모독죄로 패널티를 당할 수 있습니다.

네 사람은 불만스러운 얼굴로 침묵을 지켰다.

―이제부터 네 분은 자체 논의를 거쳐 벌을 구형받을 차례를 정하게 될 텐데, 가장 먼저 지목된 사람이 제일 큰 벌을 받고 마지막에 남는 사람이 가장 가벼운 벌을 받게 됩니다. 더 자세히 알려드리면 첫 번째 지목된 사람은 죽음, 두 번째는 질병, 세 번째는 상해, 그리고 마지막에 남는 사람이 정신적 고통이라는 형벌을 받게 됩니다.

추지혜가 손을 들고 경악으로 일그러진 표정으로 말했다.

"죽음이라니, 설사 우리에게 죄가 있다고 해도 너무 과한 처사예요!"

―신희수 양은 김용석의 가해로 인해 물리적 상해를 입었고 신체적 질병인 성병을 앓았습니다. 의도적인 동영상 유포로 정신적 고통을 당했으며 그로 인해 죽음에까지 이르게 되

었죠. 네 분의 자녀들은 신희수 양이 당한 것을 단 한 조각씩 겪는 것으로, 오히려 너그러운 처사라고 봐야 될 것 같군요.

남희중이 '주님'이라 중얼대며 고개를 흔들었다. 강도현은 입안이 마르는지 혀로 입술을 축였고 황정주는 절망적인 표정이었다. 추지혜 역시 이 재판이 미치광이 살인극일 뿐이라고 생각됐지만 화면 속 쌍둥이들을 보면 섣불리 움직일 수가 없었다.

─말했듯이 손해배상의 큰 틀은 순서에 따라 네 가지이고 그 구체적 형태는 매번 확률성 게임에 의해 새롭게 결정됩니다. 요컨대 죽음의 방식엔 자살, 익사, 추락사, 실족사 등 많은 경우의 수가 있지만 게임을 통해 그중 죽음의 세부적 집행 방법이 정해진다는 것이죠.

형벌의 구체적 내용을 우연성에 맡긴다는 것은 신의 계시를 받든다는 뜻입니다. 사실 인간을 재판할 자격은 인간을 초월하는 신적 존재에게 있어야 하는 것이니까요. 정의의 여신 디케는 눈을 가리고 있지만 대한민국의 판사들은 두 눈을 시퍼렇게 뜨고 안목의 정욕과 육신의 욕구, 이생의 자랑을 쫓지 않습니까? 한 손에 든 판단의 저울은 돈다발 얹어 주는 쪽이나 연줄의 무게가 쏠리는 곳으로 기울고, 다른 손에 든 판결의 칼은 죄 없는 사람을 푹푹 찔러 무고한 피를 내죠. 인간이 인간을 재판하는 한 공평함라는 건 구현하기 불

가능한 이상일지도 모릅니다. 하지만 공정함에 가닿으려는 노력을 처음부터 포기한 채 피해자를 가해자로 뒤바꾸는 공작을 한 것은 분명한 범죄입니다. 그 범죄에 가담하여 재판을 받게 된 네 분께 희소식은 그나마 벌을 받는 순서에 따라 벌의 경중이 있다는 것이겠고요.

강도현의 얼굴이 분노로 꿈틀대는 것이 보였다. 판사인 자신이 누군가에게 판단을 받다니 말도 안 되는 일이라 여기는 표정이었다. 추지혜는 이런 상황에서도 판사로서의 위엄을 포기하지 못하는 강도현이 못마땅하게 여겨지는 동시에 그도 어쩔 수 없이 자신과 같은 처지에서 '변론'을 해야 한다는 사실에 은근한 쾌감을 느꼈다. 마음 같아선 판사라는 직함 때문에 설설 기어왔던 강도현을 지목하고 싶었지만 법조계는 좁으니 앞으로를 생각해서 그를 찍지는 않기로 했다.

황정주는 기세등등하던 처음의 모습과는 달리 이제는 고개를 푹 숙인 채 미동도 없었고 남희중은 기도하듯 두 손을 모으고 있었다. 추지혜는 세 사람을 살피며 이들과 힘을 합쳐 아무런 판단도 하지 않고, 목소리에 대항하는 게 나을지, 아니면 누군가 구조를 하러 올 때까지 논의를 하는 척 최대한 시간을 끌면서 아무도 선택하지 않는 방법을 택할지 고민했다.

─한 시간 뒤에 와서 세 번의 카운트다운을 할 겁니다. 여

러분은 형을 집행 받을 피고를 손가락으로 가리키면 됩니다. 가장 많은 표를 받은 분이 첫 번째 벌을 집행 받게 되며, 표수가 똑같은 경우 두 명 모두 책임을 집니다. 만일 그때 아무도 선택하지 않은 분은 자신을 선택한 것으로 집계합니다.

네 분이 카운트와 동시에 한 분을 뽑지 않으면 배심원단이 판단하게 됩니다. 배심원단은 여러분이 열연하는 재판극을 실시간으로 관람 중이며 배심원단이 한 분을 고를 경우, 선택당한 피고의 자녀는 확률성 게임에 의한 형 집행 방식의 선택 없이 일괄적으로 약물주사형의 사형을 당하게 됩니다. 지금부터 여러분 모두는 자유로운 발언과 토론을 할 수 있습니다. 이따 뵙겠습니다.

제1막 : 죽음의 형벌

딸깍 하는 소리와 함께 스피커가 꺼지고 빔프로젝터도 작동을 멈추었다. 실내의 조도는 다시 밝아졌다. 제일 좋은 해법은 모두가 무사히 이곳을 빠져나가는 것이지만 출구를 찾을 때까지 판단을 미루며 시간을 버는 일도 원천봉쇄된 데다가 치밀하게 설계된 계획범죄인 만큼 탈출구를 찾기도 힘들 것 같았다. 네 명의 죄수에게 허락된 일은 진행자의 명령에 순응하여 최초로 벌 받을 한 명을 가려내는 일일 뿐 그 이상도 이하도 아니었다. 선택을 해야만 한다면 그 첫 번째 희생자가 자신이 될 수는 없었기에 추지혜는 궁리하기를 멈추고 선수를 쳤다.

"조금 전 그 말은 거짓말이에요. 난 변호사의 양심과 자존심을 걸고 단 한 번도 승부조작 같은 건 한 적이 없어요."

강도현의 입꼬리가 묘하게 비틀리는 것이 보였다.

"신희수 양이 죽은 건 안타깝지만, 만일 김용석 군에게 잘못이 있었다면 같은 여자로서 피고의 변호를 맡지 않았을 거예요. 오히려 피고가 여자에게 맞았고 동영상도 여자가 원해서 찍었던 거였기에 변호를 맡게 된 거였어요. 성관계 장면 촬영에 동의한다는 동의서까지 증거로 제출됐고 촬영 동의서에 찍힌 지장은 법원 감정 결과, 신희수 양의 것이 맞다고 나왔어요. 피고가 제출한 증거가 더 입증능력이 뛰어났던 셈이죠."

추지혜의 말에 목사도 고개를 끄덕이며 맞장구쳤다.

"그랬지요. 희수 자매가 의부증이랄까, 그런 게 있어서 용석 형제를 많이 구속했었지. 나 역시 내가 보고 느낀 대로의 사실만 진술했는데 위증이라니, 당치도 않습니다. 목사란 자가 거짓을 말하고 어찌 주님 앞에 설 수 있겠습니까. 난 진실만을 말했습니다."

"맞아요. 목사님이 증언했듯 희수 양이 자기 시점에서 가

공한 이야기로 소송을 낸 거죠. 오히려 남자가 폭행당한 쪽이었고 동영상도 여자 주도하에 찍은 게 밝혀져 무죄로 판결 난 사건이니 내가 승부조작했다는 건 말도 안 돼요."

추지혜는 자신이 결백하다고 열변을 토했지만, 돈만 있으면 증거도 증인도 만들 수 있고 만들어낸 증거를 진짜로 인정받을 수도 있다는 말은 뺐다. 변호사를 사듯 감정법인의 감정사도 돈만 있으면 살 수 있기 때문이다. 청탁받은 감정사들은 피고가 낸 위조문서도 진짜라고 확인해준다. 대한민국의 법은 주장을 입증할 증거를 내미는 쪽의 손을 들어주기에 위법한 절차를 거쳐서라도 위조문서를 합법으로 만들면 되는 것이다.

강도현도 고개를 끄덕이며 해당 판결의 정당성에 대해 발언하려는 찰나 황정주가 벌떡 일어나 세 사람을 향해 소리쳤다.

"고백해! 실토해서 가장 잘못한 사람을 가려내자고. 너희들이 다 짜고 신희수 양을 엉터리 재판으로 몰아넣은 거 알고 있어."

황정주의 갑작스런 일격에 강도현이 중재하듯 나섰다.

"황 박사님. 지금은 분열할 때가 아니라 협력할 할 때입니다. 진행자가 꼬집은 우리 네 사람의 죄목은, 철저히 거짓이라 생각합니다. 그 사건의 피고는 무고했고, 저 역시 법리에 어긋나는 판결을 한 적은 단 한 번도 없으니까요. 우리가 서로를 믿으면서 해결책을 강구해나가야지요."

강도현의 말에 황정주가 고개를 흔들었다.

"그 애는, 신희수 양은 김용석에게 성폭행당한 뒤 나한테 와서 진단서를 뗐어. 참혹한 상처였고 나는 본 대로 써줬어. 그리고 몇 달 뒤 법원에서 그 진단의인 나에게 확인을 요청해왔을 때…… 그때 난 의료소송 때문에 힘든 때였어. 초음파상 자궁에 양성종양을 발견하고 개복 수술을 했지만 배 속엔 아무것도 없었지. 그 일로 수술환자가 불임이 되어 소송을 걸어왔고 난 병원 법무팀의 도움을 받는 건 물론 개인 변호사까지 사서 승소해야만 했어. 패소하면 그 자리에 오르기까지 들인 내 시간과 노력이 물거품이 되니까. 그때 빛세움의 의료소송 전문 변호사가 내 사건을 맡아주기로 했어. 신희수 사건의 진단을 잘못 내렸다는 진술을 해주는 조건으로 말이지. 의료소송 승률이 세서 착수금으로 억만금을 줘도 줄대기가 어려운 변호사였거든. 법원에선 신희수의 진단의인 내게 사실확인요청서를 보냈고, 난 의사로서보다는 같은 여성이라는 동정심에서 실제 상태보다 과하게 진단을 내렸다고 진술을 번복했어. 그리고 내가 피고로 제기된 의료소송에서 승소했지. 그렇게 잊힌 일이야. 내가 번복했던 신희수의 진단내용도, 내가 이겼던 의료분쟁도. 그런데, 그런데……그 죄를 내 딸들이 받아야 한다니."

한숨을 쉬듯 하소연하던 황정주가 기막히다는 듯 말을 잇지 못하고 의자 위로 무너져 내렸다. 추지혜가 살살 달래듯 그녀 옆에 다가서며 말했다.

"박사님, 흥분을 가라앉히고 생각해보세요. 어차피 크루즈 여행 기간은 3박 4일이고, 우리가 돌아오지 않는다면 수사가 시작될 거예요. 로열 소사이어티 파티에 참가한 네 명이 한꺼번에 안 돌아온다면 우리가 아무리 성인이라 해도 단순 가출 정도로 보이지는 않을 테니까요."

황정주가 획 고개를 들어 추지혜를 올려다보았다.

"세브란스병원 법무팀, 정연수 팀장 알죠?"

추지혜가 무표정한 얼굴이 되어 황정주를 내려다보았다.

"이대 법대 선배잖아. 나 말고 다른 의료분쟁의 원고들이 추지혜 당신을 선임하면 아주 좋아했거든, 정 팀장이."

"정 선배와 동문인 건 맞지만 무슨 말씀을 하는지 모르겠네요."

"돈 욕심이 많아서, 최악의 경우 당신을 구슬리면 된다고. 당신이 변호를 맡은 소송은 언제나 돈을 뿌리면 승소할 수 있다 그랬거든."

추지혜는 분노로 굳어지는 안색을 고치며 양 입꼬리를 위로 올렸다.

"너무 흥분하셔서 박사님 본인만 선택을 안 당하려고 발악하시는 것 같네요."

"발악?"

황정주가 추지혜의 어깨를 밀치며 일어나는 바람에 추지혜의 몸이 휘청했다.

"그래, 발악이라고 봐도 좋아."

황정주의 핏발 선 눈이 추지혜를 지나쳐 천장을 향했다.

"내 딸을 잃을 순 없어. 반성하라면 반성할게. 이게 재판극이라고 했지? 내게 진단받으러 온 신희수 양이 그랬었어, 아버지가 연극 연출가라고. 그 애의 아버지가 나를, 우리를 벌하기 위해 치밀하게 준비해서 이 권선징악극을 연출하고 있는 게 분명해. 미안해요. 내가 나가서 자수하고 구속될 테니까, 빛나와 별나한테만은, 우리 딸들에게는 더 이상 손대지 마! 아니, 말아주세요. 제발. 제발. 나의 죄를 인정하고 이렇게 빌 테니까. 제발."

황정주는 어디선가 자기를 보고 있을 연출가에게 무릎을 꿇고 손바닥을 맞대고 빌었다. 바닥에 앉은 그녀를 내려다본 세 사람은 서로 눈을 맞추었다. 선택할 사람이 정해졌다는 암묵적인 신호였다.

─피고들은 착석해주시기 바랍니다.

갑자기 울려나온 목소리에 네 사람 다 흠칫했다.

―카운트다운을 하면 각자가 정한 사람을 손으로 가리켜 주십시오. 하나, 둘, 셋.

세 명에게 지목당한 황정주는 오열하며 악을 썼다.

"미안해. 잘못했다고! 신희수 양에게 써준 진단은 처음 내용이 맞았어. 성폭행으로 볼 수밖에 없는 자궁 내 상처와 온몸에 생긴 타박상들. 내 의료분쟁을 덮으려는 욕심 때문에 거짓말을 한 거야. 다 인정할게. 제발. 제발 용서해줘."

―피고 황정주 씨가 선택되었습니다. 황정주 씨에게 집행할 벌은 죽음이며 구체적 형태는 룰렛 돌리기로 선택하겠습니다. 테이블 위의 회전판을 추지혜 씨가 돌려주시죠. 추지혜 씨가 앉아 있는 방향으로 멈춘 번호판의 내용으로 형 집행 방식을 최종 결정합니다.

어느새 화면에는 커다란 표가 떠 있었다. 1번은 독살. 2번은 질식사. 3번은 추락사 등 번호에 따른 내용이 적혀 있었다. 안내 음성이 룰렛을 돌리는 사람으로 지목한 추지혜가 테이블 앞으로 몸을 끌어당기자 황정주가 충혈된 눈으로 쏘아보며 소리 질렀다.

"우리 딸들이 무슨 잘못이 있어서 이러는 거야. 죽이려면 나를 죽여. 이 흉악범들. 너희들은 나보다 더한 것들이야. 너희들이 짜고 벌인 재판이라는 거 알고 있다구!"

잠깐 망설이던 추지혜는 손을 뻗어 빙그르, 회전판을 돌렸다. 저 밉살스러운 여자를 조용하게 만들고 싶었다. 황정주까지 넷 모두 본인의 결백을 주장했으면 진행자가 어떻게 나왔을지 모르는 것 아닌가. 본인이 이런 결과를 자초한 거야. 추지혜는 팔짱을 끼고 어떤 면에서 멎을지 지켜보았다. 7번.

— 익사가 선택되었군요.

진행자의 말이 끝나기도 전에 동시에 교수가 앉아 있던 의자째로 사라졌다. 첨벙 하는 커다란 마찰음이 들렸고 남은 것은 교수의 기다란 비명 끝마디뿐, 황급히 일어선 세 사람은 교수를 삼킨 물 위로 바닥이 닫히는 모습을 보았다. 완전히 닫힌 바닥 위에서 세 명은 망연자실했다.

"바다에 빠뜨린 거야?"

추지혜가 질린 듯 작게 중얼거렸고 강도현이 손을 들었다.

— 강도현 씨에게 발언을 허락합니다.

"이런 말은 없었잖소."

— 없었죠. 판사가 판결에 대해 미리 말해주던가요? 어떤 법정에서도 변론기일 중에 선고 내용을 미리 예고하진 않죠. 강도현 씨 당신은 2012고합2037 사건 선고일에, 구속되었어야 할 피고에게 무죄 판결을 내렸고요.

"서증과 감정 결과를 바탕으로 적법한 판결을 내린 것뿐이오! 그 판결에는 일말의 위법함도 없단 말입니다."

—그렇게 억울하면 본인의 결백함을 피력해서 최후의 1인으로 남으면 되겠네요. 피고 황정주는 본인의 죄를 자백하고 뉘우치는 모습을 보였으므로, 이 점을 참작하여 자녀가 아닌 본인이 죽는 것으로 선처했습니다. 그럼 본인의 죄를 인정하지 않은 세 분을 피고로 재판을 속행합니다. 개인적으로는 좀 아쉽네요. 만일 네 분 모두 자기 죄를 인정하는 모습을 보였다면 이 재판극이 단막으로 끝났을 텐데요.

막간 : 브런치 갈라콘서트

재판정의 숨 막히는 공간 속으로 은은한 클래식이 스며들었다. 토사물 위에 향수를 뿌린 것처럼 도무지 어울리지 않는 배경음이었다.

—두 번째 재판 속행 전 오찬을 나누도록 하죠. 그러니까, 잠시 휴정이라고 보면 되겠네요.

추지혜의 한쪽 입꼬리가 올라갔다. 이런 잔인한 상황 속에서 식사를 하라니, 그러나 진행자의 말은 권유가 아닌 명령이었다.

—테이블 아래 수납함을 열면 식사가 준비되어 있을 겁니다.

두 남자는 앉은 채 꿈쩍하지 않았다.

'판사는 법복을 벗어도 여전히 판사라 이건가? 목사는 다 차려진 밥상 위에서 기도만 하려는 버릇을 못 버리고 있네.'

추지혜는 두 남자의 권위적인 태도에 혐오감을 느끼며 자신도 가만히 앉아 있었는데, 판사의 눈짓을 받고는 허리를 구부려 테이블 아래 수납함을 열 수밖에 없었다. 똑같이 재판극의 피고로 수감된 상태에서도 판사보다 아래에 있다는 굴욕감이 추지혜를 휘감았다. 그녀는 그 누구도 아닌 자신이 제일 가벼운 벌인 정신적 형벌을 받는 최후 1인이 되기로 다시금 마음을 다졌다.

수납함에는 빵과 스프, 스테이크가 놓인 접시와 포크가 들어 있었다. 추지혜가 회전판 위에 음식 접시들을 놓고 돌리자 멀리 앉아 있는 남희중이 제일 먼저 세팅한 접시를 집어 들었다. 그는 포크를 든 채 스프에 적신 빵을 뜯어 먹고 스테이크를 씹으며 쩝쩝댔다.

─미리 마련해놓아 식기는 했지만 호텔 주방장이 요리한 겁니다. 고기는 A+등급 한우를 사용했고 스프는 인스턴트가 아닌 진짜 송이버섯과 원유, 신선한 바질을 재료로 했습니다. 소금 후추 등의 양념 외에는 더 들어간 것이 없으니 두 분도 안심하고 드셔도 됩니다.

이 음식도 수면제가 든 함정이 아닐까 의심하며 포크를 든 채 머뭇대던 추지혜와 강도현은 진행자의 명령에 고기를 한 점씩 씹어보았다. 예상외로 부드러웠고 갇혀 있던 육즙이 우러나와 먹을 만했다. 고기 옆에 놓인 기다란 아스파라거스를 베어먹으니 입안에 상큼함이 퍼졌다. 추지혜는 긴박한 상황 속에서도 미각이 제대로 작동하는 것에 의아함을 느꼈다.

아리아가 멎자 헨델의 〈울게 하소서〉가 흘러나왔다. 어제 이용했던 뷔페 레스토랑에서도 나왔던 음악이었다. 통유리 너머 사방이 바다와 하늘인 레스토랑에서 추지혜와 김선우는 로맨틱한 식사를 했었다. 그다음엔 수영장에 갔다. 실내에 마련된 루프탑 수영장은 돔형 지붕을 열고 닫을 수 있어 비 오는 날에도 헤엄을 칠 수 있었다. 두 사람이 입장했던 한낮에는 루프탑이 열린 상태로 뜨거운 햇볕과 짜디짠 바닷바람을 만끽할 수 있었다. 그녀는 준비해간 조개 모양 튜브에 누워 선탠을 했다. 타고난 하얀 피부와 나이 치고도 마른 몸매, 긴 생머리를 액세서리처럼 걸친 그녀는 제법 많은 눈길을 받았다. 섹슈얼리티는 남성들의 호기심을 자극하여 인맥 만들기에 가장 좋은 무기이니까 말이다.

그녀의 계획은 유효해서 선내를 거니는 사이사이 몇몇에게 명함을 건네받기도 했다. 그중 기업체 임원인 한 사람과는 함께 그의 방으로 가기도 했었다. 평소엔 연도 닿지 않을 대기업 간부와 친밀해진 것만으로도 로열 소사이어티에 참가한 보람이 컸다. 기업체 임원들과 잘 알면 기업분쟁을 맡기가 수월해지기 때문이었다.

그렇게 부푼 기분으로 오후를 보낸 뒤 밤에는 선우와 격렬하게 몸을 섞었다. 1년 전, 연수원 성적이 좋아 펌에 신입으로 스카우트된 김선우는 추지혜의 협력변호사로 배정되어 실무를 맡아 하고 비서 노릇까지 했다. 의대에 다니다 법학전문대학원으로 전공을 틀어 변호사시험에 합격한 선우는 말귀를 잘 알아듣고 일 배우는 속도가 빨라 낮과 밤, 회사와 침대 위에서 모두 그녀의 사랑을 받았다.

크루즈에서 선우는 여느 때보다 적극적으로 그녀를 원했고 추지혜 역시 별미를 맛보는 기분으로 쾌히 응했다. 크루즈에서의 시간은 한여름의 아이스크림처럼 너무 빨리 녹아내려 아쉬울 지경이었다. 뚝뚝 흘러내리는 한 방울의 달콤함도 놓치지 않으려 그녀와 선우는 절정에 이를 때마다 사랑을 속삭였고 기분 좋게 지쳐서 잠에 빠져들었다.

같이 잠든 내가 없어졌으니, 지금쯤 선우가 배 곳곳을 이 잡듯 뒤지고 있겠지. 그렇게 생각하니 어쩌면 구조될지도 모른다는 희망에 가슴이 조여 왔다. 가슴 조이는 느낌은 선우가 날 찾지 못하면 어쩌나 하는 초조함으로 바뀌었다. 그 감정에 빠져들어 있던 그녀는 자신을 빤히 보는 남희중의 눈길을 알아차렸다.

테이블 쪽으로 몸을 기울여 가슴골이 노출된 자신의 몸을 핥아대는 듯한 시선에 소름이 끼쳤다. 동시에 그 시선이 다음 형벌의 희생자를 물색하는 의도인 것도 느껴졌다. 재빨리 강도현을 보니, 남희중의 곁눈질을 모른 채 고개를 숙이고 시멘트를 씹듯 고기를 씹고 있었다. 그녀는 강노현과 자신의 연합을 위해 사무용 웃음기를 얼굴에 머금은 채 말했다.

"판사님, 개업하셨다는 소식은 들었었는데 한번 찾아뵙질 못했네요. 밑에 빵빵한 변호사들이 많겠지만 자리 생기면 언제든 저도 불러주세요."

그녀의 말에 강도현이 고개를 들었다. 상황에 어울리지 않는 뒤늦고도 엉뚱한 안부 인사로 들릴 법도 했건만 그 속뜻을 알아들은 듯 강도현이 턱을 짧게 끄덕이며 "흠" 하는 소리를 냈다. 법조계에 있는 이상 앞으로도 마주치게 될 사이라면 서로를 피해 남희중을 찍자는 그녀의 제안에 응한 셈이었다.

제2막 : 질병의 형벌

—이제 다 식사를 하신 것 같네요. 휴정을 마치고 재판을 속개합니다. 세 분은 식사를 하며 이 중 누구의 죄질이 제일 불량한지 가늠해보셨겠지요.

아나운싱이 끝나기도 전에 남희중이 냉큼 나섰다.

"엘리베이터 안에서 저 여자가 늙수그레한 회사 오너와 허리를 감싸고 있는 것을 봤습니다. 부적절한 관계 같아 보였는데."

"엘리베이터를 탔을 때 그분이 법률상담을 요청해와서 응한 것뿐이에요. 목사님이 잘못 보신 것 같네요."

목사는 힘을 실어달라는 듯 판사를 분명하게 쳐다보곤 추지혜를 응시했다.

"불행히도 목회자는 거짓말을 하지 않습니다. 추지혜 씨. 솔직히 시인하는 게 선처를 구할 방법일 것 같은데요. 불륜은 가정을 파괴하는 사탄의 전략입니다. 게다가 수행비서처럼 따라다니는 부하직원과도 보통 사이가 아닌 것 같던데. 성적 타락은 구약시대에서는 돌을 맞아 죽을 정도의 중죄입니다. 회개하십시오."

추지혜는 코웃음을 치며 벌레 보듯 목사를 쳐다보았다.

"신앙을 빌미로 장사하는 짓, 그만두시죠? 힘없고 돈 없고 아는 게 없으면 믿으려고만 하게 되죠. 믿는 대상이 뭔지도 모르면서 어떤 믿음엔가는 기대어 살아야 하니까 교회 오는 사람들 잡아서 노동력 착취하고 돈 뜯어내고. 목사님도 그렇게 개척교회 하다가 큰 교회 지은 거잖아요. 그렇죠? 우리 엄마 같은 호구들 돈 싹 다 빨아서 말이죠. 당신 같은 사기꾼 목사한테 평생 모은 돈 다 뜯기고 사기죄로 신고했는데도 엄만 한 푼도 못 돌려받았어. 당신 같은 목사 때문에 내가 법대에 간 거야. 모르면 억울하게 당하게만 되니까."

가만히 듣고 있던 남희중이 씨익 웃어 보였다. 순한 양 같던 얼굴이 순간 오싹한 인상으로 바뀌었다. 기도하듯 모았던 두 손은 테이블 위에 올린 채였는데 표정과 달리 덜덜 떨고 있었다.

"그건 너랑 네 에미가 만난 쓰레기 목사 이야기이고. 너야말로 널 믿고 법률상담을 한 희수를 배신했잖아? 희수가 나한테 와서 하소연을 했어. 법률상담을 해줬던 변호사가 자기가 아닌 용석이 편에 섰다고. 추지혜. 너한테 폭행 당시의 녹음 파일도 줬다고 했는데 나중에 그런 건 받은 적 없다고 발뺌했다지? 피해자의 중요 증거를 일부러 없애다니, 뒤로 얼마나 받아 처드셨을까, 엉? 억울해서 법 공부를 했다는 사람이, 억울해서 찾아온 사람의 등을 찔러? 진짜 쓰레기는 너처럼 지식으로 무장한 채 사람의 믿음과 돈을 다 취하는 창녀겠지."

목사는 이제까지와 다른 유들유들한 태도를 유지하며 말했지만 추지혜는 얼굴이 일그러진 채 쏘아붙였다.

"중소기업 간부인 김용석의 부모에게 건축자금을 받아 쳐드신 건 너잖아, 이 영혼사기꾼아!"

"변호사라는 사람이 그렇게 쉽게 흥분을 해서 되겠어?"

판사가 두 사람을 날카롭게 저울질하는 사이 안내 음성이 들려왔다.

─카운트를 시작합니다. 하나, 둘, 셋.

두 사람이 목사를 가리켰지만 남희중은 아무도 찍지 않았다.

─피고 남희중 씨가 선택되었습니다. 두 번째 형벌은 감염에 의한 질병입니다. 강도현 씨는 테이블 서랍을 열어 주사위를 꺼내서 던져주시죠.

화면에 번호와 내용이 짝을 이루는 표가 떠올랐다. 표는 크게 세균과 바이러스로 나뉘어 있었다. 1번부터 6번까지는 수막구균, 연쇄상구균, 보툴리눔톡신 등 세균의 이름이, 7번부터 12번까지는 에볼라, 살모넬라, 헤르페스 등 바이러스 이름이 늘어서 있었다. 눈으로 읽기만 해도 찌푸려지는 이름들이었지만 남희중은 의자에 걸터앉은 채 양팔을 들어 으쓱해 보이곤 킬킬거리며 말했다.

"손해배상의 청구가 자식에게 돌아간댔지? 마음대로 해. 어차피 해희는 호적상 아들이지 내 친자식도 아니야. 신앙심 깊고 재산 많은 미망인과 결혼한 것뿐이거든. 아이한테 복수하고 나면 나는 풀어줘야겠어. 위증까지 하면서 받아낸 건축자금으로 지은 교회인데, 더욱 열심히 운영해야 하지 않겠어?"

남희중의 태도에 강도현은 조금도 지체하지 않고 주사위를 굴렸고 한쪽은 1, 다른 쪽은 2가 나왔다.

—3번, 보툴리눔톡신 감염에 의한 마비에 당첨되었네요. 집행에 앞서 흥분된 분위기를 좀 가라앉히죠. 테이블 가장 안쪽 수납함에 오렌지 주스가 있어요. 그걸 마시고 나서 집행 장면을 감상해볼까요?

수납함과 가까운 쪽에 앉은 추지혜가 테이블 회전판에 주스 세 잔을 올렸다. 주스가 담긴 유리잔에는 세 사람의 이름표가 붙어 있었다. 덜덜 떨리는 손으로 회전판을 돌린 남희중은 그중 자기 것을 낚아채 한 번에 다 마신 뒤 혀로 입가를 핥으며 말했다.

"팝콘도 준비해줬으면 더 좋았을 뻔했군."

추지혜와 강도현도 몇 모금의 주스를 넘긴 때였다.

"컥, 커헉! 수, 숨이 쉬어지지 않아."

남희중이 목을 움켜쥐더니 판사 쪽으로 다가오며 손을 뻗었다.

"헉…도와줘……."

강도현은 재빨리 일어나 그를 피했다. 남희중은 핏발 선 눈으로 판사를 노려보며 테이블 위에 뒹구는 포크를 집어 들었다.

"내려놔! 지금 뭐 하는 거요!"

판사가 양손을 들어 제지했지만 목사는 캑캑거리며 자꾸만 다가왔다.

"저, 저년이 첨부터 이상했어. 헉. 자기소개도 제일 늦게 했고…… 이 모든 일의 원흉이 저 여자 때문…… 용석이의 변호만 맡지 않았어도. 헉. 그리고 저년이 이 음식들을 늘어놨어. 일부러 독이 든 걸 내가 헉, 집게 한 거야."

얼굴이 보랏빛으로 변한 남희중이 테이블에 기대어 컥컥대더니 강도현을 지나쳐 추지혜에게 달려들었다.

"꺄악!"

추지혜가 손으로 얼굴을 가리며 물러섰지만 포크 날이 팔에 꽂혔다. 강도현이 말리려고 다가선 순간 남희중이 가슴을 들썩이며 바닥에 쓰러졌다. 그는 물 밖에 던져진 잉어처럼 온몸을 펄떡이며 호흡하려고 했지만 입가에 부글대는 거품만이 솟아났다.

"주, 주님이 용서치 않을……."

목사가 힘겹게 잇던 말을 내레이터가 가로챘다.

―보툴리눔톡신에 의한 마비 형을 집행했습니다. 주스에 든 세균이 식도와 후두덮개를 지나며 마비를 일으키고, 기능이 정지된 후두덮개는 주스를 기도로 흘려보냅니다. 기도를 통해 기관지와 폐에 닿은 균이 호흡운동을 멈추게 하죠.

피고 남희중 씨는 자녀에게 대리 구형하는 것보다 스스로 책임지게 하는 것이 적절하다고 판단되어 호흡기 마비라는 징벌을 본인에게 내렸습니다.

남 목사가 쓰러진 쪽의 바닥이 열렸다. 그는 눈을 까뒤집은 채로 첨벙 하는 마찰음과 함께 물속으로 굴러떨어졌다. 판사는 손을 들어 발언권을 부여받자마자 노기 띤 음성으로 따졌다.

"대체 왜 이러는 거요? 자꾸만 재판의 규칙을 바꾸고 있잖소. 음식에 아무것도 안 넣었다더니 주스에 세균을 넣고, 자녀들에게 벌을 구형한다더니 그것도 아니잖소. 재판극의 진행자인 당신이 말을 번복하고 있어. 재판의 룰을 자꾸만 바꾸다니, 이건 공평하지 않소. 공정치 않은 행위란 말이오!"

판사가 항의하자 진행자의 웃음소리가 들렸다.

―강도현 씨가 공평을 논하니 이거야말로 유머로군요. 음식엔 아무것도 안 넣은 게 맞고, 두 번째 심판의 질병 감염을 위해 준비한 열두 가지 음료들에 여섯 가지 균과 여섯 가지 바이러스를 용해시켜 두었을 뿐입니다. 목사의 이름표가 붙은 음료 속에만요. 우린 첫 번째 재판에선 황정주 씨가, 두 번째 재판에선 남희중 씨가 선택될 거란 사실을 예측하고 있었고 당뇨가 있는 남희중 씨가 단 음료를 급하게 마실 거

라는 것도 알고 있었으니까요.

추지혜는 허리를 구부려 수납함을 다시 열어보았다. 이미 마신 오렌지 주스를 빼고 와인과 콜라, 밀크티, 커피, 토마토 주스 등 열한 가지의 음료가 정확히 세 잔씩 늘어서 있었다. 안내 음성의 말대로 이제까지의 결과를 예측하기라도 한 듯 황정주의 이름표가 붙은 음료만 없었다.

제3막 1장 : 상해의 형벌

―신희수 양의 가족에게 이 재판극을 의뢰받은 우리 클린 코드는 꽤 오랫동안 네 분을 지켜봐왔고 당신들이 소중해하는 것과 그렇지 않은 것을 모두 다 알고 있습니다. 남희중 씨에겐 본인이 가장 소중하니, 당연히 그 벌을 본인이 받는 게 타당하다고 판단한 거죠. 이 극의 배심원단 역시 그에 동의했고요. 이제 10분 뒤 카운트다운을 할 겁니다. 두 분이 자체 논의할 시간은 단 10분입니다.

판사가 테이블을 탁 치며 큰 소리로 말했다.

"내가 잘못을 했다면 사죄할 테니 이제 그만두시오. 이 재판극을 끝냅시다."

―그럼 피고 강도현 씨는 본인의 죄를 자백하는 겁니까.

"난 결백하오. 5년 전 그 사건에 관해서라면 증거주의인 재판의 법리상 피고 손을 들어줄 수밖에 없었소."

강도현의 말에 추지혜도 자신의 결백함을 주장했다. 처음부터 생각했던 것처럼 세 번째 심판인 신체적 상해를 당하는 것보단 끝까지 살아남아 정신적 고통을 택하는 것이 나았기 때문이다.

─두 분 다 청렴을 주장하려는 열의가 대단하네요. 9분 내로 논의를 종결해주십시오.

두 사람의 자체 논의를 강요하듯, 벽 한 면에 강도현의 아들 창운과 추지혜의 쌍둥이 남매가 나타났다.

"아들이 당하기엔 너무 큰 죄값이오. 황 박사나 남 목사처럼 차라리 내가, 내가 당하겠소!"

강도현의 부정 넘치는 모습에 추지혜는 피가 흐르는 팔을 감싼 채 비웃음을 삼켰다. 저렇게 약한 모습을 보일 거면 평소에 공정한 판결을 내렸어야지. 그러나 판사를 비웃을 때가 아니었다. 집에서 블록놀이를 하던 쌍둥이들은 보모와 함께 놀이터에 나가 있었다. 언제 어떤 형태로 습격을 받을지도 몰라 온몸의 신경이 곤두섰다.

쌍둥이들은 자신의 명함만큼이나 소중한 액세서리였다. 그 액세서리는 공장에서 찍어내듯 만들 수가 없다. 핸드메이드도 아닌 무려 보디메이드. 게다가 그 시간과 노력.

─남은 시간은 7분입니다.

재판에 관해서는 도가 튼 장본인 두 명이 칼끝 같은 눈길로 서로를 겨누었다. 본인이 마지막까지 살아남기 위해서는 눈앞의 상대를 지목해야 했다. 그래 봤자 일대일. 같은 표수가 나와 배심원단이 최종판결을 하게 될 터였다.

"추 변호사. 지금 우리에게 필요한 건 진짜 참회일지도 모르네."

추지혜는 기다렸다는 대답했다.

"참회하실 거면 하세요. 난 죄가 없으니 판사님이 세 번째 벌을 구형받으시면 돼요."

"추변이 내게 찾아와 신희수 양의 진술이 거짓이라 하지 않았나. 그래서 신희수 양의 최초 법률상담을 했지만, 무고한 김용석 군의 변호를 맡게 된 거라고 말했잖나!"

"그러니까 그걸 믿은 게 잘못이죠. 판사가 공평해야지 왜 내 말을 듣냐고요! 애초에 난 일개 변호사일 뿐 판사가 잘못 판결을 내린 케이스라고요. 판단을 잘못 내린 책임은 당연히 판사가 져야죠."

추지혜의 매서운 반격에 강도현은 안광을 빛내며 굵은 저음으로 말했다.

"추지혜 변호사. 신희수 양 측 검사는 당신이 피해자의 중요 증거를 돌려주지 않았다고 했어. 고의로 피해자인 신희수 양을 괴롭힌 건 자네야."

추지혜는 팔짱을 끼고 삐딱하게 고개를 기울이며 말했다.

"그래서 신희수 양이 증거를 다시 확보해 제출할 때까지 기다려 달라고, 검사가 선고기일 연기 신청을 했지만 강 판사님이 들어주지 않았죠. 영상 촬영 및 유포 동의서에 대한 재감정 요청에도 응하지 않고 서둘러 판결을 내렸어요. 김용석이 무고하다는 판결을 내릴 배경이 다 갖춰진 때를 놓치기 싫다는 듯이. 판사님이야말로 분명히 알고 있던 거예요. 신희수 양이 피해자라는 걸. 그러니 기일 연장도 재감정 요청도 물리치고 선고를 때려버린 거죠. 안 그래요?"

"피고 측 증거가 감정을 통해 공신력을 인정받은 이상 신희수 양이 피해자라는 주장을 받아들일 수 없었네. 난 자네가 감정법인의 감정사와 의료사실 요청에 응한 황 박사, 그리고 증인인 남 목사까지 매수했는 줄은 전혀 몰랐단 말일세. 뭣보다 자네가 찾아와 죄 없는 젊은이를 구해달라며 몇 번이나 끈질기게 설득하기도 했고."

"후후, 그 설득에 왜 넘어갔는지를 빠뜨리면 안 돼죠. 재판 끝난 뒤 판사님 아들 강창운 이름 앞으로 강남에 있는 상가 하나 받았죠? 법복을 벗은 뒤 로펌 개업비용으로 쓰려고 얼마 전 매도한 것 같던데."

두 사람의 치열한 공방 속으로 나지막한 진행자의 목소리가 끼어들었다.

―선택의 시간이 되었군요. 카운트를 시작합니다. 하나, 둘, 셋.

두 사람의 손끝이 서로를 겨냥했다.

―형 집행 순서가 정해지지 않았으므로 결정권이 배심원단에게 넘어갑니다. 배심원들의 평결을 앞두고 피고들이 변론할 차례입니다. 피고 강도현 씨와 추지혜 씨, 두 분은 간단한 최후 변론을 준비해주시기 바랍니다. 자, 그럼 이제 피고 강도현 씨는 가운데로 나와 주십시오.

강도현이 무대 가운데 서자 하얀 스포트라이트가 번쩍 눈시리게 쏟아졌다.

"내가 판사로써 공정한 심리를 하지 않고 무리한 판결을 선고한 것은 인정합니다. 검사가 요청한 대로 선고기일 연장이나 재감정에 응하지 않았소. 내가 법복을 벗고 나면 피고 측이 내 로펌의 스폰서가 돼준다는 말에 흔들린 것도 사실입니다. 하지만 추지혜 변호사의 설득과 같이 피고 측 증거가 딱딱 맞아떨어지자 억울하게 가해자로 몰린 젊은이를 구한다는 정의감도 있었지요. 추지혜 변호사는 나와 배석판사들이 단골로 가는 식당에 우연을 가장한 듯 꾸준히 나타나 나를 설득했습니다. 추지혜의 말을 들은 배석판사들은 신희수 양 같은 거짓말쟁이는 혼내줘야 한다며 난리였지요. 나 역시 김용석 군이 정말 무고하니 추지혜 변호사가 그리도 지극정성으로 나를 설득하려는 거라고 생각했습니다. 마침 증거도 피고 측 변론과 딱딱 맞아떨어지는 상황에서 나는 무고 판결을 내릴 수밖에 없었소. 처음부터 김용석 군이 악랄한 피고임을 알면서도 그의 편에 선 추지혜 변호사는 달리, 나의 판단이 잘못되었을지라도 내게는 정의를 구현하려는 양심이 있었습니다. 이를 참작하여 내가 구형 순서의 마지막이 되어야 한다고 봅니다."

강도현의 말이 끝나자 목소리는 추지혜를 호명했다. 그녀는 두 손으로 가운데 모으고 어깨를 구부려 최대한 반성하는 듯한 분위기와 목소리를 연출했다.

"난, 변호사로서 최선을 다한 죄밖에는 없어요. 내 의뢰인은 피고 김용석 군이었고, 난 그 청년이 억울하게 가해자로 몰렸다고 생각했어요. 매수와 뒷공작으로 재판을 조작했다고 하는데, 변호사인 내가 아무리 사건을 조작하려 해도 모든 서면과 상황을 종합해서 최종판결을 내리는 책임자는 판사예요. 내가 조작을 했더라도, 판사가 더 면밀한 증거 조사를 명했다면 판결은 달라졌을 거예요. 강도현 판사는 피고에 대한 무죄 선고를 내릴 수 있게 갖춰진 상황증거들이 유지되길 바랐기에, 일부러 재조사를 하지 않고 기각 판결을 한 거예요. 변호사인 저는 당연히 의뢰인 편을 들어야 하지만, 판사는 양측에 구애되지 않고 공명정대히 살피고 정확한 재판을 이끌었어야 해요. 강 판사는 이에 대한 반성 없이 본인의 직무 태만과 결점을 제게 책임 전가하고 있기에 죄질이 불량하여 이 재판의 세 번째 구형자가 되어야 합니다."

추지혜는 진짜 재판정에 선 것처럼 보이지 않는 배심원들을 향해서라는 듯 허리를 깊숙이 숙여 공손히 인사하고 스포트라이트 존을 벗어났다.

─두 분의 변론 잘 들었습니다. 배심원단들의 판단을 돕기 위해 잠시 질의 시간이 있겠습니다. 저와 같이 상황실에 자리한 배심원 중 한 분이 추지혜 씨에게 질문한다고 하네요.

우스꽝스럽게 변조된 목소리가 흘러나왔다.

─신희수 양이 폭행당하는 순간이 녹음된 유에스비를 추지혜 씨에게 주었다고 했습니다. 추지혜 씨는 그 증거자료를 피고 측에 넘기면서 변호 일을 수임받았고 증거를 제출하지 못한 신희수 양은 패소하게 되었습니다. 추지혜 씨는 피해자의 증거자료 거래에 대한 책임을 인정하나요?

추지혜는 속이 메슥거렸지만 태연한 낯빛을 가장하며 손을 들어 보인 다음 대답했다.

"그건 내가 없을 때 펌에 들러 사무장에게 주고 갔다고 했었어요. 난 그걸 전해 받은 적 없습니다."

강도현이 못 미덥다는 듯 눈썹을 치켜올리며 추지혜를 바라보았다.

―알겠습니다. 마지막 판단을 위해 증인과 화상으로 연결된 상태인데요. 증인심문은 제가 하도록 하겠습니다.

　한쪽 벽면에 미라 같이 바싹 마른 김용석의 얼굴이 클로즈업됐다. 카메라 렌즈가 뒤로 빠지는지 병실 침대에 누워 수액 주사 중인 김용석의 전신이 보였다. 양손과 팔은 굵은 억제대로 단단히 묶여 있고 건장한 보호사가 그의 얼굴을 세게 때리며 마저 정신을 차리게 했다.

　―강도현 씨와 추지혜 씨 죄의 경중을 가르는 기준이 바로 증거의 고의 은닉 여부일 텐데요. 그 사건의 피고였던 당사자 김용석 씨에게 묻습니다. 추지혜 씨가 피고의 사건을 수임할 때 신희수 양의 유에스비를 넘겨주었나요?

　눈의 초점이 흐릿한 김용석은 쪼글쪼글한 입술을 움찔거리다가 목소리가 나오지 않는지 힘없이 고개를 끄덕였다. 그 모습을 본 추지혜의 얼굴이 경악과 공포로 일그러졌다. 창문 없이 사면이 꽉 막힌 방, 덩그러니 놓인 침대 위에 묶인 김용석은 5년 전 건장했던 청년이라고는 믿을 수 없이, 오랜 감금과 약물 주입으로 쇠약해진 노인의 모습이었기 때문이다. 화면 속의 방 안은 지금 추지혜와 강도현이 선 곳과 구조가 똑같았다. 김용석은 이 크루즈 어디에선가 5년간 사육당하고 있었던 것이다.

　'완전히, 완전히 미친 사이코들이야.'

추지혜의 혼잣말을 듣기라도 한 것처럼 진행자가 아나운싱을 했다.

─김용석의 아버지 김태환 씨는 둘째 아들이 친 사고의 합의금을 물어주느라 지쳐 있었고 신희수 양 죽음의 대가로 자식만을 처분하는 것에 흔쾌히 동의했습니다. 첫째 아들과 셋째 딸이 있으니 둘째 아들은 없는 셈 치겠다고 하더군요. 김용석 군은 공식적으로는 유학 간 것으로 되어 있지만 이 크루즈의 지하 선실에 죽을 때까지 감금되는 것으로, 아주 성실히 형을 치르는 중입니다.

추지혜의 턱이 떨려왔다. 원한을 갚기 위해 치밀하고도 샅샅이 준비된 살인재판극의 시나리오가 쓰여지고 차근차근 진행될 동안 자신이 왜 조금도 눈치를 못 챘는지 후회될 뿐이었다. 각계 저명인사만 모이는 로열 소사이어티 초대장을 로펌의 대표가 자기에게 양도한 것조차도 계획의 일부였던 게 분명했다. 힘이 빠진 추지혜는 의자에 몸을 축 늘어뜨렸다. 김용석과 같이 무기력하게, 미치광이 연출자가 구형하는 벌을 받아들여야 한단 말인가. 그러기엔 너무 억울했다. 김용석의 변호를 맡아 승부조작했던 것 역시 추지혜에겐 열심히 산 증거일 뿐이었다.

한쪽 벽에 세 번째 형벌의 세부사항을 결정할 사다리 표가 떠올랐다. 미로처럼 복잡하게 얽힌 사다리의 끝은 가려

져 있고 맨 위에는 병아리, 토끼, 펭귄, 코알라 등 귀여운 마
스코트들이 올라와 있었다.

—배심원단의 판정 결과는…….

추지혜가 울부짖으며 끼어들었다.

"권악징선을 권하는 사회에서 어떻게 착하게, 정의롭게
살란 말이야? 선하게 살면 손해 보고 악하게 살아야만 빛날
수 있는데, 나보고 어쩌란 말이야! 법? 판결? 다 문제 많은
세상을 평화로운 척하려고 만든 거잖아!"

진행자가 그녀의 말을 끊지 않았으므로 추지혜는 더욱 악
을 쓰며 소리쳤다.

"사이비교주 같은 목사에게 아버지 퇴직금마저 갖다 바
친 엄마는 매일 교회에서 살았고, 엄마를 만류하러 뛰어가
던 아버지는 차에 치여 죽었어! 목사를 사기죄로 고소했지
만 소는 기각됐어. 판사랑 목사가 신학대학원 시절 친구였
다는 사실을 재판이 끝나고 알게 되었지, 재판이야말로 진
실의 진수가 아니라 로비의 진수라는 사실을!

원고 패의 판결을 받던 그 겨울날, 아버지 무덤 앞에 선
나는 죽은 아버지의 목소리를 들었어. 인맥이면, 돈이면 다
되는 세상에서 억울하면 억울한 사람 본인이 출세해야 하
는 거라고. 그렇게 이 세상의 법칙대로 살아온 것뿐인데, 근
데 왜 나만 당해야 해? 그럼 이 크루즈 안에 있는 모든 사람

들이 재판 당해야 한다고! 다들 그 자리에 올라서기까지, 또 올라서고 나서 정의만을 행했을 것 같아? 억울해! 억울하다고! 내 아이들은 또 무슨 죄가 있다고 그 재판을 당해야 하냐고."

추지혜는 모성 어린 어머니의 모습을 어필하며 눈물 콧물을 흘렸다. 바닥에 무너져 어깨를 들썩이던 그녀는 고개를 쳐들어 충혈된 눈으로 강도현을 노려보았다.

"대한민국 사법부는 독립돼 있고 판사의 판결 역시 감사 대상이 아니야. 재판장이 선고하면 그만인 개 같은 제도라고. 재판정의 독재권력자인 저 새끼가 더 큰 벌을 받아야 해! 지금도 부장판사 출신 간판 달고 로펌 대표로 있으면서 악질 형사피고인들의 방패막이 돼 주고 있는 새끼라고!"

그녀가 목의 핏대를 선명하게 드러내며 악을 쓰는 사이 충혈된 안구의 핏줄이 터져 눈동자 한쪽을 붉게 물들였다.

"그리고 너희들이 이렇게 더러운 방법으로 벌하는 것 자체가 범법이야. 진짜 범죄자는 이 극을 꾸민 너희들이야!"

분을 못 이긴 추지혜가 침을 뱉고 테이블 위의 집기들을 바닥으로 쓸어버렸지만 이에 아랑곳하지 않는 진행자의 나직한 음성이 들려왔다.

─옛날 고대 극에는 엑시클리마란 장치가 있었죠. 극이 절정에 치닫는 시점에서 신이 수레를 타고 무대에 등장해

잘못한 인물을 벌하고 위기에 빠진 주인공을 구하는. 하지만 현대극에는 엑시클리마라는 신의 개입이 없습니다. 죄악이 판치는 타락한 세상의 모습을 보여주는 부조리극이 펼쳐질 뿐. 오늘날의 사회는 부조리극 자체가 되었고 이 부조리극에서 누군가 신의 역할을 하며 악인을 처벌해야만 오염된 세상이 조금은 깨끗해질 수 있겠죠. 그게 바로 법망을 피한 죄인들을 신을 대신해 심판하는 우리들, 클린 코드의 존재 이유입니다. 당신들같이 합법적인 범법자들을 벌하기 위해 불가피하게 범법을 행하는 셈이죠. 우리는 죄의 감별을 공정하고도 까다롭게 하기 때문에 두 분 중 어떤 분의 죄질이 더 불량한지 다시 논의를 했습니다. 판정단이 최종 선택한 세 번째 피고인은……

추지혜가 진행자의 아나운싱을 막으려는 듯 처절하게 울부짖었다. 강도현은 의자에 앉아서 양손을 모은 채 눈을 감았다.

─강도현 씨입니다.

눈을 번쩍 뜬 강도현이 벌떡 일어나 따졌다.

"이, 이럴 수는 없어! 모든 재판을 조작한 건 저 여자야! 김용석이 무죄라며 나를 설득하러 왔을 때도 저런 악어의 눈물을 흘렸었다고. 그런데 왜 내가."

진행자는 흔들림 없는 음성으로 말을 이었다.

—부상당할 신체 부위와 방법은 보다시피 사다리타기 게임으로 정하겠습니다. 추지혜 씨, 마음에 드는 동물의 얼굴을 골라주시죠.

　추지혜는 바닥에서 일어나 의자에 앉아 다리를 꼬곤 회심의 미소를 지으며 득의양양하게 벽면에 펼쳐진 사다리 표를 바라보았다. 역시, 눈물 연기가 헛되지 않았다는 짜릿함이 발끝에서부터 올라왔다. 승리감에 도취된 그녀는 눈물기가 남은 눈을 구부려 웃어 보이며 말했다.

　"병아리를 택하겠어요."

　그녀의 말과 동시에 화면 속에서 노란 병아리 얼굴이 클릭되었고 몇 번 사다리 길을 휘돌아 노란 표시선이 6번에 가닿았다. 가려져 있던 번호 속의 내용이 폭죽 터지는 그림과 함께 메인에 떠올랐다.

　—후두부 타격에 의한 신체 상해로 결정되었습니다. 강도현 씨의 부성애가 강한 것을 감안하여 자녀인 강창운 군에게 형벌을 집행합니다.

　화면이 바뀌어 광화문 거리를 걷는 강창운의 뒷모습이 보였다. 르메이에르 오피스텔 앞을 지나던 그는 갑자기 떨어진 벽돌을 머리에 맞고 쓰러졌다. 퍼벅 하는 굉음과 함께 쿠키처럼 부서진 머리에서 피가 흘렀다. 아, 119 불러! 화면 속의 행인들이 우왕좌왕하며 모여들었다. 화면을 보던 강도현은 얼굴을 가린 채 털썩 주저앉았고 추지혜는 승리감을 느끼며 비아냥대는 듯한 시선으로 판사를 내려다보곤 진행자에게 말했다.

"그럼 최후로 남은 내가 정신의 형벌을 받게 되는 거군요? 하지만 난 의뢰인을 열심히 변호한 죄밖에는 없어. 사문서 위조도, 감정사 매수도, 재수 없는 판사를 찾아가서 설득했던 것도 의뢰인을 위하는 직업적 윤리에 충실했던 것뿐이라고. 물론 그 방법이 승부조작인 건 맞지만 직업상 의무를 이행한 내게 형벌을 내릴 이유도 필요도 없어 보이는데 말이지."

강도현이 일어나 추지혜에게 돌진하며 소리쳤다.

"네년 때문이야! 그때 네년이 김용석에 대해 거짓말만 하지 않았어도 나는 올바른 판단을 내렸을 거야. 그랬다면 이런 일도 없었겠지. 너도, 너도 죽어!"

그는 추지혜의 목을 조르려는 듯 양팔을 내민 채 달려들었다. 강도현의 손이 추지혜 목을 반쯤 움켜잡은 찰나, 바닥이 열렸다. 그에게 목을 잡힌 추지혜도 강도현과 같이 물속으로 떨어져 내렸다. 풍덩 하는 둔탁한 마찰음이 들리는 동시에 바닥이 닫혔다.

제3막 2장 : 엑시클리마

조정실 안 화면에 텅 비어 고요해진 무대가 잡히자 진행자가 마지막 멘트를 했다.

―286번째 재판극, 배우들이 무대에서 전원 퇴장했습니다.

마이크를 내려놓은 한이수가 상황실 안의 스태프에게 손짓하자 그가 고개를 끄덕이며 무대 안 내부 스피커를 껐다. 상황실 안의 스태프들은 방 안의 기기를 작동하는 사람, 조명을 체크하는 사람, 준비한 영상을 송출하는 사람 등 몇십 명이 분주하게 움직이고 있었는데 다들 크루즈 승무원 복장을 하고 있었다.

선내의 승무원들은 모두 클린 코드의 일원으로 낮에는 로열 소사이어티 인사들을 극진히 대접하지만 매일 밤, 재판극을 돕는 스태프가 되었다. 그들은 전문성이라는 도끼에 내리 찍혀 무고하게 희생된 누군가의 가족들이거나 지인이었고 교묘한 범죄를 저지른 자들을 징벌할 목적으로 힘을 합쳤다.

그 안엔 한이수 아나운서처럼 정치 권력에 희생된 남편을 위해 일하는 아내도 있었고, 의료사고로 죽은 아버지의 복수를 의뢰한 대신 영상을 조작해주는 CG제작자, 조작된 기사에 목숨을 끊은 동생의 원수를 갚기 위해 이 배를 빌려준 크루즈의 주인도 있었다. 막대한 재력가도 클린 코드의 구성원 중 하나였다. 그는 로열 소사이어티라는 사교 모임을 조직하고, 재판극의 피고가 될 인사들을 매년 초대하는 데 거금을 투입했다. 진짜 재판이 아닌 '극'을 덧붙여 강조하는 건 재판극의 피고가 이후 실제 법적 절차를 밟을 경우, 파티 프로그램에 포함된 일종의 여흥이라는 빌미로 법망을 빠져나가기 위한 계산이었다.

"무대 미술팀은 저 방 싹 치우고 다시 세팅해요. 이제 다음 극을 준비해야지."

연출가가 엄지와 중지를 맞부딪혀 딱 소리를 내며 말했다.

"네, 연출가님!"

몇 명의 젊은이들이 대답하며 상황실을 나선 다음, 다른 쪽 화면에서 물속에 빠진 강도현과 추지혜를 지켜보던 의료 스태프가 말했다.

"연출가님, 피고들이 의식을 잃은 지 2분 됐어요. 이대로 두면 뇌사할 가능성이 큽니다."

"오케이. 이 극의 숨은 엑시클리마가 펼쳐질 시간이군."

안경을 쓰고 꽁지머리를 한 연출가는 마이크를 들고 강도현과 추지혜가 빠진 수영장 라인 곁에서 대기 중인 스태프들에게 말했다.

─수영장의 스태프들은 배우들을 건져서 10층 의료구역

으로 이송합니다."

수영장 가장자리에 서 있던 승무원들이 입수하여 강도현과 추지혜를 끄집어내 수건으로 닦아 이동침대에 실었다. 스태프와 피고들이 빠져나간 수영장은 조용해졌다. 연출가는 화면을 통해 실내 수영장 바로 위층인 스위트룸이 승무원들에 의해 정돈되는 것을 지켜봤다. 이 크루즈의 스위트룸은 특수 장치를 가동하면 바다 일부가 열려 루프탑을 젖힌 수영장 안으로 다이빙할 수 있었다. 이 특이한 구조의 스위트룸을 본 연출가는 화려하고 넓은 방을 단순하게 좁게 꾸며 수영장이 아닌 바다에 빠지는 듯한 효과를 내는 심판의 장으로 연출하자고 마음먹었다. 그는 무전기를 통해 의료구역 스태프들에게 전달했다.

—286편의 두 배우들 화물용 승강기를 통해 의료구역으로 이동 중. 병동에서 재우다가 아침이 되기 전에 객실로 옮겨다 놓고. 287편 배우들 무대 입장 해야 하니까 준비해줘요.

—네, 알겠습니다.

연출가는 상황실 안의 화면을 통해 심판의 장인 재판정 무대의 정리가 끝난 것을 보았다. 다른 네 명의 피고들을 배우로 올려 또 다른 재판극을 상연할 시각이었다. 그는 뒤를 돌아보며 무대의 화면을 확대해서 보여주는 스크린 앞에 앉아 있던 몇 명의 사람을 향해 말했다. "배심원단 여러분, 재미있게 관람하셨나요?"

"감동적이었어요. 우리 희수가, 희수가 자기 한을 풀었다며 저승에서 가슴 시원해하고 있을 거예요."

배심원단 중 곱상한 얼굴의 부인이 눈물을 흘리며 말했다.

"오히려 유명 연출자이신 부군의 도움을 받아 클린 코드의 각본이 더 탄탄해졌는걸요. 감사드립니다."

부인 옆에 앉아 있던 남편이 쓴 웃음을 지었다.

"아닙니다. 오히려 우리 아들이 많은 폐를……."

남편이 말을 끝맺기도 전에 무전기를 통해 의료구역의 전달사항이 흘러나왔다.

─연출가님, 항독소제 투여한 남희중 호흡 안정됐습니다. 그리고 287편 배우들 입장 준비 완료됐습니다.

─오케이. 클린 코드 287편 배우들을 무대로 옮겨요.

지시를 전한 연출가는 무전기를 가리키며 어깨를 으쓱했다.

"폐라뇨. 아드님이야말로 클린 코드의 의료스태프로 이렇게 눈부시게 활약해주고 있는 걸요. 그럼 이제 새로운 공연의 막을 올려야겠네요."

상황실 메인화면에 잠에 빠져 축 늘어진 네 명의 남녀들을 의료스태프들이 조심조심 네 개의 의자에 앉히는 모습이 보였다. 무대 밖에서 기다리던 스태프가, 안쪽에서 노크소리가 울리자 문을 열어주었다. 재판정의 문은 밖에서만 열 수 있게끔 개조해두었기 때문이다. 스태프들이 나오고 나서 무대의 불은 완전히 꺼진 암전 상태가 되었다. 이제 배우들이 하나둘 정신을 차리기 시작하면 본격적인 공연이 시연될 터였다. 연출자가 고개를 끄덕여 보이자 촬영감독은 녹화를 시작했고 한이수는 마이크를 들었다.

—지금부터 클린 코드 287번째 재판극을 상연합니다.

제4막 : 정신적 형벌

흰색 가운을 입고 마스크를 쓴 뒤 수술모까지 써서 머리칼을 감춘 사람들이 침대에 누운 사람들 사이를 지나다녔다. 추지혜는 눈을 살짝 떴다가 심상찮은 분위기에 다시 눈을 감았다. 침대에 누운 사람은 한둘이 아니었고 의사 가운을 입은 사람들이 한 명씩 호흡과 맥박을 확인하고 필요한 사람에게는 산소주입기를 연결해 활력 징후가 안정될 때까지 지켜보고는 무전기를 통해 보고했다.

—연출가님, 항독소제 투여한 남희중 호흡 안정됐습니다. 그리고 287편 배우들 입장 준비 완료됐습니다.

남희중이라면 아까 바다에 빠져 죽은 게 아니었어? 남희중의 모습을 확인하려 실눈을 뜨고 주변을 살피던 추지혜는

자신 쪽으로 걸어오는 남자를 보곤 깨어나지 않은 척 눈을
감았다.

"분명 손가락이 움직인 것 같았는데."

혼잣말을 하며 멈추어 선 남자에게서 소독약 냄새가 확
풍겨왔다. 잠든 척하는 자신의 모습을 샅샅이 훑어내리는
낌새에 그녀는 아무런 미동도 없이 눈을 감고만 있었다. 소
독약 냄새가 진해졌다고 느낀 순간 남자가 그녀의 눈꺼풀을
벌려 의식이 있는지 확인하려 했다. 그녀는 자신의 눈꺼풀
을 집은 남자의 손을 힘껏 끌어당겨 꺾는 한편 앙칼지게 할
퀴고 뛰어나갔다. 손톱에 남은 남자의 살점을 떨쳐낼 사이
도 없이 병동 문을 열고 복도로 도망친 그녀는 마주친 승무
원을 잡으며 말했다.

"헉헉, 도와줘. 도와줘요."

그녀가 가쁜 숨을 토하며 도움을 구하는 찰나 팔에 바늘
이 박히는 통증이 느껴졌고 다시, 주변이 희미해졌다.

오렌지색 천장이 보였다. 익숙한 집 안의 천장이 아니었
다. 고개를 돌려보니 선우가 자고 있었다. 머리가 지끈거렸
고 온몸이 두들겨 맞은 듯 뻐근했다. 그녀는 이마를 감싼 채
몸을 일으키다가 급하게 핸드폰을 찾아서 보모에게 영상통
화를 걸었다. 입주 보모는 눈에 졸음기를 묻히고는 커다란

하품을 하며 전화를 받았다. 아이들이 괜찮은지 묻는 추지혜에게 보모는 별 해괴한 일 다 보겠다는 듯 말했다.

"사모님, 지금 아침 6시예요. 쌍둥이들은 어제 10시부터 방에서 자고 있죠. 자, 보세요."

보모가 아이들 방으로 가는지 추지혜의 익숙한 집안 동선이 보이더니 침대 위에 새근새근 잠들어 있는 쌍둥이의 얼굴이 잡혔다. 그녀는 평평한 액정 위로 잠자는 쌍둥이들을 만져보았다.

"흑. 흐흐흑!"

안도감에 온몸에 힘이 빠지며 눈물이 났다. 추지혜의 손에서 떨어진 핸드폰을 선우가 주워들어 건네주었다. 전화는 이미 끊겨 있었고 선우는 악몽이라도 꾼 것이냐며 그녀를 안아주었다.

'정말 악몽이었을지도 몰라. 이제, 이제 다 끝났어.'

그녀는 선우의 익숙한 체취를 맡으며 눈을 감았다. 그녀가 시달린 광란의 재판극은 선우의 말대로 지독히 나쁜 꿈이었을 뿐인지도 모른다. 그녀는 무교일 뿐 아니라 기독교를 싫어했지만 신이라는 미지의 존재에게 감사기도를 올리고 싶은 생각까지 들었다.

선우의 널찍한 품에 안겨서 마음껏 눈물 흘리던 그녀는 익숙한 체취에 섞여 희미하게 피어나는 이질적인 냄새에 눈을 떴다. 알코올 비슷한, 소독약 냄새였다.

"왜 그래요?"

자신을 빤히 보는 눈길에 선우가 의아하다는 듯 물었다. 추지혜는 대꾸 없이 자신의 팔꿈치를 보았다. 남희중이 휘두른 포크에 찔린 상처가 남아 있었다. 살인 재판극은 꿈이 아니었던 것이다.

"어젯밤 우리, 기억 안 나요?"

얼굴을 굳히며 자신을 바라보는 추지혜에게 김선우는 그녀 몸의 상처들과 목에 난 멍 자국이 지난 밤 사랑의 흔적이라는 것을 모르냐는 듯 쑥스럽게 반문했다. 하지만 그녀의 머릿속에 생생하게 남아 있는 장면들은 어떻게 설명할 것인가. 자신의 딸이 다칠 때 절규하던 황정주의 쉰 목소리, 광기 어린 남희중의 폭주, 배심원단의 판단을 위해 변론을 명령했던 사이코패스 진행자 그리고 누구인지 알 수 없는 미치광이 재판극의 연출가.

"우린 같이 잠들었지만 나만 밀폐된 방에 갇혔었어. 너, 너는 내가 옮겨지는 소릴 못 들었던 거야?"

추궁하는 그녀에게 선우는 무슨 뜬금없는 질문이냐는 듯 고개를 갸웃했다. 무구한 표정의 선우에게서 시선을 거두려는 찰나 그의 손목에 난 상처가 보였다. 의사 가운을 입은 누군가의 손을 뿌리칠 때 자신이 할퀴었던 감촉, 손톱 끝에 타인의 살점이 박히던 순간이 떠올랐다.

그제야 침대에 눕기 전, 와인을 따라서 건네준 사람이 선우였다는 사실이 떠올랐다. 그녀는 옷장에 풀어둔 선우의 가방을 뒤졌다. 작은 아이스박스 안에 작은 앰플들이 수십 개 들어 있었다. 앰플과 바이알에는 포도상구균, 연쇄상구균, 에볼라, 보툴리눔톡신 등 균과 바이러스의 이름이 붙어 있었다.

"선배, 뭐해요?"

선우가 의아하다는 표정으로 다가왔다.

"오지 마!"

"그거 비상용 약이에요. 의대 다닐 때 습관이 들어서 여행 갈 땐 늘 상비약을……."

"약이 아니라 살인을 위한 균과 바이러스잖아! 당장 멈춰. 더 이상 다가오면……."

뒤로 물러서며 급한 대로 와인병을 집어든 그녀에게 선우가 한 걸음 더 다가섰다. 추지혜는 와인병을 휘두르며 객실 문 쪽으로 뒷걸음질쳤다. 선우는 입가에 나직한 웃음이 어린 표정으로 그녀를 보았다.

"5년 전 당신에게 배신당한 대학원생 신희수가 내 누나였어. 당시 의대를 다니던 난 누나의 억울한 죽음을 계기로 법학전문대학원에 입학했지. 연수원 성적이 탑이라 대형 로펌의 영입 제안이 많았지만 그걸 거절하고 당신의 로펌으로 들어갔어."

"뭐? 너, 네 이름은 김선우인데."

"네가 의심하지 않게 일부러 엄마 성으로 바꿨거든."

그는 여유롭게 웃으며 주머니에서 무언가를 꺼내 손에 들어 보였다.

"어젯밤, 아니 이제까지 수십 번 나와의 관계가 들어 있는 유에스비야. 누나도 피해 순간이 녹음된 증거를 이렇게 이동식 저장장치에 담아 당신에게 건넸다지? 김용석에게 미행당한지도 모르고 당신의 사무실을 나선 누나는 신고를 했고, 당신은 곧바로 들어온 김용석에게 정형외과 의사인 남편의 병원 개원 비용 협찬을 약속받고 증거를 넘겼어. 그리고 누나에겐 그 원본을 지워버리라고 했지."

추지혜의 턱이 덜덜 떨려왔다.

"내 얼굴은 모자이크처리해서 복사본을 수십 개 만들어 놨어. 나도 우리가 일하는 로펌 게시판에 이 영상을 올려볼까? 어때? 나도 리벤지포르노 가해자로 고소할 건가? 마음대로 해도 좋아. 당신 펌에서 일하며 당신의 무인과 녹음파일, 다 확보해놨으니까. 아니, 당신이 동영상을 찍자고 한 각서, 나를 사랑한다는 녹취본, 그리고 어제 찍은 동영상까지 증거로 제출하면 되겠지. 그 증거는 판사와 양측 변호사들이 다 감상할 테고? 자 기념으로 하나 줄게. 이미 복사본은 수십 개 있으니 이것 하나쯤은 네게 줄 수 있으니까."

김선우가 유에스비를 흔들어 보였지만 추지혜는 그것을 빼앗으려고 받으려고도 하지 않았다. 하얗게 질린 그녀의 손에서 와인병이 빠져나갔을 뿐이었다. 병은 깨졌지만 푹신한 카펫이 소음을 빨아들여 어떤 소리도 나지 않았다. 추지혜는 분노로 부들부들 떨리는 턱을 억누르며 말했다.

"이, 이런 걸 미끼로 협박하면, 네가 무사할 것 같아? 키워줬더니 어디서 감히……."

흥분한 탓에 목소리가 떨려 나왔다.

"내게 실무를 다 미뤄 서면을 쓰게 하고 사적인 심부름까지 시키는 게 키워준 건가?"

웃음기를 거둔 김선우가 무서운 눈으로 그녀를 노려보았다.

"무고죄로 김용석에게 역고소 당한 누나는 나랑 같이 널 찾아갔어. 우리가 네 사무실 문을 노크하자 넌 안에서 문을 잠갔고 우리가 열어달라고, 얘기만 하자고 하니 악에 받쳐 소리쳤지. 사무장님! 보안요원 안 부르고 뭐해요! 누나랑 나는 보안요원에 의해 빌딩 1층까지 '모셔'졌고. 그때 인사를 했더라면 이렇게 가까이서 오랫동안 네 옆에 있을 수 없었겠지?"

추지혜가 말을 잇지 못하자 김선우가 돌연 비웃는 듯한 표정을 지었다.

"네가 누나의 사건을 승부조작한 것과 같은 치밀함으로 복수를 기획하고 준비하고 기대하는 사람이 있을 줄은 몰랐겠지? 몰랐으니 그런 더러운 짓을 계속 할 수 있었겠지. 그러고 보면 참 멍청하단 말이야. 역지사지가 안 되니 그런 더러운 협잡들로 승률을 높여온 거겠지. 이건 내 선물이니 심심할 때 감상하라고."

차가운 추지혜의 손을 억지로 펴 유에스비를 쥐어준 김선우는 그녀 귀에 대고 속삭였다.

"절망과 무력감으로 일상이 어떻게 한순간에 무너지는지, 그때의 기분이 어떤지 이젠 너도 알겠지."

그때 객실의 TV가 자동으로 켜졌다.

커튼콜 : 연출자의 변

―난 의뢰인을 열심히 변호한 죄밖에는 없어. 사문서 위조도, 감정사 매수도, 재수 없는 판사를 찾아가서 설득했던 것도 의뢰인을 위하는 직업적 윤리에 충실했던 것뿐이라고. 물론 그 방법이 승부조작인 건 맞지만……

브라운관 안에는 추지혜가 자신의 죄를 인정하는 장면이

재생되었다. 각자의 방에서 남희중도, 강도현도, 황정주도 잠시 악몽인가 했던 살인 재판극이 눈앞에서 생생히 되살아나는 것을 지켜보았다. 화면이 뚝 끊겼고 각자의 객실 안의 네 사람은 브라운관을 채운 깜깜함, 불 켜지기 전의 소극장 무대를 노려보았다. 짝짝짝, 세 번의 손뼉 소리가 들리더니 네 면이 꽉 막힌 소극장 한쪽에서 그림자가 나타났다. 대본을 한 손에 말아쥔 누군가의 실루엣이었다.

—여러분은 즉흥상황극의 배우로서 아주 훌륭한 연기를 펼쳤습니다. 물론 여러분의 생생한 연기는 가상과 현실을 조합한 영상 덕분에 가능했을 겁니다. 이미 녹화해둔 실존하는 인물 영상에 CG나 그래픽을 넣어 사고를 당하거나 살해당하는 것처럼 꾸미는 것이죠. 클린 코드 감시팀은 1년간 배우 본인과 가족들을 표적 삼아 미행합니다. 여러분 본인은 물론 가족들이 자주 가는 곳과 좋아하는 것이 무엇인지 누구보다 잘 알게 되죠. 여러분의 가족들이 평소에 자주 있던 장소를 배경으로 영상을 찍어두고 기술을 가미해놓은 편집본과 그에 반응하는 여러분 덕분에 저와 의뢰인들은 꽤 흥미로운 재판극을 관람하게 되었고요.

여러분 자신과 자녀가 진짜로 죽은 게 아닌 점, 다행이죠? 네 분 다 심판의 바다에 떨어졌지만 다시는 우리 클린 코드 심판의 손길에 잡히지 말라는 뜻에서 방생하듯 풀어준 겁니다. 착하게 살라고요. 하지만 끝까지 남아 정신적 형벌을 선택한 피고에게는 안타까움을 표합니다. 다른 형벌이 영상 조작으로 이루어진 것이었다면 마지막 정신의 형벌이야말로 더욱 실제적이고 심층적으로 집행될 테니 말이죠.

크리스탈 보이저호에 초대된 여러분은 사회적으로 명망 높으신 분들이지만 그중엔 본인의 전문성을 무기로 무고한 사람을 해한 전적이 있는 상습 살인자들도 있습니다. 로열 소사이어티는 그러한 살인범들을 불러모으는 테두리이며 이 재판극의 연출가는 한 사람이 아닌 여러분 같은 전문인들에게 피해를 당한 사람들의 가족입니다.

우리는 각종 심판의 설비가 갖춰졌으면서도 지상과 동떨어진 이 배에서 무대를 꾸밀 날을 기다려왔습니다. 그리고 마침내 실연의 날을 맞아 소극장에서 여러분을 주인공으로 재판극을 상연했고, 성황리에 마무리되었습니다. 보다시피 여러분이 본인의 죄목을 낱낱이 읊는 방백을 확보할 수 있었으니까요.

여러분은 이 연극을 하나의 꿈으로 간직해도 좋고 간밤의 망상으로 기억해도 됩니다. 하지만 지장을 찍어주신 승선신고서에는 파티에서의 일을 누설해서는 안 된다는 비밀유지조항이 들어있으며, 파티 프로그램으로 마련된 어떠한 일정도 여흥으로 받아들여 이후 법적으로 문제 삼지 않겠다는 조항이 포함된 것을 유념해주셔야겠지요. 물론 이 재미 난 연극을 모두와 공유하고 싶은 분도 있으실 거라 생각됩니다. 그런 분들은 이 즉흥극의 훌륭함에 대해 얼마든지 떠벌리고 다니셔도 좋습니다. 그럴 경우 여러분이 열연한 무대의 영상이 공개되어, 이제껏 피해 왔던 사회적 책임을 져야만 하게 될 것도 기억해주시면 되겠네요.

지루한 연출가의 변은 여기까지입니다. 좀 있으면 아침 식사 시간이니 3층 레스토랑에서 조식 뷔페를 이용하십시오. 로열 소사이어티 여행 일정 그대로 오늘 밤 하선이 예정되어 있으니 크루즈 여행의 마지막 날을 마음껏 즐겨주시기 바랍니다.

마지막으로 이 기막힌 명공연의 커튼콜로, 여러분이 열연했던 영상 일부를 틀어드리니 천천히 감상하며 음미하시기 바랍니다.

─권악징선을 권하는 사회에서 어떻게 착하게, 정의롭게 살란 말이야? 선하게 살면 손해 보고 악하게 살아야만 빛날 수 있는데, 나보고 어쩌란 말이야! 이 세상의 법칙대로 살아온 것뿐인데, 근데 왜 나만 당해야 해? 억울해! 억울하다고!

추지혜는 실핏줄이 터진 빨간 눈으로 바닥에 엎드린 채 짐승처럼 울부짖는 자신의 모습을 보기 싫어 TV 전원을 껐다. 전원은 꺼지지 않았고 그녀는 바닥을 구르는 와인병 조각으로 브라운관을 내리쳤다. 찍어내리는 손길이 거듭될 때마다 브라운관 유리 표면이 깨져나갔다. 그래도 화면 가득 잡히는 자신의 모습에 그녀는 다른 와인병 조각들을 주워 한참을 내리쳤다. 검게 암전된 화면에 자기 얼굴이 반사된 것이라는 걸 알고 내려치기를 멈춘 그녀는 피투성이가 된 두 손을 내려다보았다. 그 손으로 천천히 얼굴을 쓸며 머리를 움켜쥔 그녀는 소리를 질렀다. 처절하게 악에 받친 길고 긴 비명이었다.

모퉁이

피곤하다. 눈을 뜨면서 나는 중얼거린다. 꿈을 꾼 날이면 잠을 잔 것 같지가 않다. 꿈의 내용은 기억나지 않는다. 피로한 몸을 통해 오늘 또 꿈을 꿨다는 걸 깨달을 뿐이다. 양 날개에 핀이 꽂혀 박제당하려다 풀려난 나비처럼 나는 몸을 꿈틀거려 본다. 모퉁이, 모퉁이였다. 잠에서 깨어나는 찰나 내 앞에 있던 건 모퉁이였다. 초연과 마지막 순간을 나눈 모퉁이. 모퉁이를 돌면 초연의 집이 나오지만 그날, 나는 모퉁이에서 초연을 보내야 했다. 모퉁이의 환영을 지워보려 뻑뻑한 눈을 크게 떠본다. 창문으로 들어오는 빛이 눈을 찌른다. 종이 따위에 손가락이 베이기도 하는 것처럼 고작 빛 한 줄기에 가슴 한쪽이 베일 수도 있다는 걸 나는 다시 한번 체감한다. 모퉁이에서 초연을 보내고 돌아오는 길에도 나는 가로등 불빛에 가슴을 베였었다. 모퉁이를 벗어난 뒤부터는 자주 그랬다. 아무것도 아닌 사소한 것들이 날카로운 흉기로 육박해올 수도 있다는 걸 매일매일 새롭게 깨달았다. 하여 적막과 고요가 필요한 영혼에게는 티끌 같은 자극도 아픔이 되는 법이라고 나는 결론 내렸다. 그 티끌 같은 자극에는 물론, 이토록 그악스럽게 울려대는 핸드폰의 진동도 포함된다.

이후 편집장이었다. 편집장은 다짜고짜 내게 일을 떠안겼다. 쉬는 중이라고 해도 막무가내였다. 원래 일을 맡았던 치가 삽화 두 장을 펑크 내고 감감무소식이라 했다. 정확히 일주일 뒤에 인쇄를 시작할 거라고, 제본한 원고를 퀵서비스로 보냈으니 읽고 어울릴 만한 그림 두 장을 뽑아 달라고 했다. 전화를 끊기가 무섭게 초인종이 울렸다. '괴담'이라는 제목의 책 한 권이 배달되었다. 대강 훑어보니 몇 편의 단편들을 묶어놓은 미스터리 공포물이었다. 내가 삽화를 그려야 할 부분은 신데렐라악성증후군과 루시드드림, 두 목차에 대한 것이었다. 인물들이 박제된 것처럼 끈적하고 음산하게 그려 달라는 편집장의 말이 떠올랐다.

프리랜서라곤 하지만 어떤 일거리도 주어지지 않을 무렵 불특정 다수의 출판사에 보낸 포트폴리오를 보고 연락을 해온 건 이 편집장뿐이었다. 미스터리, 추리, 공포물을 주류로 취급하는 이 출판사의 책들과 내 그림은 분위기가 맞아떨어 졌고 내 삽화가 들어 있는 책이 뜻밖에도 베스트셀러에 올랐다. 재판을 거듭할 때마다 출판사 사장이기도 한 편집장은 내게 술을 샀고 어느 날엔가는 인터넷 포털사이트 메인화면에 내 그림들이 올라와 있기도 했다. 책 마니아들이 삽화를 스캔하여 리뷰와 함께 올린 거였다. 네티즌들은 내 그림을 자기들 페이스북이나 인스타그램에 담아 갔다. 자연스럽게 삽화 의뢰가 늘어나 지금 사는 아파트를 마련했다. 그러니 맨 처음 일러스트레이터로서 나를 호명해준 편집장의 부탁을 들어주지 않을 도리가 없다. 두 장만 그리면 되니까 며칠간 집중해서 완성하면 될 터이다.

편집장이 준 시간은 많지 않다. 나는 터키행진곡을 틀어놓고 내가 그릴 삽화의 해당 원고를 읽기 시작했다. 먼저 루시드드림이다. 루시드드림이란 마음먹은 대로 꾸는 꿈을 말한다. 자기 꿈을 원하는 대로 조절하려면 몇 가지 과정이 필요하다. 이야기의 주인공은 원하는 꿈을 꾸기 위해 부단히 연습한다. 훈련법은 생각보다 간단하다. 자신이 꿈속에 있는지 확인해 꿈속이라면 원하는 장면을 불러내고 꿈이 끊어지지 않도록 하는 것이다. 내 꿈에 더 이상은 모퉁이가 보이지 않았으면 좋겠다. 내용 모를 악몽도 이제는 그만 꾸고 싶다. 나는 책에 적힌 루시드드림 훈련법을 찬찬히 살펴본다.

1단계. 꿈 구별기. 꿈을 마음대로 조정하려면 자신이 꿈속에 있는지 꿈 밖에 있는지 자각할 수 있어야 한다. 자신이 꿈 안에 있다는 걸 인식한 후에야 루시드드림이 가능하기 때문이다. 꿈을 구별하는 방법은 다음과 같다.

①목소리를 내거나 말을 해본다. 녹음기를 빨리 돌리듯 이상한 소리가 나거나 알아들을 수 없는 언어로 얘기하고 있다면 그것은 꿈이다. ②손을 펼쳐본다. 손가락 끝이 제대로 맺어져 있지 않고 물속에 있는 것처럼 흔들리고 연기처럼 희미하다면 그것은 꿈이다. ③시계를 본다. 확인할 때마다 시간이 달라진다면 그것은 꿈이다. ④옆 사람을 확인한다. 성별과 종을 수시로 넘나들며 바뀐다면 그것은 꿈이다. ⑤주변을 둘러본다. 실제로는 일어날 수 없는 일이 일어나거나 기이한 환경이 연출되고 있진 않은지 살펴보는 것이다. 가령 개구리가 말을 하거나 해와 달이 같이 떠 있다거나 기타 등등의 이상한 일을 발견할 경우 그것은 꿈이다.

나는 연이어 2단계를 읽는다. 1단계만 습득하면 2단계를 실천하는 데에는 별 문제가 없을 것 같다.

2단계. 꿈 소환기. 꿈속이라는 게 확인됐다면 원하는 장면을 불러낼 차례다. 자신이 원하는 장면이 무엇인지를 염

두에 두어야 한다. 꿈을 소환하는 방법은 다음과 같다.

①꿈속 배경으로 모퉁이를 상정하고 그 모퉁이를 돌면서 원하는 장면을 생각한다. 모퉁이를 돌아 벗어나는 순간 당신이 원하는 꿈과 맞닥뜨리게 될 것이다. ②꿈속에서 문을 상정한 다음 머릿속으로 원하는 장면을 생각한다. 문을 여는 순간 당신이 원하는 꿈이 펼쳐질 것이다. ③위 두 가지 방법에 익숙해지면 모퉁이나 문을 통하지 않고서도 언제 어디서나 생각만으로도 원하는 장면을 만들어낼 수 있다.

나는 루시드드림 3단계와 도움말을 마저 읽는다. 매일 자기가 꾼 꿈을 기록해 놓는 것, 그래서 자기 꿈의 분위기와 일정한 구조를 알아두는 것이 꿈 구별에 많은 도움을 준다고 한다. 당장 내일부터 꿈을 기록해야겠다고 마음먹는다. 내 다짐과는 별개로 루시드드림에 대해 어떤 장면을 그려야 할지는 선뜻 생각나지 않는다. 컴퓨터 전원을 켜고 페인터를 실행시킨 뒤에도 마찬가지다. 나는 긴장을 가라앉히기 위해 담배를 사러 식료품가게에 간다.

"801호 총각, 뭐 안 좋은 일 있어? 싹 끊어버렸던 담밸 다시 찾게?" 주인아줌마가 또 참견을 해온다. 번번이 이러니 성가시다. 아줌마에게 혀가 씁쓸하고 텁텁해야 작업이 잘 되는, 나만의 작업 전 징크스를 털어놓을 필요는 없다. 나는

"예에" 하고 애매하게 웃어 보일 뿐이다. "담배 대신이라고 홍차 티백만 사가더니, 우리 총각 뭔 일이래?" 나는 말 없이 돈을 내밀어 계산을 치른다. 담배 대신 홍차 티백을 사러 올 때가 있었다. 초연이 아직 내 옆에 있었을 때. 초연이 떠날 줄은 까맣게 몰랐던 때. 나는 초연에 의해 내 습관이 변하거나 새로 생기는 것이 좋았다. 그게 초연이 내 삶에 적극 개입하는 증거가 됐으므로. 나는 힘들지 않게 담배를 끊고 클래식을 듣기 시작했다.

담배를 피우지 않았는데도 혀가 쓰고 깔깔하다. 담뱃갑을 주머니에 넣고 아파트 현관에 들어선다. 경비원은 침을 흘리지 않는 게 용할 정도로 정신없이 잠에 빠져 있다. 엘리베이터가 오기를 기다리며 승강기 문 옆에 붙어 있는 벽보를 훑는다.

그림은 좀처럼 그려지질 않았다. 밑그림을 그렸다 지우길 몇 시간째, 터키행진곡이 수록된 소나타 음반도 벌써 네 번이나 돌아가 있었다. 나는 찬바람을 쐬고 싶어 창문을 열고 베란다에 선다. 습기를 머금은 바람이 휙 불어온다. 희부연 안개가 품고 있는 습기이다. 안개 속 습기가, 몸을 숨긴 채 기회를 엿보는 짐승의 숨소리같이 팔에 훅 끼쳐온다. 안개 속에서 누군가 달리고 있다. 나는 고개를 밖으로 빼내어 달리는 사람을 유심히 쳐다본다. 괴한을 조심하라는 벽보가 생각난 때문이다. 가면을 쓰고 뜀박질하는 괴한의 모습이 새벽에 종종 목격되고 있으니 주의하라는 내용이었다. 지금 저 밑에 있는 사람은 추리닝을 입고 조깅 중인 멀쩡한 남자다.

나는 팔짱을 끼고 아파트 뒤편, 안개가 내린 공터를 내려다본다. 괴한은 달리기 연습을 하는 게 부끄러워 가면을 쓰고 나타나는 것일까. 무언가 떳떳하지 않기에 가면을 쓰고 나타나는 것만은 틀림없을 것이다. 달리기와 미술만은 어떤 연습을 하지 않아도 반에서 1등을 하곤 하던 나의 학창시절이 떠오르자 괴한에 대한 우월감이 슬며시 생겨난다. 머리가 조금 맑아진 것 같아 컴퓨터 앞에 앉았지만 금방 졸음이 온다. 창밖을 둘러 감은 안개처럼 몽롱한 졸음이 전신을 뒤덮는다. 나는 잠깐만 눈을 붙이자는 생각으로 침대에 눕는다.

언제 이런 깊은 잠이 들었단 말인가. 나는 눈을 떠 켜져 있는 내 방의 전등을 바라본다. 창문 밖 자연광에 희석된 탓에 내 방의 불빛은 어렴풋하다. 땀이 흘렀다 식은 듯 온몸에 한기가 돈다. 모든 관절들이 격한 노동을 마친 다음 날처럼 통증을 호소한다. 온몸이 뻐근하다. 나는 섣불리 몸을 일으키지 못하고 물기가 느껴지는 턱을 더듬는다. 턱을 훔친 나는 물자국이 눈에서부터 비롯됐다는 걸 깨닫는다. 이불마저 무겁게 느껴져 발로 차 걷어낸다. 오늘도 꿈을 꾼 게 분명하다. 안개가 낀 날은 초저녁부터 졸음이 쏟아진다. 다른 날보다 훨씬 일찍 잠자리에 드는데도 아침에 눈을 뜨면 온몸이 쑤셔온다. 그보다 불쾌한 건 꿈이다. 악몽이다. 하지만 깨어나는 찰나 꿈들은 가루로 부수어지고 나는 현실로 복귀한다. 내가 무슨 꿈을 꿨는지 도무지 기억해낼 수가 없다. 악령을 불러내는 주문처럼 미묘한 음계들만 귓가에 머문다. 아스라이 지워지는 추억처럼 친근한 냄새처럼 그것은 내 마음을 아리게도 한다. 그러나 나는 어딘가 친숙한 그 멜로디를 경계해 마지않는다. 그 음계들을 덥석 움켜쥐어 가슴에 품는 순간 무슨 일이 일어날 것만 같기 때문이다. 돌막 아래 심겨 있던 씨앗이 폭우 뒤에 무서운 기세로 싹을 틔우고 잎을 피우듯 부피를 줄이고 있던 불행이 한꺼번에 덮쳐들 것만 같은 불안감이랄까. 불안하지만 불안의 근원을 캐보고 싶은 충동이 더 세게 부풀어 오르는 것을 느끼며 나는 책상 앞에 앉아 페인터를 실행시킨다. 루시드드림 훈련의 일환인 꿈기록을 하기 위해서다.

노트를 펼치는 대신 페인터를 실행시키는 건 글자보단 그림이 내가 다루기 쉬운 언어인 까닭이다. 꿈이 다 달아나기 전에 한 조각이라도 잡아둬야 한다. 흰색 털실뭉치가 엉켜 있는 듯 희붐한 바탕에 주황색 빛이 겹쳐진다. 사방은 희미하고 눈물 얼룩이라도 진 듯 흐릿하다. 사춘기 시절 자주 꿨던 것처럼 오로지 나의 무기력함만으로 요약되는 꿈. 헤어날 수 없고 끊어낼 수 없고 솟구칠 수는 더욱 없는 느낌의 꿈이었다. 두 발이 족쇄에 묶인 채 발버둥치지도 못하고 가라앉는 물의 깊은 속인 듯 배경도 사물도 명확지 않은 꿈속에서 나는 단지 하나의 이미지만을 기억해낸다. 연기처럼 희뿌연 하늘에 점점이 뒤섞인 주황색 빛, 그리고 모퉁이. 거기서 한 걸음도 떼지 못하는 나. 나는 시계를 보고 손끝을 보고 목소리를 내보고 주위를 한번 둘러보아 여기가 꿈인지 현실인지 확인해본다. 이상한 점은 발견할 수 없다. 시침은 제자리에 있고 손끝은 반듯반듯하다. 목소리는 곧고 모든 사물은 한 치의 어긋남 없이 정돈돼 있다. 의심할 것 없는 현실이다. 그러나 이것이 꿈이면 어떡하나. 의심할 것 없는 현실 같은 꿈이면 어떡하나. 나는 그럴 리 없다고 생각하며 내가 그린 오늘의 꿈을 본다. 엷은 회색 바탕에 주황빛이 점점이 번져 있는, 모퉁이다.

어느덧 정오가 가까워져 있다. 어제 저녁에도 식사를 하지 않았다. 그 사실을 떠올리자 허기가 극심해진다. 나는 무거운 몸을 일으켜 부엌으로 간다. 냉장고 속엔 유통기한이 지난 우유와 곰팡이 핀 식빵, 뜯지 않은 통조림밖에 없다. 가게에서 라면이라도 사 와야겠다. 티셔츠를 입고 바지에 다리를 끼워 넣는데 무릎이 따갑다. 바지를 잠깐 내려보니 무르팍의 살갗이 500원짜리 동전만큼 벗겨져 있다. 벗겨진 살갗엔 속속들이 마른 피가 배어 있다. 이 정도 상처는 따갑긴 하지만 내버려두면 금방 낫는다. 나는 바지춤을 올려 옷을 마저 꿰입고 지갑을 챙겨든다.

식료품가게 앞 평상에선 주인아줌마를 비롯한 중년 여자들이 몇 모여 앉아 수다를 나누고 있다. "어제도 나타났대." "어이구 어떤 미친놈이 가면을 쓰고 달음박질을 해 싸 그래." "어제 경비아저씨가 미친놈을 쫓아갔는데 뒤에서 누가 따라오니까 더 빨리 뛰더래." "그래서, 잡혔어?" "아니 뛰다가 화단에 자빠지긴 했는데 얼른 일어나서 막 도망가더래. 경비들, 말이 아저씨지 실은 할아범들이잖아." "그건 그러네. 깔깔깔."

나는 아줌마들의 웃음소리를 들으며 가게 안으로 들어간다. 가게 안은 텁텁하고 건조하다. 다섯 개들이 한 세트로 포장돼 있는 진라면을 계산대에 놓자 주인아줌마가 들어온다. 계산대라기엔 많이 헐벗고 녹슨 작은 책상이다. 양쪽 귀퉁이에는 금화모양의 초콜릿과 왕사탕이 각각 투명 플라스틱 병에 담겨 있다. 그 가운데 놓인 진라면을 보고 돈을 거스르던 주인아줌마가 말한다. "처자는 통 안 보이네? 입맛 다르다고 신라면 두 개 진라면 두 개씩 사가더니. 요즘 둘이 무슨 일이 있어 총각?" 나는 받아 쥔 거스름돈을 지갑에 넣지도 않고 손에 쥔 채 등을 돌려 가게를 빠져나와버린다.

밥을 먹고 나니 이제야 몸에 기운이 돈다. 얼어붙었던 몸이 조금씩 해동되는 것 같다. 냉장고에서 꺼낸 가래떡처럼 아직도 조금은 딱딱하게 굳어 있는 몸을 의자에 걸쳐놓는다. 작업속도가 더딘 루시드드림보다는 신데렐라악성증후군 삽화부터 그려야겠다. 어떤 장면을 뽑아낼 것인지 결정하기 위해 나는 이야기를 다시 한번 살펴본다. 저명한 설화 고고학자가 신데렐라 이야기의 진실을 파헤친다. 부엌데기 신데렐라가 공주로 발돋움하는 동화가 실은 길고 긴 신데렐라 이야기의 일부일 뿐이며 그마저도 정신병자가 자신의 병력을 기록한 수기라는 것이다.

신데렐라는 공주로서의 호화로운 생활에 싫증을 느낀 나머지 매일 밤 하녀의 삶을 동경하며 잠자리에 든다. 다음 날 신데렐라는 차가운 골방에서 일어나 앞치마를 두른 자신의 모습을 보곤 어리둥절해 한다. 새엄마와 언니들의 비웃음 속에 신데렐라는 자기의 일기장을 펼쳐본다. 그 속엔 자신이 언니들을 제치고 왕자의 신부로 발탁되어 공주가 된다는 이야기가 적혀 있다. 신데렐라는 자신이 하녀이며 고된 노동에 절망할 때마다 공주로서의 삶을 꿈꾸며 일기를 썼음을 깨닫는다. 이야기의 화자인 설화 고고학자에 따르면 이야기는 이것으로 끝나지 않고 무한반복된다. 일에 지친 다락방 하녀가 공주를 꿈꾸듯, 허무할 만큼 화려한 드레스룸 안의 공주 역시 하녀의 삶을 그리기 때문이다. 신데렐라는 자신이 쓴 글 속의 하녀와 공주로서 두 가지 삶을 산다. 하녀가 쓴 글 속의 공주 신데렐라 역시 지루한 일상이 지겨워 차라리 고통 몰아치는 하녀의 삶을 작문한다. 공주가 쓴 글 속의 하녀 신데렐라는 잡다한 집안일에서 벗어나기 위해 또 공주 신데렐라를 만든다. 신데렐라란 이름의 공주와 하녀는 지금도 여전히 자기를 가둔, 벽의 바늘구멍 같은 틈으로 겨우 한쪽 눈을 갖다댄 채 서로의 삶을 훔쳐보고 있으며 하녀에서 공주가 된 동화 속 신데렐라는 억겁의 자기증식 구간 중 찰나를 채집하여 사면의 종이 속에 고정시켜 놓은 박제품에 불과한 것이라고 고고학자는 결론 내린다. 그리고 이러한 신데렐라의 정신병력을 '신데렐라악성증후군'으로 정의한다.

내가 삽화로 옮길 장면은 골방의 하녀 신데렐라와 드레스룸의 공주 신데렐라가 가운데 난 틈으로 서로를 훔쳐보는 대목이다. 나는 가늘고 얇은 선을 선택하여 화면 한가운데를 포인터로 가로지른다. 위에서 아래로, 포인터의 방향을 따라가는 펜 선이 직각으로 그어진다. 가운데 선을 축으로 서로를 훔쳐보고 있는 두 명의 신데렐라를 스케치한다. 두 명의 신데렐라는 물론 데칼코마니처럼 똑같다.

신데렐라 삽화는 구도가 단순하고 이미지가 또렷해서 단숨에 완성할 수 있었다. 색을 보정할 필요가 있긴 하지만 이 일은 나중에 해도 된다. 문제는 루시드드림이다. 그림은 그려지지 않는데 마감이 가까워 오고 있다는 생각에 조바심이 든다. 나는 쉴 사이도 없이 밑그림을 그리기 시작한다. 하지만 진도는 나가질 않는다. 작업에 진전이 없는 채로 해가 진다.

그려지지 않는 것과 그리지 않는 것은 이상하게 통한다. 그려지지 않는 경우 그리기가 싫고 그리기 싫은 경우 그려질 리가 없으니 이 두 경우는 서로를 완벽하게 내포하고 있는 쌍생아 같은 것이다. 양측의 경우 모두, 어쩔 수 없는 일이라는 것도 똑같다. 이미 어쩔 수 없게 되어버렸으니 나는 마음을 도리어 가볍게 먹고 식료품가게에서 몇 가지 재료를 사 가지고 와 요리나 하기 시작한다. 마감이 얼마 남지 않은 시점에서 보자면 엄연한 사치이며 만용일 수 있다. 그러나 그려지지 않으면 도리가 없는 것이다. 식료품가게 아줌마는 꽤 오랜만에 내게 달갑지 않은 참견을 해오지 않았다. 경비아저씨의 괴한 목격담을 듣느라 여념이 없었기 때문이다.

그 덕에 가게에서 물건을 고르던 나도 얼마간 경비아저씨의 목격담을 듣게 됐다. 가까이서 보니 괴한은 얼굴에 가면을 쓴 것이 아니라 희한한 분장을 해놓고 있었으며 그걸 멀리서 보니 가면처럼 보였다는 거였다.

제일 넓은 프라이팬을 꺼내 올리브기름을 두르고 마늘 몇 쪽과 두껍게 자른 양파를 볶는다. 마늘이 익을 때쯤 휘핑크림을 넉넉히 붓고 소금으로 간을 한다. 크림 표면에 구멍들이 생겨나며 우르르 끓어오른다. 나는 반쯤 삶아진 면을 크림소스 속에 넣는다. 면을 넣자 한동안 잠잠해졌던 크림소스가 더 맹렬한 기세로 요동치며 끓어오른다. 이제 가스레인지 불을 끄고 음식을 접시로 옮긴다.

크림스파게티다. 주재료가 휘핑크림과 파스타 면인 데다 재료를 차례로 넣어 끓기만을 기다리는 게 조리법의 전부다. 간단하기 때문에 라면, 김치찌개와 더불어 내가 할 줄 아는 몇 안 되는 요리 중 하나이다. 느끼한 맛이라면 손사래 치는 내가 크림스파게티를 좋아하게 된 것은 역시 초연의 영향이다. 작업이 잘 풀리거나 잘 안 풀릴 때, 새로운 삽화 의뢰를 받거나 마감을 할 때, 초연은 곧잘 크림스파게티를 만들어주곤 했다. 물론 내가 만든 것과는 차원이 달랐다. 이런 인스턴트식의 간단한 크림스파게티가 아니라 갖은 재료와 향신료가 가미된 진짜 크림스파게티였다.

초연이 이 집에서 처음 크림스파게티를 만들어준 때 나는 감격해 마지않았다. 초연이 드디어 내 사적인 고백에도 응해 왔던 까닭이다. 초연과 나는 원래대로라면 짧은 인연만을 나누었을 것이다. 출판사 디자이너가 휴가 간 사이의 잠시 동안만 초연이 내 삽화 일을 맡았기 때문이다. 하지만 나는 앞으로도 내 삽화를 담당해달라는 부탁을 했고 사적으로는 함께 있어 달라는 고백을 했다. 초연은 나의 공적인 부탁에만 응해 왔지만 사적인 고백에도 조금씩 마음을 열기 시작했다. 일할 때의 초연은 부드러운 말투로 마감을 종용했지만 사적인 모습의 초연은 오히려 강단이 있어서 마감을 꼬박꼬박 지켜내게 했고 담배를 끊게 했으며 가요 일색이던 내 시디장에 클래식이 유입되게 했다. 터키행진곡이 들어 있는 소나타 음반을 틀며 초연은 말했다.

"터키행진곡을 들으면 깨어 있는 상태에서 꿈을 꾸는 것 같아. 가만가만 몰아치는 몽환적인 선율이랑 굵고 힘 있는 음계들이 번갈아 나오는데 그게 꼭 뫼비우스의 띠 같거든. 환각과 실제를 하나로 묶어 놓은 뫼비우스의 띠. 근데 이거 알아? 터키행진곡은 사실 행진용으로 쓰긴 어렵다는 거. 정박보다 엇박이 많아서 그렇대. 이 곡에 맞춰 행진할 수 있는 건 아마 술에 취해 발이 꼬인 사람들 정도겠지? 하긴 몽환과 현실을 하나로 얽어놓았으니 그건 당연한 걸지도 몰라."

초연은 없지만 터키행진곡 CD와 징크스로서의 크림스 파게티는 내게 남은 셈이다. 입안에 차오르는 크림소스 맛에만 신경을 집중해보지만 마음 한구석이 어쩔 수 없이 고적해진다. 다행히 고소한 크림이 혀에 스며들어 침침한 기분을 녹잦혀준다. 크림은 따뜻하고 부드럽다. 나는 내 앞에서 재잘대던 초연의 말소리를 떠올리며 TV를 켠다.

"오늘 밤은 짙은 안개가 끼는 곳이 많겠습니다. 밤길 주의하시기 바랍니다."

나는 홀가분한 마음으로 소파에 앉아 저녁뉴스의 일기예보를 듣는다. 드디어 삽화를 마무리한 덕분이다. 루시드드림 삽화는 어떻게 그려야 할지 도통 감이 잡히질 않았다. 이것이 나를 당황스럽게 했지만 그림은 마침내 완성됐다. 며칠 전부터 내가 꾼 꿈을 꾸준히 기록한 덕분이다. 희부연 바탕에 주황빛이 점점이 번져 있는 것을 배경으로 나는 매일 매일 그 날의 꿈들을 덧붙이고 덧입혔다. 흩어져 있는 퍼즐판의 조각들을 올바로 꿰맞출 순 없어도 한데 모으고 보자는 심산이었다. 며칠간 내 꿈의 기록을 통해 그림 속에는 터키행진곡과 거친 숨소리, 몇 명의 사람들, 희미한 달과 깡마른 나무들이 동거하게 되었다. 나는 완성된 삽화 두 장을 프린터로 출력해본다. 종이로 인쇄된 것을 봐야 고칠 점을 간

파하기가 쉽다. 오늘 밤에 안개가 낀다고 했지. 나는 불현듯 축 처지는 눈꺼풀을 깜빡이며 뽑혀 나온 그림 두 장을 집어 든다.

루시드드림 삽화만 조금 더 보정을 해서 내일 넘겨주면 될 것 같다. 희부연 빛과 주황빛이 뭉그러진 바탕에 사람과 사물이 우주적 진공상태에서처럼 제멋대로 늘어 놓여 있다. 꼬부라진 음표들은 꿈속에서도 울려 퍼지는 터키행진곡의 음계들이고 사방에 난무하는 고드름은 주인공의 거친 호흡 소리이다. 거친 숨소리가 차가운 고드름으로 얼어붙은 것은 주인공이 달리려 해도 앞으로 나아가지 않기 때문이며 이것 이 꿈속에서 나의 무력함을 대변한다. 달리기는커녕 사지가 멋대로 굳어버린 통에 붙박인 듯 멈춰 있는 주인공 옆에는 여자가 있다. 여자는 녹색 괴물로 바뀌기도 하며 녹색 괴물 은 주인공과 합성된다. 반인반수. 그림 한쪽엔 공부하는 고 양이를 그려 넣고 반대쪽엔 커다란 창문을 집어넣었다. 창 밖으론 해와 달빛이 밝은 가운데 비가 오고 천둥이 치는 괴 상황을 나타냈다. 남는 자리엔 각기 다른 시간을 가리키는 시계들을 그려 넣어 비현실성을 강조했다.

점점 눈이 감긴다. 나는 삽화 속 주인공이 달리는 모습을 떠올려본다. 양팔을 교차해 흔들고 발로 땅을 굴러 몸을 앞으로 빼내는 주인공을. 나른하고 몽롱한 가운데서도 내 심장이 규칙적으로 뛰고 온몸에 훈기가 도는 걸 느낀다. 주인공은 달리기 시작한다. 달리고 달리고 또 달린다. 사방이 희부옇고 흐릿한 가운데 주황색 빛이 점멸하듯 어룽진다. 익숙한 장면이다. 나는 여기가 꿈속이란 걸 알아챈다. 발이 땅을 구르는 소리 말고는 잠잠한 내 꿈속이 돌연 소란스러워진다. 누군가의 악다구니가 내 뒤통수를 끌어당기고 뒤따르는 발자국 소리가 내 달리기의 보폭을 위축시킨다. 나를 쫓는 녹색 괴물이다. 나를 비끄러매려는 모든 것을 제치고 끊어내기 위해 나는 더 달린다.

"야 거기서. 너 누군데 남의 아파트서 지랄이야."

악다구니는 더 드세어진다. 나는 더 빨리 달리려다 화단의 낮은 울타리를 잘못 디뎌 넘어진다. 괴물은 내 목덜미를 낚아채어 내 얼굴을 노려본다. 나는 발버둥 치지만 괴물들이 세 마리나 달라붙어 있어 탈출이 쉽지 않다.

"801호 총각 아냐?"

"우리 아파트 사람이야?"

머리 한구석에서 지직거리는 소음이 들리는 것 같다.

"나 8동 수위잖어. 총각 지금 뭐하고 있는 거야?"

나는 천천히 눈을 돌려 괴물을 쳐다본다.

"총각이 그 괴한이었어?"

경비원으로 바뀌어 있던 괴물의 얼굴이 순식간에 험상궂은 부랑배로 변한다. 나는 느슨해진 부랑배들의 결박을 떨치고 재빨리 일어서 뛰기 시작한다. 사방은 뿌연 안개로 둘러싸여 희미하고 그 가운데 주황색 가로등 불빛이 겹치고 번진다. 나는 문득 손이 허전한 것을 느끼고 뒤를 돌아본다. 괴물은 나 대신 여자를 둘러싸고 있다. 익숙한 얼굴, 초연이다. 초연에게 가려고 해도 몸이 말을 듣지 않는다. 온몸이 가느다란 실로 칭칭 동여매인 것 같다. 나는 다리를 들어보려 용을 쓰지만 움직이질 않는다. 온몸에 힘을 주고 있어 사지가 저리고 땀이 난다. 힘들다. 더 이상은 못 버티겠다. 나는 모퉁이를 불러낸다. 초연의 목소리가 듣고 싶다는 생각을 하며 주춤주춤 모퉁이를 돈다.

집에는 터키행진곡이 흐르고 부드러운 크림소스 향이 가득하다. 초연이 스파게티를 접시에 담아 싱긋 웃으며 건네준다. "어제 마감 지키느라 수고했어. 축하하는 뜻에서 해산물 잔뜩 넣은 크림스파게티야." "네가 마감 재촉해서 죽을 둥 살 둥이었다구. 징크스란 거 알면서 담배도 못 피게 하고." "대신 홍차 타 줬잖아. 쓱쓸하고 텁텁한 맛은 홍차도 똑같은 걸 뭐. 오늘도 사 왔어, 홍차 티백." 부엌 선반에는 초연이 사 온 홍차 티백과 진라면과 신라면이 두 개씩, 그 외 조미료들이 놓여 있다. 머리를 하나로 묶어 단정하게 드러나는 초연의 목덜미 뒤쪽에 나는 입을 맞춘다. 오늘의 초연은 까닭 없이 사랑스럽다. "간지러워, 하지마." "더 간지럽혀야지." 나는 초연의 목덜미를 살짝 핥는다. 약간 짠맛이 난다. "간이 딱 맞네." "크크크 간지럽다니까?" 나는 목을 비틀어 빼내는 초연의 옆얼굴에도 입을 맞춘다. 초연은 내가 누릴 수 있는 최고의 그리고 유일한 아름다움이다. 사랑한다고 속삭이며 초연의 얼굴을 바라본다. 미소 짓는 초연의 얼굴이 조금씩 바래진다. 화사하던 창밖의 햇살도 백지처럼 하얗게 지워져간다. 모래성이 무너지듯 초연의 머리가 천천히 휘발되어 흩어지기 시작한다.

3단계. 꿈 연장기. 원하는 꿈을 꾸고 있는 중에 깨어나지 않기 위해선 꿈을 연장시킬 필요가 있다. 방법은 다음과 같다. ①꿈이 사라지는 시기를 판별한다. 시각적인 것, 즉 모양의 디테일이나 색감이 흐려지며 꿈은 사라진다. ②꿈이란 결국 감각이다. 꿈의 생생한 감각을 되돌리기 위해 신체의 감각을 생생하게 하는 것이 중요하다. 이를 위해 몸을 움직인다. 양팔을 크게 움직이는 것이 가장 효과적이다. ③몸의 생생한 감각을 느끼며 다시 문이나 길모퉁이를 불러낸다.

한참 동안 양팔을 움직이며 문을 불러냈지만 내 눈앞엔 아무것도 나타나지 않았다. 나는 뻐근해진 양팔을 내려놓으며 무거운 눈꺼풀을 들어올린다. 온몸이 끈적하게 젖어 있다. 몸을 좀 씻어야겠다. 나는 뻣뻣한 몸을 일으켜 화장실에 간다. 꿈속에서 얼마나 힘을 줬는지 다리가 후들후들 떨린다. 화장실 거울에 내 얼굴이 비친다. 얼굴에는 빨간 줄이, 풀리다 만 실타래처럼 두껍고 난잡하게 뒤엉켜 있다. 거울 앞에 뚜껑 열린 립스틱이 놓여 있다. 나는 이것을 집어 들어 얼굴에 덧바른다. 맙소사. 정말 내가 이랬단 말인가. 믿을 수가 없다. 믿어지지 않는다. 이보다 더 믿기 싫은 건 이제야 떠오르는 기억들이다. 이 립스틱은 마지막 날 초연이 두고 간 것이다. 그날 나는 마지못해 초연을 바래다주고 있었다. 초연을 안 지 2년, 2년의 세월만큼 먼지가 쌓이고 때가 곱낀 액자처럼 초연 역시 내게 권태와 일상의 상징이 돼 있던 때였다. 내가 누릴 수 있는 최고의 그리고 유일한 아름다움이 초연이라고 생각하던 때가 까마득했으며 그녀가 까닭 없이 사랑스러워지는 일도 전혀 생기지 않았다. 초연이 내게 변했다고 하면 할수록 나는 그녀에게 남아 있던 친근감마저 상실해갔다. 초연의 자취방이 외진 곳에 있긴 했지만 험한 일을 당한 적은 없던 터라 귀갓길의 배웅도 귀찮고 성가시기만 했다. 이제 모퉁이만 돌면 초연의 집이었다. 별안간 몇 명의 취객들이 우리 앞을 가로막았다. 안개 낀 밤, 가로등의 주황색 불빛 말고는 어떤 인기척도 없는 외진 모퉁이였다. 그들은 점점 거리를 좁혀 왔고 나는 초연의 손을 잡고 반대편으로 뛰기 시작했다. 얼마간 달린 후에야 내 손에 초연의 손이 쥐어져 있지 있다는 걸 깨달았다. 넘어져 있는 초연을 취객들이 둘러싸고 있었다. 나는 잠시 망설이다가 더 뛰었다. 가까운 파출소에 가 상황을 설명하고 순경들과 같이 현장에 가 보았지만 골목은 아무 일 없다는 듯 조용했다. 골목 주변을 샅샅이 돌아봐도 아무것도 찾을 수 없었다. 순경과 함께 초연의 집에 가 보았지만 거기에도 초연은 없었다. 모퉁이 앞에서 손을 놓은 것은 초연이 아니라, 나였다.

몰랐으면 좋았을걸. 기억해내지 않았으면 좋았을걸. 거세게 밀려드는 후회 때문에 몸이 저리고 떨려온다. 나는 비틀대다가 책상에 손을 짚는다. 그 바람에 책상에 놓여 있던 삽화들이 바닥으로 떨어진다. 루시드드림 삽화 속에 그려진 괴물은 바로 나였다. 초연의 손을 놓치고 혼자 달렸던 나, 초연을 버려둔 채 도망갔던 나. 나는 바닥에 떨어진 루시드드림 삽화를 마구 찢어버린다. 다시 그리는 한이 있어도 이 삽화는 보내지 않을 것이다. 보낼 수 없다. 편집장이 어떤 말을 하든 상관없다. 찢어도 찢어도 루시드드림 삽화는 내 눈앞에서 더욱 선명하게 복원된다. 서로를 쏘아보는 신데렐라들의 눈빛에는 호기심 대신 독기가 어려 보인다. 나는 고개를 흔들며 이것은 꿈이야, 하고 말해본다. 손끝을 들여다보고 시계를 쳐다본다. 천천히 방 안도 한번 휘둘러본다. 이것은 꿈이야, 내 목소리는 정확한 발음으로 울려 퍼지고 손끝은 바르게 아귀 지어져 있으며 시계는 몇 번을 쳐다봐도 같은 시간을 가리킨다. 집 안도 잘 정돈되어 있다. 모든 것은 꿈이라고 의심할 바 없이 차분하게 제자리에 있다. 그러나 이것은 꿈이다. 꿈이어야 한다. 현실 같은 꿈. 의심할 바 없어 보이는, 그야말로 현실 같은 꿈. 나는 루시드드림을 꾸기 위해 모퉁이를 불러낸다. 굽은 길을 따라 돌아서면 초연이 기다리고 있을 모퉁이를, 쉬지 않고 불러낸다.

독서실 이용자
준수사항

"노 씨는 좋겠다. 104동 주민들은 독서실도 깨끗하게 쓰고 분리수거도 잘하고. 노 씨가 할 일이 없겠어."

아파트 단지의 지하, 용역 휴게실에 모여 앉은 청소 아줌마들이 귤과 커피를 나눠 먹으며 104동 미화 담당자 노순덕을 부러워하고 있었다.

"그러니까 말여. 우리 103동 사람들은 어찌나 지저분한지, 복도에 껌 뱉고 쓰레기 내놓는 건 예사고, 독서실에 애기 기저귀 버리고 가는 인간도 있다니깐. 독서실엔 씨씨티비도 안 달아놔서 누가 뭘 버리고 가도 잡을 수가 없으니 답답하다니까. 그렇다고 주민이 한마디라도 꼬나바치면 당장 짤릴 수도 있으니 뭐라 싫은 소리 할 수도 없고 정말 속 터져!"

"그러게. 노 씨 비결이 뭐야? 104동 주민들이 노 씨 마주치면 봉지 안에 있던 빵도 빼주고 수고하신다며 아메리칸 커핀지 그 새까만 커피도 주던데. 나 당뇨 있어서 이런 믹스커피는 안되거덩. 나도 그런 쓴 커피 먹고 싶은데 말야."

동료들의 질문에도 노순덕 아줌마는 가만히 웃을 뿐 대꾸가 없었다. 눈가의 주름에서 읽을 수 있는 나이와 달리 빠글빠글 파마한 머리를 올블랙으로 염색한 노 씨는 동료들의 계속된 성화에 "아유, 내가 뭘. 104동 주민덜이 착한 것이지. 착하고 고운 것이지." 하고 예의 소녀 같은 웃음을 지었다.

"그러고 보니 노 씨 아들 짝지 찾았다 하지 않았어? 저번에 맘에 드는 처녀 있다더니 잘 됐어?"

101동 아줌마의 말에 104동 노 씨가 한숨을 폭 내쉬었다.

"몇 번 볼 땐 착하고 고왔는데 실은 그런 처녀가 아니더라고. 울 아들은 공부하는 거 좋아해서 색시도 공부 잘하고 참한, 공무원 될 사람이나 선생님 될 사람이 좋은데. 알고 보니 그게 아니었어."

"에구, 자식 짝 찾아주기가 세상 제일 어려운 거여."

동료 중 하나가 새로 귤을 까 입에 넣으며 다른 수다보따리를 풀려는 순간 휴게실의 인터폰이 울렸다.

"아니, 아줌마들 거기서 뭐해? 102동에서 지금 컴플레인

들어왔어. 102동 분리수거장에 음식물쓰레기 통이 꽉 찼대. 주차장엔 커피를 흘렸대고. 빨리 안 가?"

"예예, 지금 바로 갑니다 팀장님."

황급히 귤을 씹어 삼킨 102동 아줌마는 얼른 자기 구역 주차장으로 튀어 갔다. 쓴 커피를 한 사발은 흘렸는지 검은 웅덩이가 질척했고 그것을 밟은 자동차 타이어 자국들로 주차장 전체가 얼룩덜룩해 있었다.

"쓰으······."

욕을 내뱉으려던 102동 아줌마는 자기 옆을 인상 찡그리며 지나치는 젊은 부부 때문에 뒷말을 삼키며 억지웃음을 지었다. 젊은 부부는 하회탈 같은 아줌마의 미소에 고개를 휙 돌리곤 가던 길을 갔다.

"아까 저거 우리 집 타이어에도 묻었잖아. 청소 아줌마들 돈 그냥 버는 거 같애."

"누가 아니래. 저 아줌마 몸이 둔해서 어디 빠릿빠릿하게 움직이겠어?"

들으라는 듯 속닥대는 부부의 대화에 102동 아줌마의 울분이 솟아올랐다. 그러나 그녀는 말대꾸를 하는 대신 디스크가 튀어나와 아픈 허리를 조심스레 구부려 휴지로 검은 물부터 흡수시켰다.

1. 마지막 퇴실자는 소등 부탁드립니다.

104동 201호 허은희는 딴짓을 하기 위해 동마다 딸려 있는 주민용 소형 독서실을 찾았다. 고3이지만 공부해서 대학 갈 생각은 없었고 미용사 자격증을 따 취직하고만 싶었다. 개학을 맞아 머리를 생머리로 펴려고 들른 미용실에서 사귄 디자이너 오빠가 새로운 남친이란 것도 이런 선택에 큰 일 조를 했다. 은희는 껌을 짝짝 씹으며 독서실 문을 열었다. 조용히 공부하던 이들 몇몇이 불만스러운 눈길로 문 쪽을 쳐다보았지만 학교 내 일명 노는 아이인 은희를 보고 바로 눈을 깔았다.

은희는 가슴 깊이 번지는 뿌듯함을 느끼며 자리에 앉아 찰칵 하고 캔콜라 뚜껑을 땄다. 벌컥벌컥 들이마시니 뭔가 좀 통쾌해졌다. 엄마한텐 학원비로 받은 돈을 디자이너 오빠와 데이트 비용으로 쓰고 학원 대신 독서실로 출근 도장을 찍는 셈이었다.

은희는 핸드폰을 켜 새로 업데이트된 웹툰을 읽기 시작했다. 읽다가 웃긴 부분은 크크큭 하고 입술 사이로 소리를 내웃기도 했다. 어차피 공부도 안 할 거, 여기서 시간을 죽이며 남 공부를 방해하는 것도 나름의 재미가 있었다.

그러다 보니 은희가 들어오면 독서실에 원래 있던 이들이 하나둘 퇴실하고, 은희가 가장 늦게까지 남아 있는 사람이 되었다. 아무도 없게 된 독서실에서 버퍼로 손톱 정리를 한 그녀는 거울을 펴놓고 한 올 한 올 눈썹 정리를 하기 시작했다. 눈썹이 아치 모양으로 잘 자리 잡았는지 확인한 다음 새로 산 컬러렌즈를 끼려고 거울 가까이 얼굴을 들이댄 순간, 은희는 비명을 질렀다. 누군가가 지긋한 눈빛으로 거울 속에서 자신을 주시하고 있었던 것이다.

"아 짜증나!"

은희는 땅바닥에 떨어져버린 컬러렌즈를 줍고선 뒤를 돌아다봤다. 파란색 작업복에 장화를 신은 아파트 청소 아줌마였다. 그 아줌마의 야릇한 시선에 놀라 렌즈가 떨어져 오염됐다고 생각하니 열이 치받쳐 올랐다.

"아줌마, 지금 뭐하……."

은희가 짜증을 내기도 전에 청소 아줌마의 고무장갑 낀 손이 어깨에 얹혔다.

"학생, 저 준수사항 보이지?"

아줌마가 독서실 책상 위에 붙은 종이를 가리켰지만 은희는 지금 당장 짜증 풀 데가 필요했다.

"아줌마, 지금 더러운 손을 어따가 대요? 이런 거 다 아줌마가 할 일이잖아요! 사람 중요한 일 하는데 끼어들어서 민폐 끼치면 좋아요? 존나 상식 없는 아줌씨네."

손을 뿌리치며 소리 질렀지만 아줌마는 빙긋이 웃고는 평소와 같은 목소리로 말했다.

"학생, 독서실 이용자 준수사항 1번 보이지? 마지막 퇴실자는 소등 부탁드립니다. 학생이 매일 불 안 끄고 가서 내가 다음 날 끈 적도 많아. 이러면 104동 전기세 많이 나오고 그러면 관리사무소가 욕을 먹고 그러면 또 내가 혼나."

"아 더럽게 시끄럽네. 지가 끄든가 말든가!"

은희는 가방과 거울을 챙겨 독서실 문을 쾅 소리 나게 닫았다. 짜증을 풀기 위해 오빠의 위로가 필요해진 은희는 핸드폰 연락처 중 '남친♡'의 번호를 눌렀다. 오빠는 아직 일하는 중이라며 이따가 다시 걸겠다고 했다. 옆에서 여자 목소리가 난 거 같은데, 그냥 손님인가? 바로 가서 아직도 미용실이 열려 있는지 확인해봐야겠다는 생각이 들었다. 그전에 화장실에 들러 화장을 고치자고 생각했다. 오빠 옆에 있는 게 어떤 년이든 그년보단 더 예뻐 보여야 하니까. 딱 이때 아까 떨어뜨린 그 렌즈를 끼면 좋을 텐데, 그 배불뚝이 아줌마 때문에 떨어뜨린 게 아깝고 원통했다.

"그 또라이 아줌마. 뭘 뒤에 서서 쳐지켜보고 있어, 사람 놀라게."

중얼거리며 독서실과 조금 떨어진 지하 1층의 관리사무실용 화장실로 향한 은희는 오늘따라 화장실 불이 꺼져 있는 것을 발견했다. 화장실 문을 열고 들어가 벽을 더듬으며 스위치를 찾는데 누군가 뒷덜미를 확 낚아챘다. 머리채를 뒤에서 잡힌 그녀는 바둥거리며 화장실 문 안쪽으로 내팽개 쳐졌다. 소리 지르려고 했지만 벌린 입속으로 쾌쾌한 냄새 가 나는 청소용 스펀지가 들어왔다.

"음! 으음!"

살려달라는 말 대신 알아들을 수 없는 소리만을 간신히 낼 수 있었다. 은희는 머리채를 잡힌 채 뒤에서 목이 졸렸 다. 그 와중에도 스위치를 찾으려고 손으로 벽을 더듬다가 파앗 하고 불이 켜졌다.

하얀 형광등 아래 목이 완전히 뒤로 젖혀진 은희 위에 입 을 쫙 벌려 웃고 있는 청소 아줌마의 얼굴이 보였다.

"아악! 악!"

아까와 달리 충혈된 눈으로 자신을 쏘아보며 입으로는 웃 는 아줌마의 모습이 너무도 무서워 비명이 터져나왔다.

"마지막, 퇴실자는, 불을 꺼달라고, 했잖아? 응? 그렇게 부탁했잖아!? 죽어, 죽어어어!"

입을 쫙 찢어 웃던 아줌마가 별안간 눈을 까뒤집고 은희 의 목을 더 세게 졸랐다. 화장실 바닥에 등을 대고 쓰러진 은 희는 몸부림쳤지만 아줌마가 무릎으로 배를 누르는 통에 힘 을 쓸 수 없었다. 의식과 함께 눈꺼풀이 가물가물해졌다.

은희가 정신을 차린 건 불빛이 깜빡이는 화장실에서였다. 깜빡이던 불이 하얗게 켜지며 은희의 눈을 부시게 했다. 일어나 거울을 본 은희는 목에 난 손자국을 보곤 기억을 떠올렸다.

"씨발, 그 또라이 싸이코 같은 년이!"

뒤통수가 아파 손을 대보니 커다란 혹도 만져졌다. 은희는 엄마에게 말해서 그 아줌마를 쫓아내자고 마음먹었다. 타일 한구석에 내팽개쳐져 있던 가방을 들고 화장실 문을 여는데 청소 아줌마가 서 있었다.

"어… 어?"

은희는 두려움에 숨이 막혔지만 아줌마는 평소와 같이 살짝의 미소 띤 얼굴로 은희를 보았다. 마치 뭔가를 기다리는 것처럼. 아줌마의 눈길이 은희 자신과 벽의 스위치를 번갈아 보고 있다는 것을 깨달은 그녀는 떨리는 손으로 화장실 불을 껐다. 그러자 청소 아줌마는 흡족한 듯 고개를 한번 끄덕이며 웃더니 대걸레를 들고 다른 곳으로 갔다. 아줌마가 완전히 눈앞에서 없어지고 나서야, 은희는 후들후들 떨리는 다리로 툭 주저앉아버렸다. 아래가 축축한 것이 아무래도 오줌을 지린 것 같았다.

"아 그 또라이 새끼. 나이 많고 느끼해도 사귀어줬더니 바람을 펴? 여자 얼굴도 완전 패다 만 장작 같더만."

"크크. 그 장작년 내가 도끼로 완전히 쪼개줄까? 아주 아작나게?"

"미친년, 그러다 엄마한테 걸리면 니 인생이 아작난다."

교복을 딱 붙게 줄여 입은 여고생 둘이 아이스크림 껍질과 음료 캔을 아파트 화단에 던지며 갔다. 그 모습을 뒤에서 바라보던 103동 청소 아줌마가 혀를 끌끌 찼다.

"에그, 말세야 말세. 쟈들, 저그들 집에선 마루 바닥에 쓰레기 안 던지겠지?

103동 아줌마가 허리를 구부려 화단에 떨어진 것들을 주우려는데 노순덕이 인자함을 가득 담은 목소리로 여고생들을 불렀다.

"학생들."

노순덕의 대담한 참견에 103동이 부리나케 손을 내저었다.

"노 씨, 시방 뭐 혀? 요즘 어린 것들한테 잘못 걸리면 더 패악질당한다는 거 몰라? 쪼르르 저그 부모한테 일러서 팀장이 인사고과에라도 벌점 주면 워쩌려고."

103동이 만류했지만 석고상처럼 새하얗게 화장한 두 여고생이 짜증난다는 표정으로 이미 이쪽을 노려보고 있었다.

"아니 아니, 암것도 아녀. 학생들 가던 길 가여."

103동이 손을 휘어이 휘어이 내저으며 말했지만 노순덕은 머리가 긴 여학생 쪽을 가만히 쳐다봤다. 그러자 짜증이 빠이라는 듯 눈을 뾰족하게 치켜떴던 여학생이 한 대 얻어맞은 표정을 짓더니 재빨리 화단에 던진 쓰레기를 주웠다.

"어? 허은희, 너 뭐하냐?"

"야, 너도 캔. 주워라, 빨리. 아작나고 싶지 않으면."

머리 긴 학생이 머리 짧은 학생의 교복 옷깃을 끌고 가듯 하는 뒷모습을 103동은 멍하니 바라보았다. 두 학생의 걸음이 어찌나 빠른지 마치 도망이라도 치는 듯했다. 103동이 의아하고 어리둥절한 눈으로 자신을 보자 노순덕은 빙긋이 웃으며 나지막이 말했다.

"104동 학생들이 예의가 발라. 내가 말했지? 104동 주민들은 다들 착하고 곱다고."

2. 독서실 내 취식 금지, 쓰레기는 꼭 치워주세요.

104동 1203호 노영도는 일부러 사람이 없는 주말 새벽 시간대에 지하 1층 독서실에 갔다. 제약회사 영업사원인 그는 시도 때도 없이 거래처와 상사의 심부름을 하느라 개인 시간을 가질 수가 없었다.

—야, 너같이 뚱뚱하고 못생긴 애를 영업사원으로 뽑아준

데는 아침에 눈뜰 때부터 밤에 눈 감을 때까지 군말 없이 뒤치다꺼리나 잘하라는 뜻이야.

회식 시간, 모든 사원들이 다 듣게 말한 팀장은 자신이 해야 할 잡무를 또 영도에게 떠넘겼다. 한때 프로게이머를 꿈꿀 정도로 게임에 올인하던 영도는 유일한 특기이자 스트레스 탈출구이던 게임에 로그인할 시간도 없어졌다. 플레이 시간이 줄자 랭킹과 실력이 떨어질 수밖에 없었고 그 대신 찾은 스트레스 해결책이 매 주말, 지하 1층에 딸린 독서실에 들르는 것이었다.

물론 독서실에서 공부를 하는 건 아니었다. 이어폰을 낀 채 채팅을 하거나 아프리카 티비를 보기도 하고 레슬링 경기를 시청했다. 이때 그는 컵라면이나 피자, 족발에 곁들여 캔맥주를 마셨는데 아무도 없는 독서실에서 금지된 일을 하는 것 자체가 스릴 있게 느껴졌다. 쓰레기는 꼭 치워달라는 당부사항을 어기며 포장그릇과 음식물쓰레기를 잔뜩 내버려둔 채 독서실을 나설 때면 상사가 자기의 잡무를 떠넘기듯 영도도 쓰레기 같은 스트레스를 누군가에게 떠넘긴 기분이 들며 조금 통쾌해졌다.

독서실에 들른 영도는 오늘도 노트북을 켠 채 정수기의 뜨거운 물을 컵라면에 받았다. 흰색 백열등이 도열한 천장 아래, 칸막이로 나눈 1인용 책상에 발을 뻗고 캔맥주를 딴 그는 한 모금을 맛봤다.

"크으, 이 맛이지!"

매운 라면의 뜨거운 국물과 차갑게 식도를 내리지르는 맥주의 컬래버레이션에 탄성이 절로 나왔다. 아프리카 티비 채널을 옮기던 그는 비제이 벤쯔가 삼겹살 10인분을 구워 먹는 영상을 선택했고 화면 속에서 치직치직 고소한 기름을 뿜어내며 튀겨지는 돼지고기가 그의 침샘을 자극했다. 그의 머릿속에서 부엌에 버너와 프라이팬, 며칠 전 사다 둔 삼겹살이 있다는 생각이 떠올랐다. 집에 갔다 오면 면발이 불을 테니 라면은 마저 흡입하기로 했다.

"츄릅 추릅 츄르릅."

게걸스런 소리를 내며 진공청소기마냥 면발을 빨아들이던 그때 독서실에 난 손잡이 달린 여닫이 창문에 달라붙은 무언가를 발견했다. 껍데기 없는 민달팽이인가? 아냐, 너무 커. 그럼 감자인가? 자세히 보니 살색의 감자는 눈코입이 달린 채 창문에 바싹 밀착한 상태로 영도를 내려다보고 있었다.

"아 뜨거!"

놀란 영도가 라면 국물을 무릎에 쏟았다. 숨은그림찾기처럼 자신을 찾아주길 바랐다는 듯 독서실의 하얀 불빛을 반사하는 창문 한쪽에 진득이 붙어서, 언제부터인지도 모르게 독서실 안에서 취식하는 자신을 훔쳐봤다고 생각하니 소름이 끼쳤다.

영도는 라면 국물을 대충 닦은 뒤 신경질적인 손길로 창문 위 블라인드를 내렸다. 그에게 한바탕 잔소리하지 않는 걸 보니 아파트 관계자나 주민은 아니고 근처 아파트 주민, 그러니까 외부인 같았다. 버너와 고기를 가지고 올 겸, 젖은 바지도 갈아입을 겸, 겸사겸사 집에 들르기로 한 그는 독서실 문을 열고 나왔다.

고기를 가지고 돌아와 보니 독서실 창문은 죄다 열린 채였다. 반바지로 갈아입은 그는 털이 길게 난 다리에 소름이 돋는 걸 느꼈다.

"아이씨, 누가 춥게 문 열어놨어."

버너 위 프라이팬에 고기를 올린 영도는 창문을 닫다가 창문 아래 서 있던 아까 그 얼굴과 또 마주쳤다.

"이이익!"

놀라 자빠진 그는 엉덩방아를 찧었다. 감자 같기도 살찐 달걀 껍질 같기도 한 흐리마리한 얼굴과 두 번이나 마주쳐 한 번은 무릎을 적시고 이제는 엉덩방아라니, 무엇보다 심장이 벌렁대서 죽을 것 같았다. 이래서 여자들이 훔쳐보는 눈들 때문에 반지하에서는 안 사는구나 싶었다. 게임 덕후인 영도에게 미래가 없다며 이별을 고한 전 여친 생각이 나며 억울한 마음이 격해졌다. 게임에서 만나 사귀게 된 여친의 이별 통보에 어디라도 취업하려 악착을 떨다가 겨우 합격했고 5일 내내 허드렛일과 뒤치다꺼리를 하다가 이제 좀 스트레스를 풀려는데 방해질이라니!

"너 누구야? 남의 아파트 훔쳐보니까 좋냐? 내가 너 지금 신고한다!"

영도가 핸드폰을 들고 외치자 후후후 하고 웃는 중후하면서도 나직한 여자 목소리가 들렸다.

"아들, 나 여기 104동 미화 아줌마야."

"어…… 네?"

영도는 당황했다. 책상마다 붙어 있는 독서실 이용자 준수사항 2번, 취식 금지와 쓰레기를 치워달라는 조항을 어기는 모습을 다 지켜보고 있었다는 것 아닌가. 이미 아닌 척하기에는 프라이팬 위의 고기가 치익치익 기름을 뿜어내며 노릇하게 구워진 상태였고 기름 냄새도 진동하고 있었다. 뭐라고 변명할지 머리를 굴리는 사이, 독서실 문을 열고 들어선 아줌마가 불쑥 말했다.

"맛있겠네."

"네?"

"우리 아들도 삼겹살 좋아하는데. 공부하다 가끔 체력 보강한다고 대패삼겹집에 가곤 했어."

"에⋯⋯."

"맛나겠네. 여기 내가 휴게실서 가져온 소금도 있어."

마치 달라는 듯이 목을 쭉 빼고 눈주름을 깊게 하며 웃는 아줌마를 보며 영도는 여분의 나무젓가락을 내밀었다. 아줌마는 쩝쩝 소리를 내며 고기를 씹었다. 영도도 아줌마가 가져온 소금에 찍어 고기를 먹기 시작했다.

"암, 남의 살이 맛있지. 누가 내 살을 이렇게 씹는다 하면, 아파서 어디 내주겠어?"

어색한 분위기에서 덩달아 고기를 씹던 영도는 아줌마의 착 가라앉은 말투에 볼 안쪽 살을 씹고 말았다.

"으엑!"

씹다 만 고기를 뱉으니 피가 배어 있었다.

"그치? 아프지? 내 살 씹으면 아픈 것처럼 남의 살도 씹으면 아프니까 서로 남의 살 씹지 말자는 법이 있는 거거든. 독서실 규칙도 그런 것 중 하나고."

뭐지, 이 아줌마? 싸이코인가? 취식 금지와 쓰레기 버리기 준수사항을 지켜달라는 말이라면 아까 컵라면하고 맥주 먹을 때 했으면 됐을 텐데 굳이 내가 튀긴 삼겹살을 자기 혼자 먹다시피 해놓고는 저러는 게 어이없었다. 그러고 보니 청소용역들과 관리사무소 사람들도 다 퇴근한 주말 새벽에 아직도 아파트, 그것도 독서실에 머물러 있는 것도 이상

했다.

"자."

아줌마가 휴지를 내밀었고 반사적으로 받아든 영도는 피난 데를 닦으려 입가로 가져갔다. 입 안쪽을 훔치기 전 시큼하게 올라오는 역한 냄새에 다시 휴지를 들여다보니 누런 물이 들어 있었다. 오줌 닦은 휴지였다.

"아들. 독서실에서 누가 이렇게 이쁜 짓을 하나 보려고 내가 오늘 집에 안 갔거든. 그래서 우리 집에 있는 아들이 밥을 못 먹어서 배고플 거야. 우리 집 아들도, 아들이랑 나이가 비슷하거든. 취업 때문에 열심히 공부해서 붙었어. 공무원 시험에. 내가 매일 도시락 싸줬어. 밥 사먹는데도 돈 든다고 그렇게 알뜰한 애야, 우리 아들이."

"허. 허으으어."

영도는 아줌마가 휴지, 컵라면 용기를 잘게 자른 스티로폼, 맥주캔 뚜껑, 파지 찢은 것들을 입에 욱여넣는 통에 말을 하지 못하고 고통스런 신음만 냈다. 한 손으로 영도의 어깨를 누르고 한 손으로 영도의 입으로 꾸역꾸역 쓰레기들을 밀어넣는 아줌마는 아들의 저녁밥을 챙겨주는 엄마처럼 자애로운 미소를 띠고 있었다.

"놔, 놔줘어……"

몸이 마음대로 안 움직인다고 느낀 영도는 그제야 아줌마가 가져온 소금을 자신만 먹은 것에 생각이 미쳤다. 그러는 사이에도 바나나 껍질이며 껌종이, 신문지 파지 같은 쓰레기들이 목구멍 깊이 밀어넣어져 질식사할 것만 같았다.

"사… 살려……."

초점이 멍해진 채 눈물을 흘리며 발음을 뭉개는 영도의 귀에 아줌마가 속삭였다.

"쓰레기는, 치워야지. 아들은 독서실에서 먹는 걸 좋아하니 여기서 다 먹어서 치워. 아들도 인간쓰레기 같으니 내가 직접 부위 별로 분리수거해줄게."

나지막하게 말하던 아줌마가 번쩍이는 철제 집게를 꺼내 들었다. 영도는 눈앞이 깜깜해지며 정신을 잃었다.

"우리 아들은, 참 효자야. 대학 다닐 땐 오전 수업밖에 없는 날 내가 일하는 아파트에 와서 내 청소를 거들어줬어."

"노 씨는 아들 얘기만 할 때면 저렇게 게거품을 물고 좋아 죽는다니까."

"맞어, 그렇게 과묵한 사람이 아들 자랑할 땐 쉬지도 않고 말하니 저런 게 바로 팔불출이지."

휴게실에 모인 아파트단지 미화 여사들이 일하는 사이 불어터진 자장면을 부지런히 씹으며 말했다. 다들 재게 젓가락을 놀리는데 104동 노순덕만 아들 자랑을 멈추기가 아쉬

운지 아예 나무젓가락을 그릇 위에 얹어놓고 했던 말을 또 했다.

"우리 아들은, 깔끔한 성격이라 집 안 청소도 참 잘해. 그리고 준법정신이 투철해서 어디서 누가 하지 말라는 짓은 죽어도 안 해. 그래서 법률공무원 공부를 한 거거든."

"네네 어련하시려고요. 근데 요즘 104동에서 출퇴근할 때 보이던 안경 쓰고 뚱뚱한 청년 말이야. 맨날 핸드폰 끼고 살면서 네네 하다가 전화 끊으면 에이씨팔 에이씨팔 하던 사람. 요즘 살이 쑥 빠졌던데?"

"나도 봤어. 다이어트가 내 평생 숙젠디 어찌 그러게 핼쑥해졌는지 물어보고 싶었다니까?"

"에이, 여사님들은 그 방법 못 따라 해."

노순덕의 갑작스런 말에 미화 아줌마들의 멀뚱멀뚱한 눈길이 집중됐다. 그중 한 아줌마가 고개를 끄덕이며 말했다.

"아! 노 씨가 104동 소관이니까 그 청년한테 다이어트 비법을 물어봤겠구먼. 그래, 그 방법이 뭐라는겨?"

"토할 때까지 쓰레기를 먹어보면 그다음부터는 입맛이 없어지게 돼 있어."

노순덕이 우물우물 면발을 씹으며 말했기에 정확한 내용을 들은 사람은 없었다.

"뭐라고 노 씨? 토할 때까지 기러기고기를 먹어?"

"고게 고기 먹고 뺀다는 황제 다이어트인가보구먼?"

"말고기 구하기도 힘든디 기러기고길 어서 구해 먹어?"

"그러니까 땡전이 많아야 할 수 있는 황제다이어트 아니 겄어?"

아줌마들이 웃으며 빈 그릇을 정리하는 사이 노순덕은 그 사이 아들과 잘 어울릴 것 같은 처녀를 새로 발견했다는 사실을 떠올리며 혼자만 다른 이유로 빙긋이 웃고 있었다.

3. 물품은 분실하지 않게 개인 관리, 공용 책상엔 낙서 금지입니다.

104동 805호 문가영은 일본어자격증 2급을 따기 위해 오늘도 퇴근하자마자 지하 1층 독서실에 자리를 잡고 교재를 폈다. 오전에 승무원학원에서 수업을 받고 오후에는 로드샵 화장품가게에서 점원으로 일하는 그녀는 독서실에 오면 몸이 천근만근이었기에 텀블러에 가득 채운 커피를 원샷했다. 공부하다가 요의를 느낀 그녀는 화장실에 다녀와 다시 독서실 문을 열었다.

미화 아줌마가 바닥 청소를 하고 있었다. 아줌마는 가영을 보고 빙긋 웃어 보였다. 가영도 마주 웃어 보이곤 자리로 왔다. 얼마 전 마주쳤을 때 남자친구가 있느냐고 물어왔었던 아줌마는 이후 부쩍 독서실 청소를 자주 하며 만나기만 하면 부담스럽게 아는 체를 했다. 오늘도 쥐떼 위를 빙글빙글 도는 솔개처럼 자신에게 말을 붙이려 독서실 바닥을 빙글빙글 걸레질하고 있던 것은 아닌지 의문이 들었다. 바닥은 이미 광이 날 정도로 깨끗했기 때문이다.

아줌마가 말 걸기 전 재빨리 자리에 앉은 가영은 화장실에 가기 전까지 책상 위에 있었던 텀블러가 없어진 것을 알았다. 때마침 독서실엔 혼자뿐이었으므로 청소하고 있던 아줌마에게 의심이 갔다. 그냥 텀블러라면 한 개쯤 잃어버려도 괜찮겠지만 이 텀블러는 승무원 시험 합격을 기원하며 이혼한 아버지가 사준 것이었다.

"죄송한데요, 아주머니. 혹시 제 책상에 있던 텀블러 못 보셨어요?"

가영은 미소를 지으며 청소 아줌마에게 물었다.

"글쎄, 나도 방금 들어와서 못 봤는데."

아줌마의 대답에 가영은 감사하다고 대답한 뒤 의자에 앉으려 했다.

"역시 805호 처녀는 예의가 발라. 품행도 단정하고."

아줌마의 칭찬에 다시 한 번 감사하다고 대답한 가영은 외롭지 않냐, 이상형이 어떻게 되느냐는 아줌마의 질문세례에 맞닥뜨려야 했다. 공부할 시간도 모자란데 눈치 없이 말을 시키는 늙은이에게 짜증이 났지만 끝까지 좋은 인상을 심어주려 애매한 미소를 띤 채 가만히 있을 뿐이었다.

그러다 오전엔 승무원 이미지 메이킹 때문에 오후엔 손님들을 응대하느라 치켜올렸던 입꼬리와 광대뼈가 당기자 꾹꾹 눌러두었던 짜증이 새어나왔다. 가영의 표정이 썩어가자 횡설수설하던 아줌마가 대걸레를 갖고 독서실을 나갔다. 가영은 스트레스를 풀며 잠시 쉴 겸 자기 자리가 아닌 다른 책상에 가서 낙서를 했다.

'살기 힘들다. 금수저 개부럽' '수연♡나라' '아자 꼭 합격하자!' 등등 각기 다른 사람들이 써놓은 것처럼 보이게 내용에 따라 펜과 글씨체도 달리했다. 104동 지하에 딸린 소규모 독서실도 미화 아줌마가 관리하는 걸 아는 가영은 자신을 귀찮게 하는 노인네에게 이렇게 소심한 복수를 해오고 있었다. 그래도 다음날이면 펜으로 쓴 글자들이 말끔히 닦여 있기에 알코올이나 세제 같은 걸로 금방 쉽게 지워지는가보다 싶었다.

각각 다른 자리에 낙서를 마친 가영은 필통을 챙기다 보게 된 커터칼에 영감을 받았다.

'앗! 그래, 오늘은 칼로 낙서를 조각해보는 거야!'

'유레카!'와 비슷할 억양의 탄성을 속으로 내지르면서, 가영은 왜 이제껏 이런 방법을 생각해내지 못했을까 아쉬운 기분마저 들었다. 조각을 파내는 장인의 심정으로 커터칼을 쥔 가영은 한 땀 한 땀 정성을 다해 나무책상에 칼질을 내기 시작했다. 완성된 문자는 '엿 먹어 씨방새들아!'였다.

완성된 조각품을 감상하다가 가영은 '씨방새'라는 단어를 오늘 중삐리에게서 들었다는 것을 떠올렸다. 네 시쯤 교복 입은 중삐리들이 들어오더니 화장품을 살펴보는 척 다섯 명이 진열대를 중심으로 원을 그리고 섰다. 그중 두 명이 갑자기 이건 어떻고 저건 어떤 거냐며 물어보길래 뭔가를 쌔비는구나 짐작할 수 있었다. 아니나 달라, 매니큐어와 립스틱 몇 개가 수량이 비길래 매장을 나가는 중삐리들 가방을 검사했더니 그 안에 화장품들이 있었다.

매니저는 가영에게 일 잘한다며 칭찬했고 뿌듯한 기분을 느낀 것도 잠시, 한 시간 뒤 중삐리 엄마가 나타나 만 원짜리 몇 장을 가영에 얼굴에 뿌렸다.

—자, 여기 돈! 이렇게 돈 내고 샀으면 된 거지, 누구 딸을 도둑년으로 몰아!

중삐리 엄마는 돈벼락 갑질 뒤 가영의 멱살을 잡고 쌍욕을 해댔다. 멱살 잡힌 가영 앞에서 팔짱 낀 여드름투성이 중삐리는 "좆도 아닌 씨방새 주제에."라고 똑똑히 발음했다. 모녀는 자신들의 화가 풀리자 당당한 걸음걸이로 매장을 나섰고 매니저가 부른 경찰은 한참 뒤에 와서 억울하시면 고소장을 작성하면 된다고 했다.

매니저는 당연히 고소하지 않겠다고 했고 경찰은 그냥 돌아갔다. 자신의 면전에 대고 돈을 뿌리던 인상 더러운 여자와 그 옆에서 실실 비웃는 못생긴 중딩 얼굴이 자꾸만 떠올랐다. 하필 이렇게 재수 더러운 날 텀블러마저 없어지니 더욱더 짜증이 났다.

가영은 폭발한 짜증을 담아 한 글자 한 글자 분노를 새겼다. 그렇게 책상 곳곳에 분노를 형상화한 육두문자 캘리그라피를 완성하자 예술적 승화에 따른 카타르시스가 느껴져 마음이 조금은 홀가분해졌다.

아까 대용량 커피를 원샷해서인지 또 한 번 요의가 왔다. 관리사무실용 화장실로 향하다 반쯤 열린 문 사이로 청소용역들의 휴게실이 보였다. 104동 미화 아줌마가 자기 텀블러를 이리저리 뜯어보고 있었다.

"아줌마, 왜 남의 물건 훔쳐요?!"

당황한 아줌마가 뭐라고 할 사이도 없이 문을 박차고 들어간 가영이 몰아붙였다.

"아까 텀블러 못 봤냐고 물었을 때 우물쭈물하더니 이게 뭐라고 몰래 숨겨 가지고 간 거예요? 그까짓 거 하나 사면 돼지, 얼마나 한다고 남이 쓰던 걸 훔쳐요, 네? 더럽고 찌질해, 정말!"

가영은 오늘 중딩과 그 엄마한테서 당했던 한을 풀려는 듯
화를 폭발시켰다. 예술적 승화에 따른 카타르시스를 느낀 것
은 한순간일 뿐, 이제껏 참아왔던 울분이 터지자 둑을 터뜨
린 장맛비처럼 분노에너지가 한꺼번에 뿜어져 나왔다.

아줌마에게 한참을 해대고 화장실에 온 가영은 세면대 가
장자리에 텀블러 뚜껑이 놓여 있는 걸 발견했다. 커피를 원
샷해서 비어버린 텀블러를 헹굴 겸 아까 화장실에 올 때 갖
고 왔다는 기억이 났다.

"휴. 그러니까 왜 의심받을 짓을 해."

휴게실 안에서 텀블러를 이리저리 뜯어보던 모습이 이름
이라도 쓰여 있는지 누구 것인지 찾아주려는 것으로 바뀌
어 인식됐지만 뒤늦게 사과하기엔 너무 큰 화를 내버린 뒤
였다. 가영은 오늘 공부하긴 글렀다고 생각하며 독서실에서
가방을 챙겨 집으로 올라갔다. 비밀번호로 도어록을 푼 가
영은 욕조에 뜨거운 물을 받았다.

또록또록. 띠디디딕. 비번이 눌리고 도어록 풀리는 소리
에 설핏 잠이 깬 가영은 엄마가 여행일정을 앞당겨 귀가했
나 싶었다. 친구들과 7박으로 제주도에 놀러간 지 3일째였
기 때문이다. 뭐 빨리 올 수도 있지, 하며 다시 눈을 감은 순
간 현관에 신발을 벗는 소리가 낯설게 울렸다. 스스로를 위

해 이혼할 정도로 자기애가 강한 엄마는 꾸미는 걸 좋아해 주로 하이힐을 신고 다니기 때문이었다. 신발장에서 신 벗는 소리가 또 한 번 들려왔다. 굽이 없는 뭉툭한, 마치 장화를 벗어놓는 듯한 소리였다.

"엄마?"

가영의 말에 현관에 들어선 주인공은 대꾸가 없었다.

"엄마야?"

침대에서 몸을 일으킨 순간 가영의 방에 불이 켜졌다.

"어, 어떻게……."

가영이 눈앞에는 엄마가 아니라 살짝의 미소를 띤 청소 아줌마가 있었다.

"어떻게긴. 난 우리 동에서 일어나는 일은 모르는 게 없어. 805호 비밀번호 아는 게 무슨 대수라고."

다정하게 대답하는 청소 아줌마가 소름끼쳤다.

"그런 말이 아니잖아요. 지금 여기서 뭐하는 거예요!"

"청소해주려고 왔지."

아줌마가 휴대용 청소가방을 들어 보이며 말했다.

"805호 처녀는 착하고 고운 줄 알았는데. 805호 처녀가 나한테 미안하다고 했으면, 그랬으면 용서도 해주고 내 아들도 소개시켜줬을 텐데 말야."

아줌마는 혼자 중얼거리며 눈을 데룩데룩 굴렸다. 그러면

서도 휴대용 청소함에서 왼손으로는 아세톤을 오른손으로
는 사포를 꺼내 들고서는 가영에게로 다가왔다.

"근데 사과는커녕 칼집으로 낙서를 해놨더라구? 펜은 아
세톤으로 칼집은 사포로 지워야 해. 왜냐? 아파트 독서실은
공용시설이니까. 공용시설에 낙서를 하면 안 되는 거야."

가영은 가방에 핸드폰을 넣어놓은 채 잠들었다는 걸 깨
닫고 재빨리 몸을 일으켜 거실로 갔다. 거실 인터폰으로 경
비실에 연락을 할 셈이었지만 아줌마의 악력이 더 셌다. 가
영의 뒷덜미를 잡아 패대기친 아줌마는 무릎으로 배를 누른
뒤 가영의 손을 움켜쥐었다.

"뭐하는 거야. 이 싸이코. 놔줘!"

"이 손에 낙서가 많네. 내가 깨끗이 문질러 청소해줄게."

아줌마는 가영의 손을 뒤집어 다섯 개의 지문 위에 아세
톤을 흥건히 흘렸다. 그러곤 바닥에 가영의 손을 대고 사포
질을 하기 시작했다.

노순덕은 콧노래를 부르며 퇴근을 했다. 한밤도 아닌 새
벽이었지만 104동 독서실은 물론 사포질로 어질러진 가영
의 집 안도 말끔히 치워 오늘 해야 할 일을 다 마친 상태였
다. 빌라 반지층 문을 연 순덕은 부엌 찬장에 있는 그린비아
캔을 꺼내들고 건넌방 문을 노크했다.

"아들, 잘 있었어? 오늘은 엄마가 좀 늦었는데 배고프지? 엄마, 들어갈게."

문을 열자 방 전체가 아이스박스인 듯 한기가 훅 끼쳤다. 에어컨을 풀가동해 냉기가 가득한 방 한쪽의 책꽂이에는 공무원 시험 준비를 위한 책들과 각종 법률 책들로 가득했다. 책상에는 먼지 쌓인 9급 법원서기보 합격증이 놓여 있었고, 방 한가운데 침대에는 피부색이 보랏빛인 남자가 누워 있었다. 순덕은 익숙한 손길로 남자의 코로 연결된 튜브를 통해 경관식인 그린비아 음료를 흘려 넣었다.

"아들, 많이 먹어. 그리고 내가 말했던 참하고 착한 것 같다는 805호 처녀 있잖아? 알고 보니 독서실 준수사항도 안 지키는, 준법정신 없는 여자디라구. 게다가 나한테 잘못을 해놓곤 어찌나 소리소리 지르던지. 법원에 서기보로 출근할 우리 아들을 그런 준법정신 없는 여자랑 맺어줄 수는 없지. 엄마가 착하고 고운 처녀 있으면 꼭 선보여서 우리 아들 외롭지 않게 해줄게."

경관식이 역류하여 튜브 밖으로 흘러나왔지만 노순덕은 다정한 손길로 남자의 볼을 살며시 어루만졌다. 노순덕의 손길에 쑥 패인 보랏빛 살이 꺼멓게 뭉그러졌다.

"아들이 엄마한테 그랬잖아? 이유 없이 굽신대지 말고, 이유가 있으면 단호하게 할 말을 하라고. 그래서 엄마, 805

호 처녀의 나쁜 짓을 바로잡아주고 왔어. 이제 나, 연체동물
처럼 이래도 굽신 저래도 굽신 안 거려. 그러니까 아들, 빨리
일어나. 응?"

노순덕은 반년 전, 아들이 공무원 합격증을 보여주러 자
신이 일하는 신도시의 아파트단지로 찾아왔을 때를 떠올렸
다. 지하 1층 주차장 걸레질을 막 마친 참이었다. 킥보드를
타던 아이가 속도를 빨리해서 구르다가 넘어져 무릎이 까졌
고 아이의 아빠가 순덕을 불러세웠다.

—아줌마! 물걸레질을 이렇게 흥건히 하면 어떻게 해! 우
리 아이가 미끄러졌잖아!

아들뻘의 남자가 다그치자 아파트 미화원을 오래한 순덕
도 얼굴이 붉어졌다. 오가던 사람들이 무슨 일인가 하며 주
위로 몰려들었고 어느새 합류한 아이의 엄마도 삿대질을
했다.

—아줌마, 지금 당장 엑스레이 찍어서 우리 애 뼈에 금만
갔어봐. 아줌마한테 손해배상 청구할 거예요. 여기 사람도
다니는 곳인데 청소를 이렇게 막하면 안 되죠!

걸레질로 약간의 물기가 있던 바닥은 이미 말라 있었지만
구경꾼들 중 누구도 그런 말은 하지 않았다. 순덕은 팀장이
오기 전에 일을 마무리해야겠다는 생각에 죄송하다고, 다
음부터 바싹 마른 걸레로 청소하겠다고 허리를 꺾고 고개를

숙였다.

─아니, 지금 뭐하시는 거예요. 댁의 아드님이 무리하게
빨리 타다가, 자동차 들어오니까 피하려고 방향 틀다가 넘
어진 거 제가 봤어요. 엄마뻘 되는 분께 그렇게 무례하게 따
지시면 안 되죠.

언제 왔는지 순덕의 아들이 끼어들었다.

─뭐야, 우리 아파트 주민이야?

─청소부 아들인가봐.

─네가 보긴 뭘 봐. 내가 저 아이 물기 많은 바닥에서 미
끄러져 넘어지는 거 봤는데.

몰려 있던 사람들은 쑥덕쑥덕하더니 누군가 아이 부모 편
에서 증언했다. 그때까지 두 손을 모으고 죄송하다는 말을
하고 있던 순덕의 팔을 아들이 잡아끌었다.

─엄마, 가자. 이유 없이 굽신대지 말고, 이유가 있으면
단호하게 할 말을 해야지. 저 애가 넘어진 게 엄마 잘못도 아
닌데 왜 그래?

아들의 억센 손길에 순덕이 따라가는데, 분을 참지 못한
아이 아빠가 똑바로 사과하라며 아들의 어깨를 뒤에서 퍽
하고 밀쳤다. 중심을 잃은 아들의 몸은 머리부터 떨어졌고
119에 실려 갔지만, 의사는 뇌사 판정을 내렸고 연명치료
중단을 권유했다.

눈가에 눈물이 맺히려는 찰나 순덕은 입꼬리를 올려 미소를 지어보였다. 일평생 동안 혼자 아들을 키우며, 자식 앞에서는 힘든 티 슬픈 티를 내지 않았던 내공으로 그녀는 눈도 구부려 완연히 웃는 표정을 만들어냈다.

"아들, 엄마가 우리 아들 자랑스러워하는 거 알지? 엄마이렇게 열심히 살고 있으니까 우리 아들도 씻은 듯 나아서어서 일어나자. 사랑해."

순덕은 아들의 체취를 맡으려는 듯 아들의 얼굴 가까이대고 속삭이듯 말했다. 방안에 떠도는 악취에도 순덕은 꽃향기를 들이마신 것처럼 빙긋이 미소를 지었다.

셀프 큐브

*

타각

　—도망쳐도 소용없어요. 자꾸만 쫓아와서 나를 찾아내
요. 내가 어디에 가도. 깊은 곳에 숨어도. 어서, 도망가야 해.
빨리 달려야 해. 서쪽으로 펼쳐진 이상한 정원으로.

　"저는 4509를, 아니 그 여잘 모릅니다. 중고 카페에서 사
진틀을 판 것뿐이에요. 틀에 흠이 있다고 트집을 잡길래 깔
끔하게 변상해주었고요. 그게 답니다. 난 그 여자 이름도 지
금 알았어요."

　"그런데 실종되기 한 시간 전에 댁한테 열 번이나 연락을

했단 말이죠. 당신은 단 한 번도 받질 않았고."

형사는 나의 얼굴을 지그시 겨누어본다. 집어등 같은 눈빛이다. 그는 내가 입을 열게끔 하려 하지만 정말 아는 것이 없어서 말해줄 게 없다. 그녀와 나는 인터넷 중고 카페를 통해 연락하게 되었다. 물건을 사고팔기 위해 한 번 만나고 그녀가 클레임을 걸어 두 번째 만났을 뿐이다. 형사의 연락을 받은 오늘까지도 나는 그녀의 핸드폰 번호 끝자리인 4509로 그녀를 기억해냈을 뿐이다. 그녀의 실종에 책임질 필요가 전혀 없는 관계인 것이다. 그녀가 내게 부재중 전화를 열 통 걸었을 때 난 베란다에서 작업 중이었다. 진동 모드로 해놓은 핸드폰을 방에 있는 소파에 올려둔 채 말이다.

"압니다. 서이원 씨 당신의 직업도, 이지영 씨와 왜 만났는지도."

형사는 중압감을 실어 내 이름을 부른다. 그러곤 내 앞에 반짝이는 액세서리가 달린 분홍색 케이스의 핸드폰을 디민다. 핸드폰 화면에 내가 만든 사진틀로 빽빽하게 장식된 벽이 보인다. 나의 집 거실이다. 실종된 그녀가 내 집에 들르긴 했지만 사진으로 남겨놓았을 줄은 몰랐다.

"아아, 이 벽이 사진을 받쳐주는 사진틀 같네요."

첫 만남 때, 그녀는 사진틀이 걸린 거실 벽에 손을 대고 일직선으로 훑으며 말했다.

"근데 왜, 사진을 찍는 게 아니라 사진틀을 만드는 거죠?"

그녀 뒤를 따르던 내게로 그녀가 갑자기 고개를 돌리며 묻는 바람에 그녀와 내 코는 닿을 듯 가까워졌다.

"나는…… 예술에 대한 예술을 만드니까요."

내가 한 발을 뒤로 빼며 말하자 그녀가 성큼 다가와 내 턱에 코가 닿을 듯 올려다보며 물었다.

"무슨 뜻이죠?"

"보통 사진만 예술이고 그걸 끼워두는 틀은 부가물이라 여기죠. 하지만 같은 사진을 어떤 액자에 넣느냐에 따라 가치가 달라 보여요. 그래서 난 사진 대신 틀을……."

그녀가 한 발 더 물러나는 내 허리를 잡았다. 그러곤 내 가슴에 코를 대고는 킁킁댔다.

"듣기엔 넘 길어요."

그녀의 강아지 같은 행동에 당황스러우면서도 웃음이 났다. 그녀는 내 허리띠를 풀었다. 바지가 흘러내려 발등 위에 닿았다. 내가 형사에게 이 사실을 얘기한 것은 자고 있는 내 얼굴 사진이 그녀 핸드폰에 저장돼 있기 때문이었다.

"하지만 정말 그게 답니다. 딱 한 번 잤다고 그 사람을 알게 되는 건 아니잖아요?"

잠에서 깨어나자 그녀가 내 눈 바로 위에서 내 눈을 쳐다보고 있었다. 그녀는 내가 인터넷에 올렸던 탁상용 분홍색 사진틀을 가리켰고 정해진 금액을 치렀고 내 집을 나섰다. 지금 떠올리면 내 집에 가기 전 카페에서 만났을 때 마신 음료에 나 몰래 가루약을 넣었을지도 모르겠다. 그러니 처음 보는 여자와 함께 있는 한낮에도 잠이 들었겠지.

형사는 억울함을 담은 내 호소를 귀담아듣지 않는다. 그녀의 핸드폰 사진을 손가락 끝으로 넘겨다보고 있을 뿐. 말을 하다 지친 내가 마른 침을 삼켰을 때 그는 내게 핸드폰 액정을 보여준다. 깨진 도자기 인형 파편들이 널브러진 사진 밑엔 짤막한 글귀가 적혀 있다. 맘에 안 들면 언제든 부숴버릴 수 있어. 말 안 들으면 목을 꺾어버리면 되는 인형처럼 말야. 액자 공방 작가님 어록 중. 이지영의 페이스북 게시물을 본 나는 분개한다. 나는 저런 말을 한 적이 없다. 아무리 생각해도 액자를 거래하려 처음 만난 여자에게 할 수 있는 말은 아니다.

"서이원 씨. 그래도 잘 생각해보지 그래요. 혹시 술 취해서 지껄인 말을 기억 못 한다거나……."

그가 나를 쳐다보며 한쪽 입꼬리를 올리며 묘한 미소를 짓는다. 기분 나쁜 표정이다. 나는 할 말이 없다. 다음 순간 그가 핸드폰을 다시 내 코앞으로 들이댄다. 액정 속에는 잠이 든 내 얼굴이 있다. 사진을 작게 줄이자 주변에 빈 병이 보인다. 맙소사. 나는 그녀와 술을 마시지 않았다.

"서 작가님, 이래도 할 말 없어?"

내가 잠든 사이 그녀가 의도적으로 빈 병을 배치하고 사진을 찍은 게 틀림없다. 그녀는 나를 범인으로 몰려고 계획적으로 접근한 것이다. 흥분해서 말이 빨라진 내 앞에서 형사는 다른 곳을 보며 귀를 후비다 심드렁하게 내뱉는다.

"서 작가님, 술 마시면 어떤 주사 부렸는지 기억 못하는 알콜성 치매 있죠?"

"아 아니……."

말을 더듬는 내게 형사는 낮은 소리로 말한다.

"작가님 술버릇 다 압니다. 이지영 씨와 갔던 바에서 칵테일을 마신 뒤 잔을 깨고 욕설을 내뱉었죠. 당신을 끌어냈던 젊은 사장이 다 기억하더군요. 머리를 바닥에 부딪친 충격으로 정신을 차리자 두리번거리며 무슨 일이냐고 물었다면서요. CCTV 영상 확보돼 있고…… 그런 사람들 여기 많이 와요. 술 마셨을 때 자기가 어떻게 변하는지 모르는 전형적인 알콜성 치매 환자들. 흥분해서 주먹을 휘두르다가 술이 깨면 내가 왜 파출소에 있냐고 울먹인단 말야. 사람을 잡아먹을 듯한 범에서 순한 양이 된다고. 느닷없는 변신을 하는 사람들이지."

당황한 기색을 내보이지 않으려 하지만 얼굴이 굳는 게 느껴진다. 이기죽대는 형사 놈의 밉살스런 말은 사실이다.

내 머리는 심하게 취한 순간의 장면들을 조금도 저장하지 못한다. 하지만 술을 먹기 전과 술에서 깬 뒤의 상황은 기억의 필름에 남아 있다. 문과 문은 분명히 떠올릴 수 있다. 문과 문 사이의 공간이 소실되는 것뿐이다. 그러니 그녀와 술을 마시기 전과 술에서 깬 뒤의 일은 기억나야 한다. 하지만 내 기억 목록에 그것들이 없으니 나는 그녀와 술 마신 일이 없다고 주장할 수밖에 없다.

알콜성 치매가 심해질수록 앞뒤 정황도 떠올리기 힘들어진다고 하던데.

그는 내 주장을 단번에 자르곤 으르렁댄다.

"이봐요 작가 씨. 지금 사건의 큰 틀은 이거야. 이지영이 당신을 두 번 만났고, 그 뒤 갑자기 없어졌어. 뼈대는 다 잡힌 셈이지. 그 사이의 일은 어떻게 채워 넣으면 될까? 이지영이가 작가님 말을 안 들어서 이지영의 목을 꺾었다 그리고 유기했다? 아니야? 그럼 자기가 만든 예술품에 사소한 부분을 문제 삼으며 환불을 요구하자 분노한 나머지 부숴버렸다? 당신이 사진틀을 부수듯이 이지영도 그렇게 부서뜨렸나?"

입이 떨어지질 않는다. 눈앞에 있는 작자는 형사가 아니라 소설가가 아닐까. 진심으로 전업을 고려하라고 충고하고 싶다. 내가 어떤 말도 꺼내놓지 않자 그는 다 안다는 듯 입술을 비틀어 웃는다. 그러곤 판도라 상자를 흔들듯 그녀의 분홍빛 핸드폰을 눈앞에서 움직여 보이며 낮게 뇌까린다.

"하고 싶은 말이 있으면 언제든 찾아와. 아니, 내가 널 먼저 찾아갈지도 모르겠군."

귀가한 나는 그녀와 나 사이의 시간을 다시 한 번 되짚는다. 불과 일주일. 일주일이다. 그녀와 처음 만나고 두 번째 만난 다음 그녀의 실종을 선고받고 피의자로 지목되어 경찰서에 다녀온 일들이 벌어진 시간이 고작 칠 일인 것이다.

나는 부재중 수신란에 찍혀 있는 그녀의 번호를 저장한다. 끝 번호 네 자리, 4509로 존재하던 그녀는 이지영이란 이름을 갖게 되었다. 카카오톡 친구 목록에 그녀 이름이 뜬다. 연결된 페이스북에 들어가 그녀 사진을 본 나는 놀란다. 흰색 재킷을 걸친 어깨에 긴 생머리를 드리운 모습은 다시 봐도 낯설다. 어떤 사진을 봐도 세미정장으로 갖춰 입어 젊은 직장인으로 보인다. 처음 만났던 날 그녀는 귀밑으로 오는 짧은 웨이브 머리를 하고 있었고 두 번째 만났던 날엔 머리를 틀어 올린 채였다. 차림새는 어땠는지 잘 떠오르지 않는다. 그런 걸 보면 각인될 만큼 특징적이지는 않았다는 뜻이다.

다만 페이스북 사진들에 비해서는 분명히 편안한 모습이

었다. 내가 만났던 이지영은 부모님이 쥐어주는 돈을 축내며 학교에 다니거나 인터넷을 검색하며 시간을 보내는 다자란 여자아이 같았다. 물론 그녀가 자신을 그렇게 소개한 건 아니고 내가 받은 인상이 그랬다는 것이다. 그러나 핸드폰 창 안의 이지영은 세련된 차림과 여유로운 표정을 한 젊은 직장인이다. 사진이 올라온 일자는 우리가 처음 만난 날과 일치한다. 나를 만나러 왔을 때 짧은 웨이브 머리 가발을 쓴 것인가? 아니, 페이스북 속의 그녀 쪽이 긴 생머리 가발을 썼을 수도 있다.

"어떤 사람은 환상의 샘에서 솟는 물을 마시며 현재를 살아요. 그런 사람에게 현재란 깜깜한 암흑과도 같죠."

얇고 긴 꼬챙이가 머리를 사선으로 관통한 듯 이지영의 목소리가 떠오른다. 어떤 대화의 끝에서였더라. 그녀는 사진틀로 빼곡한 벽을 바라보다 말했다. 사진을 끼워놓지 않은 틀이 눈동자 없는 눈 같다고. 흰자만 가진 사람을 떠올려보곤 너무 괴기스럽지 않냐고 묻자 그녀는 고개를 흔들었다. 아무것도 비쳐 보이는 게 없으니 더 자유로울 거라고, 눈동자는 바깥의 것만을 보여주어 외부에 순종하고 굴종하게 하는 폭력의 앞잡이라고.

그때 나는 모서리가 날카로운 사진틀을 집어 그녀 목 가까이에 댔다. 나도 모르는 사이에 불쑥 나온 행동이었다. 그런 말을 하는 그녀가 사랑스럽게도 느껴졌고 동시에 증오스럽게도 여겨졌다. 그녀의 말이 정확히 내 마음을 대변한 것이었기에 혼란스럽고 이상했다. 그녀와 눈이 마주쳤었더라면 나는 사과라도 하며 목에서 프레임 조각을 거두었으리라. 그러나 그녀는 복종한다는 듯 눈을 감고 있었다. 그 순간 그녀가 왜 그렇게 아름다워 보였던 것일까. 눈을 감은 그녀의 모습은 눈동자를 지워낼 수 없다면 눈꺼풀을 닫아 가리겠다는 것처럼 비춰졌고 나는 그녀 목에 입을 갖다 댔다. 그와 동시에 내 손에 힘이 빠지며 쥐고 있던 프레임이 바닥에 떨어지는 소리가 났다.

아깝지는 않았다. 오직 깨뜨리기 위해서 만드는 사진틀도 많았기 때문이다. 나는 사각으로 각이 잡힌 형태의 틀보다도 조각 나 그림이나 사진을 담지 못하는 모양의 틀을 훨씬 더 좋아했다. 파열의 순간 가볍게 몸이 떨렸고 그 떨림을 맛보기 위해서라도 나는 틀을 집어던지곤 했다. 거실 바닥에 패인 홈을 감추려 양탄자를 펴놓았고 파편들을 밟아 발에 찔리는 일이 없게끔 폭신한 카펫을 그 위에 덧깔았다.

그녀가 내게 얼굴을 맞대고 아아 하는 나른한 숨 같기도 노래 도입 같기도 한 소리를 낼 때 틀이 깨질 때의 떨림을 느낀 것은 인정한다. 하지만 그런 것 가지고 그녀의 실종에 관여했다는 것은 말도 안 되는 일이다.

그녀의 페이스북 게시물들을 넘겨보던 나는 그녀가 찍힌 모습들에서 뭔가 석연치 않은 위화감을 감지한다. 사진 가장자리를 자세히 보자 액자에 끼워놓은 사진을 찍어서 올린 듯 사각의 페이스북 창 안에 색과 결이 다른 테가 슬쩍슬쩍 드러나 있다. 피식 웃음이 난다. 테두리 안의 테두리, 틀 안의 틀이라?

내게 사건의 틀과 뼈대를 운운하던 형사의 비아냥이 다시금 떠오른다. 그는 무책임한 소설가가 분명하다. 앞뒤 뼈대만 가지고 그토록 허술한 이야기를 만들어내다니, 아니 그건 만들다 만 이야기다. 더 이상의 상상력을 발휘하기 싫어 패대기친 반죽 상태의 이야기를 덥석 내게로 밀친 것이다. 그 반죽은 이미 상해 있어서 내 몸과 생활에 끈끈한 곰팡이와 악취를 묻히고 있다. 그는 내게 반죽을 쥐고 어떤 형상을 빚어 뭔가 괜찮은 완성물을 내놓으라고 책임을 미룬 것이다.

물론 나는 이지영 실종의 틀과 뼈대를 채울 내용의 일단만을 알 뿐이다. 그녀의 실종과 나는 무관하다는 것. 그 증거를 찾기 위해서라도 나는 이지영의 페이스북 사진을 더 빨리 넘겨보기 시작한다. 그녀와 어쭙잖게 연루된 것도 모자라 실종의 반전을 담당하는 인물이라는 오명을 불식시켜야 하니까. 나는 눈을 가늘게 뜨고 읽어나가길 계속한다. 페이스북에는 사진 없이 글귀들로만 이루어진 부분도 있다.

우리는 꿈과 결에 대해 얘기했다. 사방을 둘러싼 겹과 막에 대해. 무수하게 갈라진 켜와 층 속에서 우리는 대체 어떤 것의 품 안에 있는 걸까요. 내가 묻자 작가가 말했다. 우리는 누군가의 사진틀 안에 있는 거야. 아무리 발버둥 쳐도 나갈 수 없지. 그는 사진틀을 바닥에 던져 마구 부서뜨렸다. 그러곤 내게도 하나를 건네더니 던져보라고 했다. 바닥에 부딪혀 조각날 때 나는 소리가 나쁘지 않았다. 그는 파열의 순간 희열이 솟는다고 했다. 누군가가 가둬놓은 프레임 안에서 벗어난 듯 잠깐은 숨 쉴 수 있어진다고. 우리는 수십 개의 액자를 부서뜨렸고 그는 내게 그 위를 걸어보라고 했다. 맨발로? 내가 묻자 고개를 끄덕였다. 그가 내 어깨를 잡고 일으켜 세웠다. 샌들을 그의 집 현관에 벗어놓은 난 정말로 맨발이었다. 내가 싫다고 버티자 그가 액자 조각을 하나 집어 들었다. 난 말이야. 내 작품을 보고 예쁘다고 하는 걸 별로 좋아하지 않아. 그건 그냥 수많은 감탄사 중 하나일 뿐이지. 예쁘다. 한마디 하고 잊어버릴 거잖아. 그는 내 한쪽 어깨를 잡은 채로 끝이 예리하게 갈라진 액자 파편을 더 가까이 가져왔다. 이게 꽂혀 흉터가 진다면 평생 기억하겠지. 살에 박혔던 틀 조각을. 뾰족한 파편 끝이 내 목을 겨누고 있었다. 목에서 돋아난 소름이 온몸으로 쫙 퍼졌다. 걸을게요. 내가 말했다.

이맛살이 찌푸려진다. 대체 무슨 생각으로 이런 망상을 써놓았단 말인가. 핸드폰에 나와 내 집 사진을 남겨놓고, 만인에게 공개된 페이스북에도 나를 암시하는 듯한 인물을 넣은 이상한 이야기를 찌그려 놓았으니 내가 의심받는 것도 당연하다. 형사도 이 글을 읽고 실종된 이지영을 사진틀처럼 부췄네 어쩌네 소설을 쓰고 있는 것이 분명하다. 이지영, 그녀는 나를 이렇게 자기 실종의 범인으로 만들려고 한 것이 틀림없다. 내게 접근한 것도 다 계획적이었던 것이다. 그렇지 않고서야 나에 대한 거짓 증거물을 이렇게 많이 만들어놓지는 않았을 테니까. 분노 때문에 덜덜 떨리려는 턱을 악다물며 그녀의 페이스북을 더 샅샅이 살펴본다. 현실을 재료로 삼은 가짜의 세계를. 아니, 가짜로 현실을 잠식하려는 비겁한 음모를.

눈이 떠진다. 사위는 밝고 깨끗하다. 잠에서 깨어남과 동시에 꿈에서 헤어나온 것을 깨달은 나는 더할 수 없이 기쁘다. 꿈에서 나는 이지영 실종의 용의자로 몰려 얼마나 노심초사했던가. 그 번민과 고통의 생생함이 아직도 남아 있기에 더욱 마음 놓고 평온해질 수 있다. 깨고 나면 이렇게 짧은 꿈인데도 꿈 한가운데서 겪는 괴로움은 너무도 깊었다. 물론 꿈속의 나는 그것이 꿈인지 모른다. 내가 처한 상황이 눈을 떴을 때의 삶과 똑같은 현실이라고 여겼다. 아니, 내가 처한 환경이 현실이라는 것은 너무도 당연해서 그것을 자문해볼 필요성도 못 느꼈다. 꿈속에서 나는 꿈이 아니라 현실을 살고 있었던 셈이다. 그 모든 것이 한낱 꿈이고, 깨어남으로써 그 고통에서 벗어난다는 건 정말이지 축복된 일이다.

불현듯 영감이 솟아난다. 액자 밖의 액자를 만들어야겠다. 내용을 덮은 테두리, 밖의 테두리. 지금의 이 감상을 표현하려고 몸을 일으켜 작업실에 가려는데 핸드폰이 울린다. 소파에 얹어둔 핸드폰을 집어 들어 보니, 모르는 번호다. 내키지 않지만 받아보기로 한다. 내가 여보세요, 라고 하기도 전에 거칠고 쉰 음성이 고막을 파고든다. "이지영 것으로 추정되는 발목이 망원동 뒷산에서 발견됐어. 서이원, 네가 사는 동네라고. 이래도 끝까지 모른다고 할 수 있을까?" 나는 내가 들은 것을 의심한다. 이지영의, 발목이라니? 나는 아직도 몽중인 것인가. 목소리는 절단된 발목에 이지영이란 이름을 새긴 발찌가 걸려 있고 발바닥은 뾰족한 파편을 밟은 상처투성이라고 덧붙이지만 내 정신은 점점 더 멍해진다.

멍해져가는 의식 속에 분노가 치밀어오른다. 젠장. 꿈이 아니었다니. 나를 냉혹한 번민의 가운데 처박아둔 채 꺼내주지 않는 신에 대한 저주도 북받쳐오른다. 이제 막 벗어난 줄 알았는데 실은 더 깊이 처박힌 것이다. 핸드폰 속의 음성은 내가 경찰서로 오지 않으면 체포해 갈 거라고 한다. 내가 저지른 적도 없는 짓에 대해 내가 왜 책임을 져야 하는가.

그는 물증은 확보됐으니 심문을 통해 내 자백을 받아내기만 하면 수사를 종결하기로 결정한 상태다. 하지만 정말로 답답하다. 감식반에 넘어간 절단된 이지영의 발목이나 그 주위에 버려져 있던 흉기에선 내 흔적이 검출되지 않을 것이다. 내가 흉기를 쓴 적도 이지영의 발목을 만진 적도 없기 때문이다. 그렇게 되면 형사 놈이 확보했다고 생각하는 물증은 나의 범행을 증명하는 어떤 도구로도 쓰이지 못할 것이다.

내가 억울함을 주장하자 그는 내가 잠들기 전 보았던 그녀의 페이스북 글을 들이대며 나를 들쑤신다. 페이스북에 쓰여 있는 대로 나의 강압에 못 이긴 이지영이 깨진 액자 조각 위를 걸었기에 고인의 발바닥이 지저분한 상처로 가득하다는 것이다. 어이가 없다. 내가 시킨 적 없는 일이고 이지영도 그 위를 걷지 않았다. 그녀의 페이스북에 쓰여 있는 것들이야말로 개연성 없는 망상들이다.

사실과 다른 기록들을 이지영 본인이 자기의 페이스북에 남긴 이유는 역시 나를 범인으로 몰고자 했기 때문이다. 내가 피해자란 사실을 형사는 믿지 않는다. 이지영이 조작해둔 글과 사진들로 포위된 나는 그녀가 써둔 각본에 꼼짝없이 간히게 된 것이다.

형사는 나의 진술이 또 출발점으로 되돌아왔다며 신경질을 낸다. 나도 이런 돌림노래 같은 진술을 되풀이하고 싶지는 않지만 사실이 그런데 어쩌란 말인가. 내가 지쳐 아무 말도 하지 않자 형사는 입을 다물고 나를 노려본다.

"실종 사건의 결말을 토막살인으로 만들다니. 과연 서이원, 네가 작가는 작가군 그래. 살인도 뭔가 좀 특징적으로 하고 싶었겠지."

형사는 입가를 보기 흉하게 씰룩이며 다시 유도심문을 시작한다. 나는 무고하다고 항변하지만 그는 나를 살인자로 단정 짓는 말들을 쏟아낸다. 정말 괴롭다. 나의 기억, 의도와 상관없이 이지영의 계획대로 만들어지고 꾸며진 내가 진짜 나로 오인되고 있다. 이지영은 실종되기 앞서 나에 대한 단서와 복선을 아주 많이 남겨놓았다. 그녀는 자기 실종 연루자를 물색했고 운 나쁘게 내가 걸려든 것이다. 그렇지 않다면 중고 카페에서 거래를 위해 딱 두 번 만난 남자에 대해 그렇게나 많은 글과 사진을 남겨놓지 않았을 것이다. 나의 호소에도 형사는 그만 포기하고 자백하라는 식으로 말한다.

"이번 사건은 아귀와 증거가 딱딱 들어맞아 반전이 생길 일은 없을 거야."

바로 그 점이, 톱니바퀴처럼 너무도 딱딱 맞아떨어지는 정황증거들이 나의 무고의 이유이다. 이지영이 사전에 준비해둔 시나리오대로 일이 진행되고 있는 것이다. 그녀는 왜 이런 시나리오를 써놓은 것일까. 그녀의 동기가 궁금한 것은 오히려 내 쪽이다. 대체 왜 나를 택했다는 말인가. 나야말로 궁금해 미칠 지경이다.

형사는 계속해서 자백을 강요하고 나는 눈을 감아버리고 싶다. 꿈에서 깨어나듯 이 모든 괴로움에서 벗어나고 싶다. 내가 직면한 이 고통은 여지없이 현실적이지만 만일 꿈이라고 한다면 깨어나는 것은 한순간이다. 깨어나기 위해선 먼저 잠에 빠져야 한다. 의식이 흐려지며 눈앞의 것들이 희미해진다.

"이봐, 서이원. 너 기면증 있지? 피하고 싶은 상황을 맞닥뜨리면 잠에 빠져버리는 병. 정신과 진료 기록이 있더군."

가스처럼 살포되는 졸음 속에서 반쯤 눈을 뜬다. 형사는 내 잠을 깨우려고 서류더미로 책상을 탁탁 친다. 가물가물하던 눈꺼풀이 완연히 떠진다. 졸음기가 가신 세상은 내가 살 만한 곳이 아니다. 취기와도 같은 몽롱함이 완전히 가시기 전에 나는 의식적으로 졸음을 불러온다. 나는 지금 잠과 의식의 갈림길에 있다.

"기면증과 함께 몽유병도 같이 가지고 있다는 거, 다 알고 있어. 여기 쓰여 있거든."

형사가 복사된 차트를 내게 보여준다.

"주로 잠을 자며 사진틀을 부수는 증상을 가지고 있다. 내 담자는 그런 행동을 통해 의식상태에서 받았던 긴장과 억압 상태를 해소하려는 것으로 보인다."

형사가 차트에 쓰여 있는 문장들 중 한 부분을 소리내 읽 더니 나를 보고 눈을 번득인다.

"근데 이번엔 잠 속에서 사진틀 대신 사람을 토막내버렸 구만."

형사의 말에 분노가 치민다. 내가 어떤 말을 해도 받아들 여지지 않는다는 갑갑함에 가슴이 죄어온다. 깨어나면 땀을 흠뻑 흘린 옷을 쓸며 꿈이었다고 시원해하면 좋을 것을. 왜 내가 꿈이라 여기고 싶은 것만 현실이고 진짜였으면 좋을 것은 이상에만 머물러 있는가. 꿈과 현실 양쪽의 인력으로 끌어당겨지는 나는 밝음과 어둠의 경계에서 찢겨나간다. 찢 어졌는데 갈라지지 않았다. 눈을 뜨면 나는 또 있다. 여전히 산 채로 숨을 쉬어야 한다. 꿈속에서 숨을 쉬길 간절히 원하 고 또 원하자 눈꺼풀이 무거워진다.

"어서 자백하시지. 여기 정신과 상담 기록이 있으니 참작 이 될 수도 있어. 이지영 어디다 묻었어?"

형사의 말이 내 뇌리의 어딘가에서 울리는 듯 현실감 없게 들린다. 시야가 흐려지고 의식이 희미해진다. 나는 이제 꿈과 현실의 교차로쯤에 있는 듯하다. 숨도 편안하게 쉬어진다. 시선의 사정권 안으로 긴 생머리를 어깨에 늘어뜨린, 정장 차림의 이지영이 걸어들어온다. 내가 무얼 보고 있는 걸까. 이것도 꿈속의 일일까. 의식 상태에서라면 분명 놀랐겠지만 잠결에 취해 있는 내게는 큰 동요를 일으키지 못한다. 그녀가 다가올수록 바닥을 울리는 구두 굽 소리가 커진다. 타각, 타각. 끊어지며 연속되는 소리가 사진틀이 바닥에 떨어져 조각나는 소리 같다. 하지만 이 소리도 내 안에서 울리는 것인지 바깥에서 나는 것인지 구분이 되지 않는다.

"저기 오는군. 서이원, 너의 상담의가 네 정신병력을 증명해주면 선처 받을 수도 있으니 시간 낭비 말고 빨리 자백하라고."

형사가 입을 움직이지만 잘 들리지 않는다. 버퍼링 중인 영상처럼 눈앞의 화면과 음향이 잘 맞지 않다가 그마저 끊어져버린다. 영상은 꺼졌지만 구두 굽 소리는 계속 울리고 그것은 사진틀이 바닥에 충돌할 때 내는 소리를 닮아 있다. 그 익숙한 소리가 나를 충동질한다. 나를 던져서 깨버리고 싶다. 온전히 남아 있는 나마저도 부숴 아무것도, 원래부터 없었던 것처럼. 사방이 뒤틀리며 갈라진다.

*

타각

　─어머니는 늘 내 목을 틀어쥐고 말했어요. 말 안 듣는 인형의 목은 꺾어버릴 거야. 나무토막처럼 쉽게 부러뜨릴 수 있다고 말했어요. 어머니는 내게 아주 상세히 말해줬어요. 내가 널 가졌을 때 네 아버지가 나한테 그랬단다. 뾰족한 나뭇조각을 얼굴에 대고 그어버리겠다고. 한 날은 복숭아가 먹고 싶다고 했더니 작업 중이던 나무의자를 내려쳐 부서놓고는 말하더구나. 이 위를 걸어보라고. 그러면 사주겠다고.

　"신경정신과 수면전문의, 이지희 씨죠?"

　형사의 물음에 나는 고개를 끄덕인다. 유력한 용의자인 서이원은 나를 보는 순간 잠에 빠져버렸다. 형사는 그를 깨우려 했으나 단순한 잠이 아닌 병이기에 여간해선 일어나지 않을 터였다. 그는 스트레스를 받거나 피하고 싶은 상황이 되면 도피하듯 잠에 든다. 5년 전, 내가 수련의였을 때 내 슈퍼바이저의 환자로 배정된 서이원을 처음 봤다. 그 뒤 슈퍼바이저가 퇴사하고 내가 승급하며 그는 내가 담당하는 내담자가 되었다.

　"전화로 들으셨겠지만 실종된 동생 분의 발목이 발견됐습니다. 보시겠습니까?"

형사의 물음에 나는 고개를 젓는다.

"꼭 볼 필요는 없어요. 그 애라는 증거가 있는지 없는지만 말해주세요. 발목에 이름이 새겨진 은제 발찌가 걸려 있었나요?"

내가 말하자 형사가 그렇다고 답한다. 나는 내 발을 내밀어 보여준다. 발목엔 얇은 은줄이 걸려 있고 복숭아뼈 위에 늘어진 펜던트엔 이,지,희라 새겨져 있다.

"쌍둥이 자매라 펜던트도 세트로 맞췄군요."

형사가 내 열쇠 모양 은장식을 보고 말한다.

"네, 지영이 발목엔 자물쇠 모양 펜던트가 늘어져 있을 거예요. 그렇죠?"

형사가 끄덕인다. 그는 계속 잠이 든 용의자를 깨우려 하지만 허사다. 그는 내 환자, 서이원을 응시하며 수사 상황을 이야기한다. 지영의 핸드폰과 페이스북에 실종 연루 증거가 충분하니 용의자가 자백만 하면 될 거라고. 그러곤 심증을 확언해 달라는 듯 서이원의 상담사인 나를 본다.

지난번 통화에서 나는 그에 대한 진료 기록과 경과를 밝히지 않았다. 환자의 비밀을 지켜야 한다는 히포크라테스 서약을 상기해주자 형사는 압수수색영장을 발급받겠다고 했다. 영장을 가져온 그는 서이원의 차트를 수색했고 내담자의 병명을 알게 되었기에 나는 바로 본론으로 들어간다.

"서이원 씨가 스트레스 상황에서 입면하는 건 잠 속에선 어떤 걸 선택할 필요도 책임질 의무도 없기 때문이에요. 사람들은 자는 동안 자기가 수면 중인 걸 몰라요. 깨어났을 때에야 알게 되죠. 그래서 잠의 체감시간은 매우 짧은 편이에요. 심인성 기면증 환자에겐 더욱 짧게, 순간처럼 여겨지죠. 그럴수록 꿈은 더 이상화되고 현실에 직시하기보다 현실을 꿈으로 채우려 하죠. 삶 대신 잠을 선택하는 거라고나 할까요."

성미가 급한 형사는 서이원의 범행이 정신병력에 연원을 둔 우발적인 것인지 대답을 채근한다. 나는 차분히 서이원의 상태를 좀 더 설명한다.

"자도 자도 모자란다고 여기는 환자들은 의식적으로 잠을 자기도 해요. 피곤해서 자는 게 아니니 얕은 렘수면에 머물며 많은 꿈을 꾸죠. 신체 감각이 살아 있어서 몽유병을 동반하기도 하고요. 그러다 보니 꿈속의 일인 줄 알았던 것이 실제로 벌어지기도 하고 분명 현실인 것 같은데 꿈인 경우도 있죠. 서이원 씨는 알콜성 치매도 있는데 그에겐 잠이나 술이나 작용하는 메커니즘이 같기 때문이에요."

몽유병 환자는 정말로 잠을 자는 동안의 일을 기억하지 못하냐고 형사가 물었다. 우발 범행인지 아닌지를 따지기 위한 질문이리라.

"대부분은 기억 못하지만 드물게 떠올릴 때도 있죠. 하지만 그 반대도 있어요. 기억이 나는데도 못 떠올리는 경우."

형사가 미간을 좁히며 그게 무슨 말이냐고 되묻는다.

"기면증 환자들은 긴장이 요구되는 의식 상태를 견디지 못하고 무의식으로 달아나는 만큼, 기억하고 싶지 않은 것들 역시 의식의 저편으로 몰아내거든요. 자기 검열을 통과한 자기 모습만 기억하죠. 자기를 생각의 쇼윈도에 전시해놓고는 전시한 모습 그대로가 진짜라고 믿어버리는 거예요. 말하자면 자기에 대한 환상을 믿고 살아가요. 이런 환자들은 믿는 그대로가 현실이기 때문에 어떤 객관적 증거를 내밀어도 소용없어요. 만일 서이원 씨가 범인이라 해도 자백할 가능성은 높지 않을 것 같네요, 그는 정말로 자기가 범죄를 저질렀다고 생각하지 않을 테니까요."

형사는 얼굴을 찌푸리며 팔짱을 낀다. 자백을 어떻게 들어내야 할지 뇌를 가동하는 소리가 내게도 들려온다. 나는 방문 상담시간이 되었다며 일어난다. 돌아서 걷는 내 뒤로 다른 형사의 말소리가 울린다.

"저 여자 너무 차분하네, 자기 동생이 토막 났는데. 실종 신고도 저 여자가 했었죠? 사건의 가장 큰 연루자는 첫 번째 신고인인 건데……."

열쇠를 넣어 철문을 딴다. 망원동의 아담한 2층 주택 안으로 들어간 나는 익숙하게 구두를 벗고 거실에 든다. 벽에는 사진을 끼워 넣지 않은 액자가 즐비하다. 내담자가 집에 없는 것뿐 방문 상담 일정이 있다는 나의 얘기는 거짓이 아니다. 곧장 걸어가 큰 방문을 연다. 예술대 건물 앞에서 학사모를 쓴 앳된 얼굴. 사진전이 열리는 화랑에서 긴장한 듯한 표정. 그리고 나의 진료실에서 상담 중인 그가 하나같이 웃고 있다. 나는 액자 속 서이원을 훑어보며 의자에 앉는다.

이것은 나의 슈퍼바이저가 그에게 알려준 방법이었다. 처음 찾아왔을 때 그는 갑작스레 닥친 기면증 때문에 자신을 잃어가고 있었다. 꿈과 현실이 맞붙고 뒤섞이면서 자신이 누구인지 모호해진 상태였다.

"잠 속에선 틀 없이 장면들만 부유해요. 풍경을 둘러싸고 고정시키는 네모반듯한 액자는 녹아버리고 아주 잘 알거나 알 수 없는 씬들이 제멋대로 유영해요. 한 장면에 천 개의 기억이 겹치기도 하고 아주 긴 시간이 텅 빈 허공에 덮어씌어지기도 하는데……. 내 꿈의 핸들을 누가 쥐고 있는 건지……."

상담 중에 그는 쉬지 않고 말했다. 사진 찍는 일을 하는 그는 매 순간을 필름에 담기 위해 잠을 극도로 제한했는데 어느 순간 자기도 모르는 사이에 잠에 들고 뒤엉킨 꿈을 꾼다고 했다. 문제는 꿈속의 자신이 진짜인지, 꿈 밖의 자신이 진짜인지 헷갈리기 시작한다는 것이었다. 자신이 누구인지 완전히 망각할까봐 두려워하는 그에게, 나의 슈퍼바이저는 간단한 뺄셈을 제시했다.

"전체에서 과거를 빼면 현재가 남겠죠? 자아도 마찬가지 에요. 이미 있어 왔던 나의 역사를 사진틀 안에 넣고 곱씹어 봐요. 적어도 그것들을 회고하는 순간의 자신은 현재에 머물러 있는 거니까 그런 식으로 지금의 자아를 추출해내는 거죠."

그는 매우 성실한 환자였다. 그것을 증명하듯 이 방엔 그의 과거 사진들이 꾹꾹 다지듯이 들어 있다. 상담이 끝나고 슈퍼바이저가 상담실을 나가자 그는 내게 되물었다. 그럼 현재의 자신은 어떻게 사진틀 속에 집어넣느냐고. 나는 텅 빈 액자를 걸어놓으라고 했다. 지금의 나는 유동하기 때문에 틀 안에 사로잡힐 수 없으니 그럴 땐 빈 프레임을 보며 현재를 살아가고 있다는 점을 되새기라고.

그가 늘어놓고 간 말의 파편을 차트 안에 용의주도하게 수집하고 있을 때 한번은 슈퍼바이저가 탄성을 지르듯 말했다.

"이 내담자 사례는 발표할 만하겠어. 병든 자의 꿈의 전형을 보는 것 같지 않아? 머리는 사람인데 상반신은 비늘로 덮이고 하반신은 사슴의 다리를 가진 듯 엉키고 혼란돼 있어.

아무리 꿈이어도 어떻게 그렇게 뒤죽박죽인 꿈을 꿀 수 있는 건지."

그는 서이원의 꿈을 비웃듯이 말했지만 나는 속으로 대답했다. 병든 자의 꿈은, 아름다워요. 나는 그 아름다움에 매료되었다. 그의 잠과 꿈이 눈부신 것은 그것들을 내 삶에서 한 번도 제대로 누려본 적이 없었기 때문이었다. 독하고 끔찍한 것. 누구나 자는 잠도 안 자는 년. 어머니는 잠이 없는 나의 습성마저 못 견뎌했다. 겉모습 빼고는 모든 것이 다 다른 쌍둥이 동생 지영과 나를 어머니는 정확히 반으로 갈라 철저히 사랑하거나 미워했다. 사랑받는 쪽은 애교 많고 덜렁대는 지영이었다. 무뚝뚝하고 이성적인 성격이나 잠이 없고 소식하는 기질 등 아버지를 닮은 나를 어머니는 매 순간 책망했다.

머리를 베개에 대기만 하면 잠이 드는 지영은 자기도 불면증에 걸려 밤샘 공부를 하고 싶다고 했지만 모르는 소리였다. 잠을 못 자니 피로할 수밖에 없었다. 종일 나른하게 지내다 밤만 되면 정신이 또렷해졌고 새벽을 지새운 뒤 맞는 아침은 나를 늘 자책하게 했다. 내가 정신의학과를 선택한 것도 스스로 불면증을 고쳐보기 위해서였다.

대학 기숙사에 머물며 혼자 살면 더 이상 잠이 없다는 죄책감에 시달리지 않을 줄 알았다. 어머니와 지영을 떠난 줄 알았지만 기숙사에서 잠을 못 잔 이튿날, 자책은 내 머릿속에서 어머니 음성으로 울리고 메아리쳤다. '눈이 충혈된 걸보니 오늘도 밤을 샌 모양이구나. 흡혈귀마냥 징그럽구나.' 멈춤 버튼 없이 재생되는 어머니 목소리와 지영의 웃음소리가 고막을 가득 채웠고 나는 수면제를 먹어야만 잘 수 있었다. 그나마 내성이 생겨 약도 잘 듣지 않게 되었다.

"정원이 나와요, 꿈에. 난 거기서 잉어도 되고 사슴도 되고 어떨 땐 나 아닌 다른 사람이 되기도 해요."

"예를 들면 어떤?"

"예를 들면 여자가 되기도 해요. 정원을 헤매는……."

"정원은 예부터 이상향을 묘사하는 모습으로 많이 나왔죠. 서양의 에덴동산과 동양의 무릉도원. 모두 물이 흐르고 풀과 꽃이 흐드러진 숲의 형상을 하고 있어요. 거기서 여자가 된다는 건 당신 안의 여성성, 즉 아니마가 표현된다는 거겠죠. 이상향인 정원은 당신의 의식과 무의식이 온전히 합일을 이루는 공간을 상징하고요."

"아뇨, 선생님. 합일이 아니에요. 나는 막 도망치고 뭔가날 쫓아와서 내 뒷덜미를 잡아서 끌고 가요. 난 또 도망치려고 하지만……으으……그렇게 달리다 깨어나면 온몸이 너무 피곤해요. 벗어나려 해도 자꾸 쫓아와, 쫓아와서 뒷덜미를 잡고 끌고 가요. 잠이 들면 난 그 계곡에 있죠. 어머니는 수영 못하는 날 물속에 집어넣고 머리를 눌러요. 숨이 막혀. 헉. 허억…… 발이 땅에 닿지 않고 물속을 휘저어…… 어떻게 도망쳤는지 모르겠어요. 난 뛰고 또 뛰었어요. 물 밖의 숲으로. 파란 잔디를 밟고 나서도 계속 달렸죠. 길은 모르지만 그래도, 그래도 발이 땅 위에 닿으니까. 숨은 쉴 수 있으니까. 그렇게 달리다 보면 그 정원이 나와요."

수련의 기간 내내 나는 2주일에 한 번 있는 그의 내담 시간을 기다렸다. 그가 자신의 꿈을 말할 때면 내가 그 꿈을 꾸는 것 같았다. 또 슈퍼바이저를 따라 회진을 돌 때면 갖가지 환상의 시약 사이를 거니는 듯했다. 융의 말처럼 정신과 병상에 누워 있는 환자들은 자기의 환상을 세계와 공유하는 데 실패한 사람들이다. 현실에서 승인 받지 못한 환상은 병증으로 낙인찍힌다. 그리고 환상의 소유자는 그것을 더 이상 유통할 수 없게 병원에 안치되는 것이다.

그러나 어떤 기괴한 문도 그 문에 맞게 고안된 열쇠만 획득한다면 열릴 수 있다. 나를 비롯한 범인은 특별한 열쇠의 작동법을 몰라 병자들의 세계에 초대받지 못할 뿐이다. 또 아무리 건강한 사람도, 아니 건강한 사람일수록 야릇하고 기이한 꿈을 꾼다. 그 꿈의 내용은 몽자 본인도 해독하지 못하는 경우가 많다. 논리로 해석되지 않는다고 해서 그것이 의미 없다는 증거는 어디에도 없다. 꿈은 내게는 허락되지 않은 미지의 무엇이었기에 나는 꿈에 더욱 큰 의미를 부여하게 되었는지도 모르겠다. 어쨌든 잠이 없으므로 꿈꿀 여력은 더욱 없던 나는 서이원 꿈에 대한 은밀한 환호자가 되었고 '그'라는 세상에서 숨 쉬고 싶었다.

수련의로서 그와 상담 일자를 잡고 모든 회기에 참관하는 나는 그와 굳건한 신뢰 관계를 만들어 그의 일과를 알아냈다. 그러곤 그가 출사를 위해 며칠간 집을 비우는 때 그의 집에 몰래 들어가 구석구석을 살폈다. 그가 채 말하지 못한 잠과 꿈들이 흔적으로 남아 있을 집에서 마구 낭비된 수면의 조각들을 내 것으로 취하고 싶었다.

그의 거실 벽엔 빈 액자가 걸려 있었고 방 안에는 사진이 든 액자가 걸려 있었다. 그는 과거의 자신을 떠올리고 싶으면 방으로 들어갔고 현재 자기 존재를 확인하고 싶을 때면 거실로 갔다. 자아에 공간성을 부여하라는 치료자 말을 충실히 따르는 것으로 보아서도 그의 치료 의지는 확고했다.

불행하게도 그의 치료 회기가 진행될수록 그의 집에 남아 있는 꿈의 조각들, 이를테면 깨져버린 도자기 파편이나 시간이 맞지 않는 시계, 헝클어진 이불들은 갈수록 정돈되었다. 그는 아무 때나 잠에 빠지지 않았고 꿈의 바다를 헤매는 일도 줄어들었다. 치료 효과가 분명히 나타나고 있었다. 그는 회복되어가고 있었지만 난 그것이 못마땅했다. 그가 병증을 고쳐 현실에 적응하는 순간 내가 은밀히 향유하는 미묘한 세계가 부서질 테니까. 나의 슈퍼바이저는 앞으로 몇 회기의 상담을 끝으로 치료를 끝내자고 했다.

지금 생각해도 아쉽다. 나의 슈퍼바이저는 내담자들로부터 받는 스트레스를 말로 풀긴 했지만 푸근하고 넉넉한 사람이었다. 사적인 자리에서의 인격과 직업적 전문성이 꼭 일치하는 것은 아닌데 그는 양쪽을 다 갖춘 좋은 치료자였다. 그래서 서이원의 병도 그렇게 빨리 호전될 수 있었으리라. 안구건조증 때문에 핸드백 안에 인공눈물을 넣고 다니는 그녀가 자리를 비운 사이, 약물을 흘려 넣은 인공누액병을 바꿔치기하는 것은 간단했다. 슈퍼바이저는 화장실에서 인공눈물을 점안했고 그녀의 눈은 타들어 갔다.

슈퍼바이저가 없어진 것과 동시에 전문의가 된 나는 서이원을 정식 환자로 맡게 되었다. 다음 회기에서 나는 서이원이 가져야 하는 현실의 욕구를 내버리라고 제안하여 그의 기면증을 강화시킬 만한 처방을 했다. 내가 언제부터 그의 꿈과 그를 동일시했는지는 중요하지 않다. 나는 떼어낼 수 없는 유대 같은 것이 그와 나를 점착하길 바랐고 그렇게 되었다. 그는 치료자의 말을 잘 따르는 성실한 환자였기에 병세는 빠르게 악화되었다.

그는 나를 필요로 했고 상담 횟수는 자연스레 늘어났다.

나는 전에 없이 활기에 차 상담을 진행했고 수면전문의로서 명성을 쌓기 시작했다. 잠이 안 올 때 서이원의 상담 녹취록을 들으면 잠을 자고 꿈을 꾼 듯해서 기운이 넘쳤다. 잠이 모자라 피곤치도 않았고 멈춤 버튼 없었던 어머니의 책망도 들려오지 않았다. 지영, 나의 쌍둥이 여동생이 찾아온 것은 그 시점이었다. 불면증과 어머니를 떠나 자유를 얻었다고 자부하던 그 순간, 지영은 나의 상담실 의자에 앉아 있었다.

지영이가 앉은 자리는 치료자의 의자였으므로 남은 의자는 환자의 것이었다. 나는 수치심을 느꼈고, 내가 불면증과 어머니로부터 벗어났다고 느꼈던 것은 그저 느낌일 뿐 실상 그들에게서 도망쳤을 따름임을 알게 되었다. 알 필요가 없는 것들을 알게 하는 지영이가 싫었다. 그 애 옆에 있으면 언제나 그랬다. 어머니의 명랑함을 닮은 그 애가 빛이라면, 아버지의 음침함을 닮은 나는 그림자였다. 우리는 아버지 없이 자랐지만 나를 대하는 어머니의 말을 통해 아버지가 어떤 사람인지 너무 잘 알고 있었다. 폐교에 살면서 목수 일을 했다던 아버지. 내게 자신의 유전자를 물려주고 사라진 아버지를 나는 얼마나 증오했던가. 다행히 어머니도 지영이도 없는 곳에선 더 이상 얼굴도 없는 아버지를 떠올리며 미워할 필요가 없었다.

그러나 지영이 다시 내 앞에 나타난 순간부터 나는 그녀를 미워할 수밖에 없었다. 약속 시간보다 일찍 상담실에 들어온 서이원은 내가 아닌 지영을 주시했고 그 뒤 서이원은 자주 상담 예약을 취소하고 미루었다. 그의 병증은 다시 나아지고 있었다. 파편으로 조각나고 흩어진 그가 면과 결을 따라 온전히 맞춰지려 하고 있어 나는 더욱 조급해졌다. 상담 횟수를 늘려야 한다는 나의 말에 그는 설핏 웃으며 말했다.

"지영이가 있으니, 더 이상의 상담은 괜찮아요. 고맙습니다, 선생님."

그는 나를 필요로 하는 대신 나의 쌍둥이 여동생에게 기대 자신의 헝클어진 퍼즐판을 꿰맞추려 했다. 지영의 웃음소리가 귓가에 맴돌았다. 그는 나를 떠날 준비를 마쳤던 것이다. 안 될 일이었다. 그는 퍼즐판 자체가 허물어져 흩어진 조각들을 어떻게 끼워야 할지 모르는 갈라지고 부서진 모습 그대로 내 곁에 머물러야 했다.

그가 지영을 사랑한다고 고백하는 그 순간, 나는 하나의 세계를 완성할 계획을 세웠다. 주인공인 그가 어떤 것에도 닫혀 있는 대신 딱 한 면에만 열려 있어 단독의 정체성만을 지닐 수 있도록. 나는 하나의 큐브를 그에게 내밀고자 했다. 맞추면 맞출수록 더 맞추고 싶어지는, 안에 미로를 장착하여 스스로 암호를 바꾸고 모양을 달리하는 단 하나의 큐브. 그, 자신이라는 큐브를.

나는 최면 요법을 사용하기로 했다. 마지막 상담시간에 하는 특별치료라며 그를 편한 의자에 앉히고는 근육을 이완시켰다. 그러곤 그의 무의식 속에 들어가 나의 얼굴과 그에 관계된 모든 것을 잊으라고 당부했다. 나와는 오랜 시간에 걸쳐 라포르를 형성해왔기 때문에 그의 무의식은 내 말을 잘 따랐다.

세 시간 뒤 깨어나 상담실을 나서라는 전언을 남겨놓고 지영을 찾아갔다. 도어록 비밀번호는 바뀌지 않았기에 쉽게 문을 열 수 있었다. 그 애는 어머니가 없는 어머니의 안방 침대에 누워 핸드폰을 만지작대며 페이스북을 하고 있었다.

"언니를 내 곁에 데려오기 위해선 어쩔 수 없었어. 언니는 소중한 걸 잃어야 내게 돌아오니까."

지영은 나를 향해 승리에 취한 미소를 지어 보였다. 나는 무표정하게 그녀를 내리쳤다. 그 애 손에 들려 있던 핸드폰 케이스에 피가 튀어 새로 산 분홍색 케이스로 바꿔 씌었다. 지영의 손가락으로 서이원의 번호를 눌러 인터넷에 올린 액자를 사겠다고 했다.

나는 상담실에서 바로 퇴근한 내 모습을 사진 찍어 페이스북에 올렸고 시간차를 두고 지영이 핸드폰에 들어 있는 최근의 사진도 올렸다. 아직 끼워 넣어지지 않은 현재라는 테두리에 깃들 서이원의 정체성을 내가 정해주기로 마음먹자 그제야 미소가 떠올랐다. 어떤 사람은 환상의 샘에서 솟는 물을 마시며 현재를 산다. 그런 사람에게 현재란 깜깜한 암흑과도 같다. 그가 회복되고 나면 복잡한 세상 가운데 놓여 자신이라는 퍼즐을 찾아야 할 텐데 그게 행복할 리 없었다. 그는 예술가로 살기 원했고 나는 그것을 이루어준 것뿐이다. 그가 여전히 그의 꿈에서 살아갈 수 있도록. 그런데 왜 그는 만족하지 않을까? 왜 저렇게 억울해하고 내가 만들어준 입체적인 자신을 받아들이지 못하는 걸까? 말을 안 듣는 인형은 목을 꺾어버릴 수밖에 없는데.

내가 머무는 원룸에 들어온 나는 아이스박스를 열어본다. 내 동생의 손과 팔이 남아 있다. 원래는 다리도 있었다. 이것들 중 어느 것을 서이원의 집 뒷산에 던져둘까 하다가 고른 것은 다리였다. 살아 있을 때는 사슴처럼 가늘고 탄력적이던 다리가 울퉁불퉁하게 잘린 채 놓여 있는 모습을 보니 예쁘지가 않다. 나는 톱으로 복숭아뼈 바로 위를 잘라 비닐장갑을 끼고 발찌를 걸어주었다. 그 뒤 아이스박스에 굴러다니는 지영이의 손을 다리에 꾹꾹 눌러 지문을 묻혔다. 지영이가 너무 철이 없던 탓이었다. 내게서 모든 걸 다 가져가도 좋지만, 서이원만은, 그의 꿈만은 내가 가지고 있어야 했다. 나는 나의 하나뿐인 동생의 발목을 향해 자장가를 불러주며 산으로 갔다. 서이원의 집에서 챙겨뒀던 칼집 내는 도구도 옆에 던져두었다.

이제 서이원은 정신이상으로 판정 받아 무기징역을 받고 정기적으로 내게 상담을 받게 될 것이다. 나는 그를 안전한 곳에 격리해둔 채 평생 그의 꿈을 공급받을 수 있다. 내가 당신을 완성해줄게. 당신의 꿈에서 조각나 파편으로 굴러다니는 당신의 눈, 팔, 손, 성기 그 모든 걸 끌어모아 하나의 형상을 만들어줄게. 발걸음이 가뿐해지고 콧노래가 난다. 다리가 가벼워져 허공을 날고 있는 것 같다. 룰루. 서쪽으로 걷다 보면 이상한 정원이 나온다네. 노래를 흥얼대는데 무언가 내 어깨에 부딪힌다. 나뭇가지인가. 어깨가 아프지만 상관없다. 계속해서 발걸음을 옮기는데 무언가 내 어깨를 꽉 쥐고 흔들기까지 한다.

"이지희. 일어나. 자면서 걷기에 경찰서는 너무 좁다고. 그만 깨어나!"

눈을 뜬다. 시야가 흐릿하다. 책상을 가운데 두고 내 맞은편에 누군가 앉아 있다.

"진술을 마친 다음에 자라고. 계속해봐."

검은색 노트북 앞에 앉은 사람이 타닥타닥 자판을 친다. 그는 화면을 향해 고개를 숙이고 있어 얼굴이 보이지 않는다. 눈을 크게 뜨자 눈앞이 조금씩 밝아지면서 방의 윤곽이 선명해진다. 창문 없이 회색 벽으로 밀폐된 작은 방. 가운데 놓인 책상. 마주 앉은 남자와 나. 경찰서라고? 진술? 정신이 들면서 여기는 내가 있을 곳이 아니란 것을 깨닫는다. 의자에서 일어나 문고리를 틀어쥔다. 문틈 사이로 빛이 들어 시야가 어지럽다.

"어서 앉아. 말을 듣지 않는 인형은 목을 꺾을 수밖에 없는데."

뭐? 내가 지금 무얼 들은 거지? 나는 초점을 맞춰 남자의 얼굴을 보려 하지만 너무 눈이 부시다. 보이는 것은 이를 드러내며 웃는 검붉은 입술, 그 사이의 하얀 치아뿐이다.

"이거 정말 좋은 사례가 되겠어. 병든 자의 꿈이라니. 자아, 여기 편하게 앉아서 어디 계속 소설을 한번 써보라고."

숨쉬기가 답답해진다. 심장이 옥죄는 느낌이다. 낯익은 음성이다. 저 소리의 주인공이 누구였더라. 내가 실명하게 한 슈퍼바이저의 목소리다. 문밖으로 발을 디딘다. 이곳에서 벗어나야 한다. 서쪽으로, 서쪽으로 가다 보면 이상한 정원이 나올 거야. 그 정원에 가면 안심할 수 있어. 모든 일이 해결될 거야. 그러나 내 몸은 말을 듣지 않는다. 걸음을 옮기려 하지만 발은 딱딱하게 굳어 있다. 손으로 책상을 짚어 몸을 일으키려 해도 손가락 하나 움직여지지 않는다. 피신해야 한다, 정원 속으로. 나만의 작은 화원 안으로. 눈을 뜨자 나는 걷고 있다. 더 빨리 걸어야 한다. 두 발이 민첩하게 땅을 구른다. 갈색 굽이 달린 내 다리는 더 빨리, 서쪽으로 달린다. 타각 타각. 탄력이 붙은 나의 다리는 더욱 빨리 땅 위를 누빈다. 계속 뛰다 보면 이곳과는 다른 곳에 도달할 것이다. 뛰기를 멈추고 숨을 고를 수 있는 곳. 서쪽으로 펼쳐진 이상한 정원, 서이원으로.

"안 돼. 이지희 씨, 거기서 빠져나와요. 이제 겨우 서이원을 분리시키려 하는데 다시 그 영역에 혼합되면 안 돼요. 서이원은 없어요. 당신의 무의식적 도피처를 의인화한 가상의 인물이라고요."

정원의 끄트머리가 보인다. 어딘가 아득한 곳에서 뜻 모를 소리가 들려오지만 상관없다. 한 발을 파란 풀이 돋아난 정원 안으로 들이려는데 몸이 흔들린다. 지진이 나며 땅이 갈라지는가 싶더니 코끝이 매워지며 알싸한 향이 난다. 아주 가까운 곳에서 말소리가 들려온다.

"눈을 떠 봐요, 이지희 씨. 당신은 상담사인 나를 머릿속에서 어머니나 형사와 혼동하는 것 같아요. 당신 안에 부정적인 신 이미지로 내면화된 존재들이죠. 똑바로 봐요. 나는 당신의 치료자예요."

무슨 말인지는 똑똑히 들리지만 말도 안 되는 소리다. 내가 상담사인데 누가 나를 치료한다는 것인가.

"우리는 함께 당신 내부를 응시하고 있었어요. 당신과 당신이 아닌 것을 구분하기 위해서요. 그 과정에서 당신이 사랑해온 가상의 서이원을 의식 밖으로 분리해내려고 하자 저항 작용이 일어난 거예요. 서이원을 지키기 위해 지희 씨 스스로 자신의 다른 면인 이지영을 없애는 시나리오를 쓴 거죠."

나의 내담자로서 실재하는 서이원이 실제로는 없는 인물이라니 말도 안 된다. 중증의 과대망상 증세를 보이는 이 사람이야말로 치료가 시급해 보인다. 이지영 역시 나의 다른 면이 아니라 쌍둥이 동생이다. 헛소리를 지껄이는 이 사람에게는 입원 치료를 권하고 싶다.

"당신은 내가 수련의였던 시절부터 5년간 상담을 받아왔어요. 당신은 치료 의지를 지닌 성실한 내담자이지만 당신 안의 또 한 부분은 서이원을 분리해내려는 나를 싫어해요. 당신의 상상과 꿈속에서 내가 여러 번 죽은 이유예요. 무슨 엉뚱한 소리인가 싶겠지만 지희 씨가 현실이라고 믿는 그것들이 바로 꿈입니다."

더 이상 듣고 싶지 않다. 어서 잠들어 눈앞의 상대와 완전히 단절되고 싶다. 자고 싶다고 생각하자마자 졸음기가 나를 휩싼다. 안도감을 느끼며 눈을 감으려 하지만 맞은편에 앉은 남자가 책상 한쪽에 있던 분무기를 집어 들어 분사한다. 톡 쏘는 박하 향이 피어난다. 서이원으로의 진입을 방해했던 조금 전의 그 냄새다. 스멀대던 졸음기가 달아나버린다.

"아직도 믿지 못하는 것 같군요. 나와 상담할 때의 녹취록이니 들어봐요."

녹음기 버튼 누르는 소리가 들린다.

*

타각

—꿈에 반복해서 나오는 게 있나요?

—정원이 나와요. 이 정원엔 서이원이라는 이름도 있어요.

—정원은 예부터 이상향을 묘사하는 모습으로 많이 나왔죠. 그 이름의 뜻은 무엇일까요?

—서쪽으로 가면 나오는 이상한 정원. 이것의 줄임말이에요.

—그렇군요. 거기에서 어떤 일이 일어나죠?

—그냥, 자유로울 수 있어요. 난 거기서 잉어도 되고 사슴도 되고 어떨 땐 나 아닌 다른 사람이 되기도 하거든요.

—다른 사람이요? 예를 들면?

—예를 들면 남자나, 아니면 나와 똑같은 모습의 다른 사람이요.

—똑같은 모습의 다른 사람이라면 쌍둥이를 말하는 건가요?

—네, 그 쌍둥이 이름은 이지영이에요.

―그렇군요. 당신이 변신하는 남자도 이름이 있나요?

―정원의 이름과 똑같아요.

―서이원이군요?

―네.

　녹음기에서 흘러나오는 음성이 정말 내 것일까? 속단할 수 없다. 하지만 기계 안의 목소리는 내가 아는 서이원의 뜻을 정확히 읊었다.

　"이지희 씨. 당신 아버지 이름이 서이원이에요. 서이원과 아버지의 공통점을 떠올려봐요. 아버지는 목수였고 서이원은 액자를 만들죠. 당신이 꿈에서 거니는 서이원은 당신의 이상향이자 도피처이고요. 당신은 아비지를 상징하는 정원을 상상하는 것에 만족하지 않고 아버지를 대신할 인물도 만든 거예요."

　눈앞의 사기꾼은 서이원의 존재를 부정하고 있다. 요는 서이원이 내 머릿속에서만 존재한다는 것이겠지. 가소롭다는 생각이 들며 코웃음이 난다. 서이원은 실재하는 사람이기에 내가 어떤 대답을 할 필요는 없다. 이곳에서 어서 나가야 한다. 하지만 불안감인지 조바심인지 모를 어떤 감정이 내 목을 휘어감고 지그시 누르는 것 같다. 나가고 싶다는 마음이 드는 것과 똑같이 투명한 실이 내 목을 끌어당겨 이곳에 머물게 한다. 이 불가사의한 감각의 정체를 알 수 없어 혼란스러워지고 식은땀이 난다.

"당신이 실재한다고 믿는 쌍둥이 여동생 이지영도 없어요."

이 개운치 않은 느낌이 눈앞의 작자 때문에 비롯되었다는 것만은 확실하다. 서이원이 가공의 인간이란 사실도 말이 안 되는데 이지영까지 허구임을 주장하다니, 어떤 이유에선지는 모르지만 계획적으로 나를 괴롭히려는 파렴치한 인간이다. 내가 확실히 변론하여 사기꾼 스스로가 부끄러워지게 만들리라. 그로써 까닭을 짚어낼 수 없는 찜찜함을 종식시키고 이 작자가 정신병자임을 알려줄 것이다. 그렇게 결심하자 초조함이 사라지고 커피 한 모금을 마신 듯 여유가 생겨난다. 핸드백에 손을 넣으니 지갑이 만져진다. 지갑에서 지영과 내가 같이 찍은 사진을 꺼낸 나는 조커 패를 손안에 숨기듯 쌍둥이들의 얼굴을 내 쪽으로 향하게 한다.

"이지영의 존재도 허구라 말하고 있는데, 당신의 망상을 깨뜨릴 수밖에 없어 미안하군요. 그 애야말로 나와 같이 태어난 자매예요. 내 손에 들고 있는 이건……."

"어린 시절 이지영과 같이 찍은 사진이죠? 일곱 살 때, 계곡에 놀러 가서 찍은. 쌍둥이 자매는 계곡 옆의 깊고 파란 정원 안에 서서 브이를 그리고 있고요."

경악하는 내 표정을 숨기려 하지만 소용없다. 급하게 사기꾼의 얼굴을 뜯어보니 그는 얄미울 정도로 동요하지 않는다. 오히려 더욱 차분한 어조로 천천히 말을 잇는다.

"지희 씬 인식하지 못하겠지만 이 대화는 벌써 몇 번째 반복되고 있어요. 그 사진은 지희 씨가 자기 얼굴을 합성해서 만든 거예요. 일곱 살 때 갔었던 계곡 여행에서 당신 안의 이지영과 이지희가 본격적으로 양분됐기에 사진의 배경이 그런 것이고요."

얼굴이 찌푸려진다. 이 작자는 내가 움켜쥔 사진의 배경을 그야말로 똑같이 묘사했다. 내가 잠들었을 때 내 지갑을 몰래 꺼내본 것이 틀림없다. 자기의 허언을 실제로 만들기 위해 나를 이용하고 있는 것이다. 위험하다는 생각이 든다. 이 사람은 그냥 신경증을 앓고 있는 것을 넘어 협잡을 저지르는 범죄인이다.

"지희 씨 어머니는 잘못된 방식으로 당신을 훈육했어요. 원칙을 정해서 지키는 대신 자기 맘에 들면 지나치게 예뻐하고, 맘에 안 들면 과도하게 화를 냈죠. 일곱 살 계곡 여행에서 어머니는 자신의 화를 못 이겨 당신을 물속으로 밀어넣었어요. 그 격차와 괴리를 어린 당신은 받아들이지 못했어요. 본능적으로 언제나 사랑받는 이지영의 존재, 늘 미움받는 이지희라는 두 개의 자아를 양분하여 충격을 줄이려고

한 겁니다."

볼이 축축해서 손을 대보니 눈물이 흐르고 있다. 나를 차갑게 대했던 어머니, 그녀의 애정 어린 시선은 늘 지영만을 향했다. 지영에 대한 분노가 되살아난다. 어머니도 모자라, 서이원마저 앗아가려 했던 쌍둥이 여동생. 지영에게서 떨어져 있기 위해 집을 떠나 의과대 기숙사에 왔고 개업의가 되었지만 그 애는 언제나 나를 찾아냈다.

"이지희 씨, 그만 일어나요. 이지영에게서 도망치고 달아나도 그녀가 번번이 당신을 찾아내는 건 이지영이 당신 일부이기 때문이에요. 당신은 스스로 잠과 꿈이 없다고 여기고 있지만 사실과 달라요. 괴로움과 상처를 잠 속에 가둬놓고 그 부분을 의식에서 도려내려 한 거죠. 하지만 무의식 속에 숨겨놓은 트라우마의 힘이 너무 세서 당신은 오히려 꿈에 얽매이게 되었어요. 당신이 만든 이지영을 질투해 죽일 계획을 짜고 실행에 옮길 정도로 많은 시간을 잠 속에서 보내게 됐으니까요."

타각 타각. 녹음기를 켠 것도 아닌데 같은 소리가 계속해서 들린다. 주위를 둘러보니 내가 사진틀을 바닥에 던져 조각내고 있다. 바닥엔 나무 파편들이 가득하다. 내가 그런 것이 아니다. 아니라고 생각하지만 내 손에 액자가 쥐어져 있다. 어떻게 된 것일까. 생각을 정리해보자. 서이원과 이지영이 알게 된 게 일주일… 이제 팔 일째야. 그런데 이 많은 사건과 사연을 받아들여야 한다고? 저놈이 거짓말을 하는 건 아닐까? 이제 팔 일, 팔 일이다.

"그건 모두 당신의 머릿속에서 일어난 일이에요. 우리가 당신의 내부를 같이 응시한 지는 한 시간밖에 안 됐어요."

"말도 안 돼."

"불안정한 어머니 밑에서 자란 당신은 완벽을 추구하는 사람이 됐어요. 당신의 꿈속에선 꿈속의 달력이 있고 그에 맞춰 돌아가죠. 상상과 망상도 때와 시, 인과 관계를 맞춰서 했고 그것으로 위로받다 보니 더 체계적으로 구획해 그 안에서 머물렀으며 마침내 삶의 터전을 그곳으로 옮긴 거죠. 우리는 함께 당신의 각성을 위해 응시하던 중이었어요. 뭐가 지희 씨고 뭐가 아닌지."

나는 고개를 젓는다. 눈과 코에서 흐르는 물이 뒤섞이고 이마가 뜨거워진다. 나는……, 나는 누구인 걸까. 내가 이지희인지 이지영인지 구분이 가지 않는다. 진정한 내 쪽이 이지영일 수도 있잖은가. 어지럽고 혼란스럽다. 눈앞이 흔들리며 꿈결처럼 어룽진다. 시야가 어렴풋해지려는데 눈앞의 작자가 내 어깨를 흔든다.

"또 꿈으로 도망가지 말아요, 이지희 씨. 기면증을 앓는 건 서이원이 아니라 당신이에요. 당신은 서이원이라는 가상의 인물에 당신의 상처를 떠넘긴 거예요. 서이원은 당신을 대신해 기면증을 앓고 알콜성 치매 증상을 보였고 어머니의 폭력 성향을 재현했죠. 하지만 당신이 당신 의식의 테두리로 밀어놓은 그 삶의 편린들이 실은 당신 것임을 알아야 해요. 자신의 내면을 바깥에 투사함으로써 사진과 틀이 도치되어 있었던 거죠."

아버지는 어머니와 나를 버리고 폐교를 얻어 살며 나뭇조각을 만들었다고 했다. 피해의식에 사로잡힌 어머니는 내게서 아버지와 닮은 점을 발견할 때마다 나를 괴롭혔다. 나뭇조각 위를 걸으라고 했고, 말 안 듣는 인형은 목을 꺾어버릴 수 있다고 했다. 어머니는 분명 나를 사랑했지만 분명 나를 증오했다. 어머니가 나를 대하는 것과 같이 아버지도 내게는 애증의 대상이었다. 그를 닮은 점 때문에 미움받았지만, 본 적 없는 아버지가 나의 정체성이었기에 사랑할 수밖에 없었다.

"당신의 불면증은 기면증으로 전환됐고 기면증이 악화될수록 당신은 자신을 잃어가고 있었어요. 자기가 누군지 모르게 될까봐 두려워했죠. 하지만 희망이 있어요. 당신이 슈퍼바이저인 내게 배정된 건 당신이 내 담당 레지던트이기 때문이에요. 아직도 의심이 가면 지갑 속을 확인해봐요."

지갑 속엔 레지던트 수료증이 있다. 이지영의 표정과 똑같이 밝은 미소를 듬뿍 담은 얼굴이다. 내가 아는 어디서부터 어디까지가 나일까. 이지희. 수료증 속의 이름이 너무 낯설게 보인다. 손에 힘이 빠져 수료증이 바닥으로 떨어진다. 난 이지영과 이지희의 합집합일까? 아니면 이지영과 이지희, 그리고 서이원의 교집합? '나'라는 범위 설정을 어떻게 해야 할지 너무도 혼잡하다.

"알 수 있어요. 응시하면 돼요. 똑바로 바라보는 겁니다."

"본다고요⋯⋯. 본다는 건 뭐죠?"

"본다는 건 빛을 비춘다는 거예요."

"비춰선 어떻게 해요?"

"내 것과 내 것이 아닌 것을 확인해야죠."

"그래서요?"

"내가 아닌 건 버리고 나인 건 간직합니다."

"그런데요, 나와 나 아닌 걸 어떻게 구분하죠?"

"걱정 말아요. 천천히, 시간을 들여서 보면 알게 되니까. 우리 자신이 맞춰야 하기에 셀프 큐브self cube인 거겠죠. 우리는 이 응시작업을 3회기째 반복해서 하고 있어요. 그리고 이 상담시간마다 당신은 서이원을 지키려 했고요."

셀프, 큐브. 낯익은 단어이다. 내가 서이원에게 부여하려 했던 정체성. 여섯 개의 입방체를 이루는 각각의 면이, 나는 모르는 면으로 이루어져 있다면. 끔찍하다.

"완벽한 큐브는 없어요. 오차 없이 완전한 모양의 큐브는 우리 꿈속에서만 있는 거죠. 현실의 큐브는 조금씩 이지러져 있어요. 그 완벽함에 가까워지기 위해 애쓰는 거고요."

그렇다면 꿈과 현실의 경계는 어디일까. 내가 사는 순간 중 무엇이 현실이고 꿈인지 어떻게 알 수 있을까. 덜컥 겁이 난다. 꿈에 속한 채 각성하지 못했을 때가 더 행복할 수도 있지 않을까. 골치 아픈 일은 없으니까. 대부분의 꿈은 깨고 나서야 알게 되는데 말이다.

"삶도 하나의 기나긴 꿈이에요. 우리 삶도 죽음을 통해 단한 번, 깨는 순간이 오겠죠. 그때 좋은 꿈이었다고 생각할 수 있도록 지금 최선을 다하는 거고요. 아무리 힘들어도 삶을 벗어나서 보는 삶은 더 이상 슬프지도 괴롭지도 않아요. 다만 깨고 난 뒤 후회하지 않으려고 노력하는 거죠. 후회만 남는 꿈이었다고만 떠올리면 슬프니까요."

익숙한 말이다. 단 한 번 깨기만 하면 모든 괴로움도 벗어질 거라는 서이원의 대사. 내가 보고 접한 모든 것들을 재료로 투여하여 서이원이라는 꿈을 꾸었던 것인가. 이제 알겠다. 뒤섞여 있는 모든 것들을 보고 정리할 필요가 있음을. 나는 응시하기 위해 눈을 감는다. 나의 꿈도 삶도 현실도 그 모든 것을. 눈꺼풀 안에 어렴풋한 상이 맺히고 점점 더 선명해진다. 나는 짙은 색 테두리가 둘린 거울 속의 나를 보고 있다. 머리는 사람인데 상반신은 비늘로 덮이고 하반신은… 다리… 다리엔…… 한쪽 다리가 보이지 않는다. 아니, 보인다. 밤색의 가녀리고 휘어진 사슴의 다리다. 프레임 속의 거울이 텅, 비어간다.

난 예술을 위한 예술, 액자를 위한 액자를 만드니까요.

내가 사랑했던, 지금도 사랑하는 서이원의 목소리가 떠오른다. 예술혼을 불태우기 위해 가족도 버리고 폐교에 들어가 살았던 아버지. 자신의 삶을 예술을 위해서만 연소시키다가 너무 빨리 죽었다는 아버지. 어머니는 자기를 버린 아버지를 미워했고 자기를 영영 버린 것에 대해서는 용서할 수 없어 했다. 그 증오를 내게 쏟아붓는 어머니를 보며 나 역시 덧없는 일상을 벗어버리고만 싶었다. 내게는 아버지의 피가 흐르고 있는 걸까. 이제는 결별하기로 한다. 액자를 위한 액자, 꿈을 위한 꿈이 아니라. 액자 가운데 텅 빔을 지향하는 것이 아니라 풍경과 틀이 조화를 이루는…… 액자를. 나는 눈을 더 똑바로 떠본다. 더 이상 꿈에 취한 채 사는 것이 아니라 각성한 채로 꿈을 꾸기 위해. 깨어날 때 슬프지 않은, 더 아름다운 꿈을 꾸기 위해.

자동판매기 창고

새벽 세 시의 빈소는 조용했다. 공항에서 택시를 타고 달려온 계영은 영정사진 앞에 쓰러질 듯 무릎을 꿇었다. 검은색 테두리 안에서 엄마는 살짝 미소 짓고 있었다. 향을 꽂은 계영은 맥주 생각이 간절해졌다. 울고 싶은 일이 생길 때 거품 가득한 맥주를 마시는 것이 엄마의 버릇이었던 까닭이다. 엄마는 주로 둘째인 인영과 막내인 재영이 요구하는 돈문제 때문에 걱정했고 계영은 그 하소연을 들으며 맥주를 따라주곤 했다. 얼마 전에도 대한항공에서 일하는 재영이 승진시험에 또 떨어졌다며 윗선에 댈 돈이 필요하다고 했었다. 이제껏 그랬듯이, 계영이 수중에 모아놓은 돈이 있었다면 엄마에게 주었을 것이다. 그러나 계영은 인영의 혼수자

금과 미국 이민자금, 재영의 등록금을 책임져 왔기에 통장 잔고가 남아 있지 않았고 이젠 다달이 받는 월급밖엔 들어오는 것이 없었다.

3년 전 재영이가 신혼집을 얻을 때도 3년간 부은 적금을 해지해 돈을 보태주었다. 그 적금은 오랫동안 사귄 여자친구와 결혼식 때 쓰기 위해 모은 것이었다. 이 일을 안 여자친구는 기가 막히다는 듯 한참 동안 계영을 쳐다보았다.

─오빠, 우리 결혼 미뤄진 게 몇 번째야? 결혼할 때 쓰려고 했던 돈을 왜 번번이 동생들한테 주는 건데?

그녀는 나지막한 목소리로 물어왔다.

─그래, 또 엄마 핑계 댈 줄 알았어. 오빠 어머님한테 자식은 오빠를 뺀 둘째 셋째뿐이라는 거, 아직도 모르는구나. 됐어. 나 이제 그만할래. 오빠 오빠네 집이나 끝까지 책임져.

그렇게 이별하고 충격을 받은 계영은 엄마와 같이 살던 서울 집에서 나와 제약회사에서 제공하는 지방 관사에 머물렀다. 집안일을 돌보느라 미루었던 연구에 미친 듯이 몰두했고 그 성과를 인정받아 신약개발 프로젝트를 맡게 되었다.

이 건과 관련, 기술 개발 협약을 맺으러 한 달간의 캐나다 출장을 간 것이 2주 전이었다. 밴쿠버 호텔에서 잠을 자던 계영은 갑작스런 엄마의 부고를 접하고 일정을 앞당겨 혼자 귀국했다. 비행시간 내내 너무 갑작스럽다는 생각밖에 들지 않았다. 당뇨가 있고 무릎이 안 좋아 거동이 좀 불편한 것 외에 돌연사할 큰 문제는 없었기 때문이다.

더구나 서울 자택이 아닌 제주도 별장에서 돌아가셨다는 것도 이해가 되지 않았다. 막내 동생인 재영이 말로는, 엄마가 공기 좋고 바다 보이는 곳에서 요양하고 싶다고 해 별장을 단기 렌트하고 전문적인 입주간병인을 붙여줬다는 것이었다.

─간병인이 연락이 왔었어. 가까운 병원 응급실로 모시고 가는 중이라고. 아침에 인슐린약을 챙겨주려 엄마방 문을 열었는데, 그때 이미 심각한 상태였대. 나도 연락받자마자 내려갔지. 의사는 고도당뇨에 의한 쇼크사같다고…….

엄마의 장례식장은 제주도가 아닌 서울의 천명장례식장이었다. 보통은 돌아가신 병원에서 장례를 치르는데 왜 군이 서울로 옮겼냐고 하니 먼저 간 아버지가 묻힌 서울추모공원에 같이 안치해드리려 그랬다는 것이었다.

계영은 지하 영안실에 가 담당 직원에게 엄마를 보여 달라고 했다. 냉동실에서 나온 엄마의 얼굴 위에는 하얀 천이 덮여 있었다. 천을 거두자 배에 손을 모으고 자고 있는 것만 같은 엄마의 얼굴이 나왔다. 깨우면 눈을 뜰 듯한 모습에 계영은 엄마의 손 위에 자신의 손을 포갰다. 너무 차가웠다. 엄마의 손을 꼭 쥐자 뜨거운 눈물이 터지려 했지만 계영은 턱을 사리물고 눈에 힘을 주었다. 뭔가 이상한 엄마 죽음의 진실을 밝혀낼 때까지 우는 것은 뒤로 미뤄두어야 했다.

다시 빈소에 들어서는데 누군가 가족실 문을 열고 있었다. 장례식장 안을 감도는 샤넬 향수 냄새를 보아하니 둘째 인영이 온 듯했다.

"인영이니?"

"어맛!" 놀라는 소리를 내며 인영이 계영을 돌아보았다.

"아, 계영 오빠 이제 왔어? 나도 엘에이에서 비행기 타고 지금 막 도착했어."

인영은 에르메스 여행용 캐리어를 가족실 안으로 옮기는 중이었다.

"남편은 같이 안 왔어?"

내 물음에 인영은 민망한 듯 살짝 웃는 것 같기도 찡그리는 것 같기도 한 표정을 지었다. 그러곤 말머리를 다른 데로 돌리려는 듯 행거를 손짓하며 말했다.

"이번엔 나 혼자 왔어. 근데 재영이가 상조에 가입해놨다더니 요즘은 옷도 이렇게 챙겨주나 봐. 오빠랑 나도 상복 입어야겠다. 난 오늘 여기서 잘 건데, 오빠는?"

"오늘이 삼일장 마지막 날인데, 나도 엄마 빈소 지켜야지. 회사일 때문에 지체되지만 않았어도 어제 도착했을 텐데……. 어쨌든 너도 지금 왔다니 같이 밥이나 먹자."

인영은 짐을 정리하고 온다고 하여 계영이 먼저 좌식 테이블 한쪽에 자리를 잡았다. 늦은 손님을 맞기 위해 상주하는 도우미 아주머니에게 식사 2인분을 부탁했다. 육개장과 흰쌀밥, 몇 가지 반찬과 떡들이 일회용 그릇에 담겨 나왔다. 맞은편에 앉은 인영을 가까이서 보니 곱던 얼굴이 살짝 주름져 있었다. 그래도 엄마를 닮아 크고 시원한 눈과 눈가에 난 점만은 전과 똑같아 오랜만에 만난 동생이 반갑게 느껴졌다.

"근데 오빠, 도착했다고 재영이한텐 연락했어?"

밥술을 뜨며 인영이 물어왔다.

"아직, 혼자 장례 준비하려고 힘들었을 텐데 집에서 자게 놔둬야지 싶어서. 근데 인영아, 엄마가 너무 갑자기 돌아가셨다. 뭐 아는 거나, 할 말 없니?"

수저를 놓친 인영의 옷에 뜨거운 육개장 국물이 튀었다.

"앗 뜨거! 내 손수건 어딨지?"

계영이 휴지를 건네도 인영은 계속해서 핸드백을 뒤적거렸다. 웬만한 물건은 에르메스, 향수는 샤넬을 쓰는 인영답게 가방 안에 에르메스 손수건을 넣어 다니는 것은 인영의 오랜 습관이었다. 명품을 좋아하는 인영은 중고명품상점을 열었지만 인터넷 중고쇼핑몰에 밀려 가게 문을 닫고 이듬해에 결혼해서 있다가 이민을 간 게 몇 년 전이었다.

"분명히 넣어뒀는데 이상하네."

계영이 건넨 휴지를 받아든 인영은 입가를 닦으며 갸우뚱
했다.

"엄만 조용한 거 좋아하셨잖아. 무릎도 불편해서 어디 멀
리 가기도 귀찮아하셨고. 근데 왜 굳이 제주도에 가고 싶다
고 하셨을까? 너나 재영이가 모시고 간다고 했으면 몰라
도."

인영은 물을 한 모금 마시고 테이블을 바라보며 말했다.

"서울에만 있는 거 답답하셨을 수도 있지. 난 미국에 있으
니 엄마랑 여행 가기가 쉽지 않았고, 재영이도 다시 객실부
장 승진시험에 응시하느라 요즘 바쁜 거 같던데 모시고 갈
시간 없었을걸? 그러니까 별장 구해서 간병인 붙여준 거겠
지."

계영은 불과 이틀 전 새벽 세 시에 밴쿠버 호텔방에서 받
았던 전화를 떠올렸다.

―제주도 자애병원인데요, 오수옥 님 보호자분 되시죠?
의료보험 피부양자로 되어 있어 연락드렸어요. 오늘 오전에
오수옥 님이 호흡곤란으로 저희 병원 응급실 오셨는데 기도
확보하고 심폐소생술했지만 안타깝게 운명하셔서……. 알
고 계시겠지만, 확인차 연락드립니다.

한국 시간은 오후 네 시쯤일 터였기에 곧바로 재영에게 전화를 걸었지만 받지 않았다. 몇 번의 시도 끝에 연결이 된 재영은 경황이 없었다고, 마침 소식을 전하려던 참이었다며 간병인에게서 들은 말만 전해주고 서울에서 장례 준비 중이라고 했다.

그 길로 홀로 귀국하여 제주도에 떨어진 계영은 자애병원을 찾아갔었다. 엄마를 담당했던 의사는 오수옥 씨가 간병인과 같이 내원했고 그전에도 두 번 당이 잘 안 떨어진다고 병원에 들러 인슐린 펌프를 처방받았다고 했다.

"인영아, 엄마 죽음에 대해서 정말 아는 거 없어?"

인영은 계영의 눈길을 받아내지 못하고 다른 곳을 보며 말했다.

"그냥 난, 엄마가 이렇게 가신 게 차라리 호상이란 생각이 들어. 치매 걸려서 벽에 똥칠하는 거보단 제주도 좋은 공기 쏘이다 깨끗하게 가신 게 나은 거지."

"그렇게 생각하는구나."

계영이 끄덕이자 인영은 일회용 접시를 잡아당겨 귤을 집어먹었다. 계영도 하나를 까 먹었지만 너무 신맛에 남은 귤을 내려놓았다. 아무렇지 않게 다 먹는 인영을 보니 과연 가족 중 유일하게 신 것을 잘 먹는 사람이란 생각이 들었다.

불현듯 제주도 별장에서 본 식초통들이 떠올랐다. 자애

병원에서 떼어준 병원진료기록과 환자신상정보 안에 엄마의 주소지가 들어 있었다. 엄마가 마지막 머물던 곳을 보고 가야 마음이 편하겠다는 생각에 택시를 타고 그 주소지에 들렀었다. 혹시라도 석연찮은 엄마의 죽음에 대한 단서를 발견하길 바라는 심정도 있었다.

도착하고 보니 별장이라던 재영의 설명이 무색하게, 해안도로를 한참 달려야 하는 외진 곳에 지어진 투박한 2층 건물이었다. 2층 창문에는 검은색 테이프로 만든 '민박'이라는 글자가 붙어 있었다. 검푸른 산 앞에 몇몇 인가와 구멍가게가 있을 뿐 바다를 보거나 시내로 나가려면 꽤 오래 걸릴 법했다. 이곳에 온 것이 과연 엄마의 의지일까 하는 의문이 들었다.

문은 잠겨 있지 않아서 쉽게 열렸고 주로 1층에서 생활한 듯 방과 부엌에 집기들이 있었다. 엄마는 인슐린 약통을 주방 선반에 두었기에 별장에 도착해서 제일 먼저 부엌의 서랍을 열어보았다. 하지만 엄마가 늘 드시던 약들은 찾을 수 없었고 식초병만 여러 개 있었다. 엄마는 시고 떫은맛을 싫어해서 음식에 식초나 생강을 넣지 않았다. 그런데 주황빛으로 변해 고약한 냄새를 풍길 정도로 변질된 식초가 몇 통씩 있다는 것이 의아했다. 그 식초들은 누가 왜 가져온 것일까 아니면 전에 머물던 사람들이 놓고 간 것일까. 생각에 빠져 있는데 인영이 먼저 일어나겠다고 했다. 계영은 인영을 앉혀서 몇 마디를 더 나누었고 인영은 가족실에서 계영은 식당 구석에서 자기로 했다.

몸이 피곤해 누웠지만 여러 상념이 뒤섞여 떠올라 잠은 쉬이 오지 않았다. 하필 계영이 국내에 없을 때 돌아가신 엄마. 재영이 미리 가입해놓은 상조. 타살 의혹 없게끔 병원에서 사망진단을 받은 것. 그 모든 것이 우연일 수도 있었지만 만에 하나 필연이라면? 자애병원에서 온 전화를 받고나서 재영에게 전화해도 한참 동안 연결되지 않은 사실도 상기되었다. 동생은 엄마가 돌아가셨다는 것을 왜 자신에게 바로 알리지 않은 걸까. 계영이 외국에 있는 틈을 타 엄마의 죽음을 아예 숨기려던 것은 아니었을까. 자기 목적을 이루기 위해 수단을 가리지 않는 재영의 성격을 떠올려보면 충분히 그럴 수도 있는 일이었다. 병원 측에서 연락을 해오지 않았다면 엄마가 돌아가신 사실을 모른 채 한 달간의 출장을 다 마치고 귀국했을 수도 있을 거라고 생각하니 온몸에 소름이 돋았다.

"제주도로 요양도 보내드리셨는데 이렇게 돌아가셔서 너무 안 됐어요. 힘내세요 과장님. 그래도 효자 아들 두셔서 어머님 좋으셨을 거예요. 그럼 저흰 이제 출근할게요."

젊은 여자의 목소리에 계영의 눈이 떠졌다. 좌식 테이블 한쪽 구석, 누웠던 몸을 일으키자 부하직원들로 보이는 여자들이 재영에게 인사하고 떠나는 모습이 보였다.

"형, 일어났어?"

계영을 보고 아는 체하는 재영의 입술은 미세하게 웃는 듯 살짝 올라간 상태였다. 원래부터 입 끝이 올라가 있는 재영은 누가 봐도 호감형의 인상이었지만 엄마의 빈소에서마저 기분이 괜찮아 보여 분노가 치밀었다. 그러나 엄마의 죽음을 속 시원히 밝히는 데 화를 내는 것은 별 도움이 되지 않으리라 여기고 감정을 억눌렀다.

"얼굴이 많이 안 좋네. 피곤해 보이는데 근처 찜질방에서 사우나라도 하고 오지 그래?"

엄마의 죽음 앞에서 사우나 운운하는 재영의 낯에 이기죽대는 빛이 흘렀다. 그 표정이 '제주도 갔다 왔는데도 아무것도 못 알아냈지?'라고 어깨를 으쓱대는 것만 같아 기분이 상했다.

"재영아, 엄마는 제주도에 왜 보낸 거냐? 혹시 승진청탁금 안 줘서 그런 거니?"

계영의 말에 재영의 눈이 희번덕거렸다. 회사 동료 앞이었다면 절대로 내보이지 않았을 눈빛이었다. 재영은 대외용과 대내용 두 개의 얼굴을 갖고 있었다. 어린 시절부터 엄마의 사랑을 독차지해온 재영은 사소한 것에도 신경질을 냈고 자기 뜻대로 일이 안 되면 그 화를 엄마에게 욕하거나 가구를 부수며 풀곤 했다. 심지어 두 살 누나인 인영을 때리거나 밀치기도 했다. 그런 성격 때문에 학교에서 투명인간 취급 당한 후부터는 밖에선 더없이 친절한 예스맨이 됐지만 집안에선 더 심한 분노조절장애자가 되었다.

재영에게서 받은 스트레스를 엄마는 계영에게 트집 잡아 혼내거나 하소연하며 풀었다. 그런데도 막상 재영 앞에서는 그 아이의 눈치를 보고 기분을 맞춰주며 끔찍이 사랑했다. 자신이 원가족에게서 따돌림 받아 혼수 하나 해오지 못해 호된 시집살이를 한 엄마는 그 한을 풀려는 듯 자기 얼굴을 빼닮은 둘째 인영과 자신과 같이 막내인 재영만을 예뻐했다.

그래도 동생들은 엄마에게 더 많은 것을 원하기만 했고 아버지도 엄마를 행복하게 해주지 않았다. 누구 하나 엄마 편이 없다면 그녀가 버텨내고 살아내질 못할 것 같아 계영만이 남매 중 유일하게 엄마에 충성했지만 차별받을 때마다 상실감이 드는 것은 어쩔 수 없었다. 그런 점이 힘들다고 토로하면 엄마는 자신은 더 힘들었다며 계영의 말문을 막고 귀를 닫았다. 엄마는 집안에서 막내에다가 계집애라고 무시받던 엄마를 제일 괴롭힌 게 맏이였다고 하는데, 계영이 느끼기에 엄마는 그 한을 대물림해서 풀려는 것 같았다.

고등학생이 되면서부터 재영의 요구는 거의 돈이었고 아버지 퇴직금도 대학에 합격한 재영의 오피스텔과 자동차를 마련하는 데 다 들었다. 아버지가 일찍 떠난 뒤에 엄마는 주로 계영에게서 돈을 받아 재영에게 주었고 계영이 돈을 안 대면 다단계를 뛰거나 무리한 대출이라도 받으려 해서 하는 수 없이 계영이 적금을 깨곤 했었다.

하지만 계영에게 깰 적금은 더 이상 남아 있지 않았고 재영은 승진청탁금을 구해주지 않는 엄마를 제주도에 버린 것은 아닐까. 쓸모없어진 부모를 파놓은 구덩이에 버리는 고려장처럼 제주도 민박집을 그 구덩이로 삼은 것은 아닐까.

계영이 속에 있는 생각을 말할수록 재영의 눈이 붉게 충혈되고 이마의 힘줄이 불거졌다. 이 상태에서 분노지수가 더 높아지면 욕설을 내뱉으며 손에 잡히는 대로 무엇이든 던져버릴 태세였다.

"재영아, 너 손님 왔어. 난 잠깐 화장실 다녀올테니까 잘 받아드려."

재영이 입을 열려는 순간, 인영이 다가와 말했다. 재영은 안색을 바꾸어 대외용 얼굴을 하고는 뒤돌아 상주석으로 갔다. 언제 봐도 감쪽같은 변신이었다. 계영도 엄마의 마지막 자리를 덜 쓸쓸하게 하기 위해 같이 상주석에 섰다. 향을 꽂고 큰절을 올린 뒤 상주들을 마주한 대한항공 직원들을 향해 재영은 "와주셔서 감사합니다."라고 공손히 허리를 꺾었고 계영도 머리를 숙였다.

인사를 한 뒤 동료들을 식당으로 안내하고 같이 앉아 이야기 나누는 재영의 모습이 멀리서 볼 땐 이상적인 남자로 보였다. 선하고 서글서글한 인상에, 집안에선 가정적이고 직장에선 일 잘하고 친구에겐 허물없을 것 같은 그런 사람으로. 하지만 결혼 후엔 스트레스를 아내인 경미에게 손찌검하며 풀어 여러 번 이혼할 뻔했던 사실은 계영과 같이 재영을 아주 오랫동안 바로 옆에서 지켜봐온 사람만 알 터였다. 엄마는 경미가 이혼 운운하며 따질 때마다 그녀가 몰래 요구하는 돈을 슬그머니 쥐어주곤 했었다. 보육원 기간제 교사로 일하다가 결혼 후엔 내내 놀고만 있는 경미가 이혼하려야 이혼할 여력이 없는 것이 불행 중 다행이라면서 말이다.

자신의 얼굴 자체를 봉제선 없는 가면으로 쓰는 재영이 과연 행복할까, 자문하는 계영 앞에 또 다른 손님이 들어왔다. 검은 정장을 입은 중년 남자는 날카로운 눈빛으로 장례식장을 이리저리 훑으며 영정사진 앞에 섰다. 그는 고인에 대한 예의를 차린 다음 상주인 계영과 맞절을 한 후 명함을 건네왔다. 삼성생명보험 주식회사 현장심사팀장이었다.

"오수옥 님의 생명보험 수익자인 권재영 님이 사망진단

서 접수를 해주셔서 방문했습니다. 실례지만 수익자 되시는 지요?"

계영은 동료들과 얘기 중인 재영을 등지고 심사팀장을 빈소 밖으로 데리고 나왔다. 복도 끝 엘리베이터 앞쪽에 자판기와 테이블 몇 개가 놓여 있었다. 자판기에서 차가운 캔커피 두 개를 뽑은 계영은 하나를 팀장에게 건넸다. 그는 계영을 수익자인 재영으로 이해했는지 단단하고도 사무적인 미소를 띤 채 말했다.

"현장실사는 형식상 보험지급절차의 과정이니 너무 걱정하지 않으셔도 됩니다."

"그게 아니라, 당뇨가 있던 분이라도 쇼크사하면 보험금이 지급되는 건가요?"

"네, 피보험자 오수옥 씨는 가입 당시 이미 당뇨가 있다는 사실을 고지하셔서 고액의 보험금을 내셨으니까요."

"그럼 보험수익금은 얼마나 되는 겁니까?"

"그건 지급 결정이 나야 하고 보험금 관리 부서에서 조정될 거라 아직 정확히는 모릅니다."

"정확하지 않아도 됩니다. 대략 얼마나 될까요? 저도 참고차 여쭤보는 겁니다."

"이 계약 자체가 연금형 생명보험인데 얼마 전에 일시지급받는 것으로 계약 내용을 바꾸셨더군요. 다달이 지급받는 연금형 총액보단 좀 떨어지겠지만 총수령액 5억 정도는 될 겁니다."

미간을 줍히고 팀장의 말을 듣던 계영은 머리 한쪽에 둔탁한 통증을 느꼈다. 그래도 혈연인데 하며 애써 눌러두었던 의심이 명백한 사실로 확인되는 순간이었다. 몇 마디를 더 나눈 팀장은 실사를 위해 그만 실례하겠다며 의자에서 일어나 엘리베이터를 탔다.

테이블에 혼자 남은 계영은 머리를 맑게 하기 위해 남은 커피를 마시다 눈앞 자판기에 시선을 고정했다. 자신이 열네 살, 재영이 열 살 때 일이 떠올랐기 때문이다. 무더운 여름날 하굣길에 우연히 마주친 형제는 자연스레 같이 걸었다. 그러다 상가에 놓인 자동판매기 앞에서 재영이 걸음을 멈췄다.

─형 지금 음료수 뽑을 돈 없는데.

계영이 말하자 재영은 씨익 웃으며 두고 보라는 듯 자판기를 흔들더니 아무 반응이 없자 발로 쾅쾅쾅 쳤다. 계영은 누가 오기 전에 빨리 가자고 말렸지만 재영은 더 세게 발길질을 했다. 그러자 신기하게도 덜컹 하더니 음료수 캔이 나오는 것이었다. 재영은 손에 쥔 음료를 혼자 마시며 우쭐해했다.

─이거 봐, 형. 돈 없어도 마실 수 있어. 중요한 건 동전을

넣는 게 아니라 어떡해서든 나오게 하는 거거든.

동전이 없으면 기계를 때려서라도 나오게 하는 아이가 재영이었다. 그 이후에도 재영이 하도 때려 고장 난 자판기의 주인이 엄마에게 변상을 요청하자 재영은 계영 형이 시켜서 그랬다고 책임을 떠넘겼다. 상기해보면 재영은 자신과 엄마의 특별한 관계를 공고히 하기 위해 계영이 하지도 않은 짓을 했다고 엄마에게 일러바쳐 엄마가 계영을 미워하도록 부추겼었다. 집안의 권력자인 엄마의 사랑을 받아야 얻을 게 많기 때문이었다.

다 큰 후에도 돈을 내줄 때까지 갖은 욕설과 짜증으로 엄마를 쥐어짜는 것을 보며 재영에게 엄마는 자동판매기 같은 존재라는 생각을 한 적이 있었다. 그런데 이젠 아무것도 줄 수 없는 엄마를 고장난 기계 폐기처분하듯 제주도 외진 데 던져두고 엄마가 돌아가시자 보험금을 타내려는 재영의 의도가 곱씹을수록 끔찍했다. 엄마를 제주도로 보낸 것도 시공간상의 혐의를 벗으려고 계획한 일이 분명했다.

친동생이기에 설마 하며 덮어두었던 의혹이 사실로 변한 충격 때문에 계영의 정신이 멍해지려고 했다. 그는 차가운 캔을 꼭 쥐고 남은 커피를 입속에 다 털어넣었다. 때마침 승강기가 열리며 계영의 회사 동료들이 내렸다. 테이블에서 일어난 계영은 지금은 손님을 맞을 때라는 생각을 하며 그들을 향해 걸어갔다.

이른 아침, 출근 전 들렀던 손님들이 빠져나가자 장례식장 안은 다시 조용해졌다. 상주석에 나란히 앉아 있던 세 남매 중 재영이 '웃차' 하며 무릎을 펴 일어났다.

"엄마 친척들도 첫째 날 왔다 갔으니 이제 올 손님은 다 온 거 같네. 오후 세 시가 발인이니까 우리도 이제 쉬면서 마무리하면 될 거 같아."

"오늘이 3일째인데 자정까지 기다렸다가 발인하는 게 낫지 않을까? 시간에 쫓겨 아직 못 오신 분들도 있을 수 있으니……."

계영의 말이 끝나기도 전에 재영이 픽 코웃음을 쳤다.

"첫째 날 엄마 고향 친구들도 다 왔다 갔다니까."

"발인을 그렇게 서두를 필요는 없잖아."

계영의 반문에 어느새 나타난 재영의 처 경미가 끼어들었다.

"아주버님, 그거 알아요? 발인 일정은 시간에 맞게 예약된 거라 변경이 안 될 거예요. 이이 혼자 장례 준비하느라 힘들었는데 준비한 대로 따라주셔야죠."

경미는 점이 난 광대를 당겨 미소를 드리운 척했지만 눈빛만은 독침이라도 쏘아낼 듯 흉악했다. 처음 몇 번은 재영에게 맞아서 돈을 요구하던 경미가 언젠가부터 폭행당하지 않았는데도 맞은 척하며 돈을 달라는 것 같다는 엄마의 말이 떠올랐다.

"그래, 형. 엄마 생전에 친구도 왕래도 거의 없었잖아. 계모임도 돈 챙긴 뒤 안 나가고 친구들한테도 있는 대로 꿔선 안 갚고. 이제 더 올 사람 없을 테니 정리하자고."

한쪽 입꼬리를 비틀며 거드는 재영을 보며 부부는 일심동체라더니 끼리끼리 잘 만났다는 생각이 들었다.

"엄마가 그렇게 돈 빌려서 다 너한테 준 거 아는 놈이 할 소리냐."

계영의 나지막한 타박에 재영이 짜증 서린 표정으로 언성을 높였다.

"엄마가 그렇게 한 걸 나보고 어쩌라고? 아까도 엄말 왜 제주도에 보냈냐고 하더니 지금 엄마 죽은 것까지 내 탓 하는 거야? 이제껏 말했잖아. 엄마가 여행 겸 다른 곳 공기도 쐬보고 싶어 했다고. 소원대로 제주도 별장에서 요양하다 죽었으면 복 받은 거지, 치매라도 걸려서 벽에 똥칠하는 거보단 이게 백배 나은 거라곤 생각 안 해? 어? 안 하냐고?"

목에 힘줄이 불거질 정도로 소리치는 재영에게 계영은 품 안에서 꺼낸 종이를 내밀었다. 이게 뭐냐는 표정으로 훑어보던 재영의 안색이 변했다.

"재영아, 너한텐 캐나다에서 하루 있다 떠난다고 했지만 병원에서 연락받자마자 바로 한국 와서 제주도에 갔었다. 엄마 혈당이 안 잡혀서 당뇨 관리방식을 약이 아닌 주사장 치로 바꿔 처방했다는 차트야."

재영은 감전된 듯 아무 말도 하지 않았다. 그 옆에 선 경미는 불안한 듯 눈알을 굴렸고 인영은 미간을 찡그린 채 진료기록에 눈길을 두었다.

"엄마는 먹는 약만으로도 관리가 잘되는, 당뇨치고는 비교적 수월한 케이스였어. 근데 왜 제주도로 옮기고 나서 당이 자꾸 올랐을까? 당뇨약을 비타민으로 바꿔서 드린 거 아니니?"

재영은 계영의 말이 계속될수록 여유를 되찾으며 예의 미세한 미소마저 입가에 머금었다.

"지금 무슨 소리하는 거야. 엄마를 옆에서 보살핀 건 내가 아닌 간병인이었다고. 그리고 당뇨는 악화될 수 있는 병이란 거 제약회사 연구원인 형이 더 잘 알고 있을 거 아냐."

"그래, 먹는 약으로 관리가 안 되면 주사처방을 하는 게 일반적인 경우긴 해. 엄마가 처방받은 건 인슐린 펌프를 배에 꽂아 버튼을 눌러 체내에 들어가게 하는 장치였고. 근데 넌 간병인이 당뇨약을 챙겨주러 가보니 엄마가 이미 심각한 상태였다고 했잖아."

"말했지? 나도 엄마가 갑자기 죽어 경황이 없었다고. 그
래서 간병인이 말한 걸 조금 잘못 전한 걸 가지고 생사람 잡
으시겠다? 계영 형, 지금 실수하는 거야. 형 원래 이렇게 멍
청한 사람 아니잖아. 이렇게 이상한 오해하면 엄마라고 편
안히 가실 수 있겠어?"

재영이 영정사진 속의 엄마를 가리키며 즐겁다는 듯 말했
다. 계영에겐 애증이 공존하는 아픈 손가락인 엄마를 재영
은 자신의 방패로 가져다 쓰며 계영의 참담한 심정을 더 자
극했다. 욱하는 마음이 치밀었지만 계영은 침착하고자 애쓰
며 재영의 두 눈을 보았다. 재영은 어린 시절부터 차별받는
계영 앞에서 엄마에게 편애받는 것을 과시했고 계영이 상처
받은 표정을 재미있는 구경거리 보듯 천천히 즐겼었다. 지
금도 일부러 영정사진 속 엄마를 들먹여서 계영의 속을 헤
집어놓으려는 것이 분명했다. 계영은 한숨을 쉬듯 더욱 차
분하고 낮은 어조로 말했다.

"엄마가 쓰시던 별장, 아니 민박집 주인이 그러더군. 엄
마와 간병인이 마치 모녀처럼 친해 보였다고. 간병인의 생
김새를 물었더니 눈 옆에 점이 있다고 했다."

계영의 시선이 인영에게 고정되자 왼쪽 눈가에 점이 난
인영은 온몸을 뻣뻣이 긴장시켰다.

"모녀처럼 살뜰한 간병인이 당뇨관리를 해줬는데, 엄마

의 당수치는 왜 계속 올랐을까? 여기 보이지? 인슐린 펌프로 처방받은 다음에도 병원에 와서 당 검사를 한 기록. 엄마가 자애병원 응급실에 오기 며칠 전 들렀을 때 이미 당은 최고도지수를 찍었어."

인영은 고개를 푹 숙인 채 계영이 가리키는 차트만을 뚫어지게 쳐다보다가 계영이 내민 손수건을 보고 사색이 되었다.

"어제 네가 찾던 손수건이야. 제주도 민박집에서 갖고 왔다."

에르메스 로고가 새겨진 베이지색 천에서 진하게 풍겨 나는 샤넬향 냄새. 인영은 울음을 터뜨렸다.

"흑. 아냐, 난 엄마한테 아무 짓도 안 했어. 그냥 모처럼 가족 여행이라고, 재영이가 불러서……. 그래서 2주간 엄마랑 제주도에 있었던 것뿐이야. 나도, 나도 놀랐어. 엄마가 갑자기 돌아가셔서. 그렇게, 처참한 모습으로…흑……."

눈물을 닦을 생각도 없이 흐느끼는 인영의 모습에 계영의 뇌리에서 며칠 전 엄마의 죽음 당시가 그려졌다. 인영이 인슐린 펌프에 갈아 끼울 흰색 인슐린 통을 가지고 방문을 두드리지만 응답이 없다. 인영은 엄마가 아직 자는 중이라고 여기고 스스럼없이 방문을 연다. 엄마는 쓰러진 채 눈을 홉뜨고 가쁜 숨을 몰아 쉬고 있다. 이미 코로 숨을 쉴 수 없는 상태다. 넘어가려는 숨을 붙잡기 위해 쇳소리 나는 호흡을 할 때마다 볼이 쏙 들어갔다 나오고 가슴이 심하게 오르내린다. 창백한 엄마의 낯빛에 인영은 덜덜 떨리는 손으로 119를 누른다. 구급차는 가장 가까운 자애병원 응급실에 도착했고 그다음부터는 담당의가 말해줬던 그대로일 터였다. 단 한 가지, 사망진단명만 빼고 말이다.

"의사는 고도당뇨에 의한 쇼크사, 즉 병사라고 진단했지만 엄마의 죽음은 사실 고도당뇨를 유도한 누군가의 고의적 타살이었어."

인영은 오열하며 고개를 흔들었다.

"아냐. 난 정말 아냐. 이번에 가족 여행을 하고 나면 엄마가 유산을 나눠줄 거라고 재영이가……그래서 온 거야. 병원이랑 별장에서 내가 간병인이라고 한 것도 재영이가 시켜서였어. 엄마의 간병인 노릇을 해야 엄마가 돈을 줄 거라고 해서. 그래도 오랜만에 만난 엄마랑 얼마나 잘 지냈는데. 당뇨가 안 떨어져서 어지러워하시고 눈도 침침해지셨지만 난 정말 약이 안 듣는 거라고만 생각했지 내가 그렇게 만든 게 아니라고. 믿어줘 계영 오빠. 정말이야."

몸을 떨며 절규에 가까운 소리를 내는 인영과 달리 턱을 당긴 채 무표정하던 재영은 더 이상 못 참겠다는 듯 큰소리로 웃음을 터뜨렸다.

"큭. 크큭. 크하하하."

한참을 웃고 난 재영은 팔짱을 끼고 자세를 고쳐잡으며 말했다.

"인영 누나, 이제 좀 솔직해지지 그래? 누나 미국에서 이혼하고 집도 절도 없이 한국에 들어와 있는 거 벌써 1년째잖아. 엄마한테 다 듣고 알고 있었는데 아무것도 모른 척, 내 말 듣고 가족 여행하러 귀국했다고, 재미도 없는 거짓말을 하면 어떻게 해. 그리고 난 엄마가 유산을 나눠줄 거란 말은 한 적도 없잖아. 여행지에서 엄마를 잘 모시면 기분 좋아진 엄마가 얼마를 줄 수도 있을 거 같다고 한 거지. 이렇게 계영 형이 쓸데없는 의심을 할까봐, 인영 누나를 간병인이라고 바꿔 말한 건데 역시 계영 형은 깐깐하다니까?"

재영은 유쾌하기까지 한 어조로 이야기하다가 갑자기 턱을 괴며 진지한 목소리를 냈다.

"근데 난 엄마가 진짜 병사한 줄 알았는데 계영 형 말을 들어보니 인영 누나가 의심스럽긴 하다. 누나, 엄마 인슐린 가지고 뭐, 장난친 거야?"

재영의 눈 속에서 악의 어린 호기심이 빛났다. 그런 재영의 표정이 계영은 낯설지 않았다. 어린 시절, 집 안을 어질러 놓고는 자신이 아닌 계영이 그랬다고 거짓말하거나 혼자 울어놓고 계영이 몰래 때렸다고 고자질한 다음 엄마 앞에서 억울해하는 계영을 볼 때 짓던 그 표정. 맛있는 사탕을 아껴서 조금씩 녹여 먹는 꼬마처럼 자신이 쳐놓은 그물에 걸린 먹이를 이리 보고 저리 굴리며 시선으로 한껏 음미하는 그 불가해한 표정이었다.

그 표정을 본 계영은 마침내 이 사건의 배후가 손에 잡힐 듯 이해되었다. 제주도 민박집에서 발견한 인영의 손수건 때문에 동생 두 명이 다 이 일에 연관되었으리란 생각은 처음부터 했었다. 엄마의 갑작스런 죽음을 두고 치매 걸려 벽에 똥칠하는 것보다는 낫다는 동생들의 짜 맞춘 듯한 발언을 보아서도 그랬다. 하지만 인영이 모든 것을 다 알고서도 합세한 것인지 재영의 함정에 걸려든 것인지가 마음에 걸렸다. 페르소나가 단단한 재영은 자신이 원하는 바를 거짓말과 술수로 얻어내는 데 능한 까닭이었다.

"난 장난한 적 없어. 인슐린 펌프 처방받던 날, 올케가…… 경미가 와서 그 인슐린 통들 받아다 줬잖아. 나랑 엄마는 먼저 식사하러 가라고 하고……. 난 그 인슐린 통을 매일 갈아끼워드린 것 뿐이야. 뚜껑 열어보지도 않았다고!"

파랗게 질려 좁은 어깨를 떨던 인영이 재영의 추궁에 새된 소리를 냈다. 경미는 금방 눈을 뾰족하게 뜨며 노려보았지만 재영은 그저 재미있다는 듯 실소를 참아가며 인영의 행동 하나하나를 깊이 관찰하고 있었다. 예의 구석구석 음미하는 듯한 그 시선으로.

"안타깝네 인영 누나. 와이프는 인슐린 박스를 원내약국에서 받아 봉지째로 누나에게 줬다고 하던데?"

인영은 재영의 말이 무슨 뜻인지 해석하려는 듯 가만히 재영을 쳐다보기만 했다.

"후후, 불쌍한 인영 누나. 만일 이 상황이 문제가 된다고 해도, 인슐린 통과 펌프장치에서는 누나의 지문만 실컷 나올 거라는 얘기지."

인영의 얼굴에 절망의 빛이 감돌자 재영은 육즙 가득한 스테이크라도 씹는 듯 도취된 얼굴로 인영의 표정을 황홀하게 바라보다가 계영을 향해 말했다.

"형도 제주도 별장에 가득 널려 있는 인슐린 통들 봤지? 형의 지문이 같이 검출될 수는 있어도 나나 와이프는 그 통을 만진 적 없다고 나올 거야."

득의만만한 재영의 미소에, 자판기 앞에서 공짜 음료수를 쥐고 우쭐해하던 어린 시절 재영의 얼굴이 겹쳐졌다. 재영에게 세상은 자동판매기 창고일지도 모르겠다는 생각이 들었다. 자판기 진열대에는 자동차, 오피스텔, 여자, 승진, 존경심, 사회적 체면이라는 여러 가지 것들이 있고 재영은 취하고 싶은 것의 버튼을 누른다. 투입구에 넣을 동전 대신 자신의 지갑에서 음모, 협잡, 청탁금, 거짓, 술수를 대량으로 꺼내서.

하지만 이번 일은 도를 넘어섰다. 투입구에 엄마의 목숨을 넣어 레버를 돌리곤 보험금이라는 상품을 꺼내려 하고 있지 않은가. 계영은 오늘 새벽 인영과 장례 밥을 먹으며 마지막 나눴던 이야기를 떠올렸다. 식초를 좋아하느냐는 계영의 물음에 인영은 신 것은 잘 먹지만 식초는 싫어한다고, 얼마 전에도 올케가 건강에 좋은 다이어트 식초라고 몇 병 챙겨준 것이 있는데 먹지는 않고 쌓아두기만 했다고 했었다.

그 대답으로 보건대 재영 부부는 엄마의 인슐린 통에 식초를 넣고, 이물질 섞인 인슐린을 약국에서 받아온 것처럼 인영에게 건넸을 가능성이 컸다. 물론 장갑을 끼고 작업했을 것이기에 식초병이나 인슐린 통에 재영 부부의 지문은 남지 않았을 테지만 경미가 준 식초를 선반에 쌓아둔 인영의 지문은 검출될 것이다. 이물질 가득한 인슐린을 때마다 주입받은 엄마의 상태는 급격히 나빠졌을 것이고 마침내 쇼크에까지 이른 것이리라. 여기까지 들은 경미는 성급하게 나서서 소리를 질렀다.

"아주버님 미쳤어요? 무슨 말도 안 되는 이야기예요. 아니, 내가 그 식초 줬다는 증거 있어요? 지금 인영 형님이 거짓말하는 거야. 다 지어낸 얘기라고요."

재영이 흥분하는 경미를 손으로 제지하며 끼어들었다.

"형, 정말 뭔가 심한 오해가 있는 거 같아. 난 인영 누나가 그런 짓을 했으리라곤 생각 안 해. 방금 전엔 혹시나 싶어서 물어본 거고 나와 와이프의 결백을 증명하려고 지문 얘기도 꺼낸 거였어. 누가 엄마 목숨을 담보로 돈을 받으려 하겠어."

재영은 둔갑술이라도 부린 듯 온화하고도 선해 보이는, 대외용 얼굴로 변모해 있었다. 목소리도 비아냥대던 말투에서 중저음의 차분한 톤으로 바뀐 상태였다. 언제 봐도 재영의 변신술은 감쪽같다는 생각을 하며 계영은 재영을 쳐다보았다.

"뭣보다, 엄마 영정사진 앞에서 우리가 이렇게 싸우는 모습 보여드리는 건 아닌 거 같아. 이런 때일수록 우리 세 남매가 똘똘 뭉쳐서 발인까지 잘 마쳐야지."

평온하기까지 한 재영의 목소리에 계영은 아까 본 현장 심사팀장 이야기를 꺼냈다. 잔잔한 호수에 파문이 일 듯 재영의 눈동자가 흔들렸지만 온화한 표정을 제법 잘 유지하며 말을 이었다.

"형, 혹시 엄마 앞으로 걸려 있는 보험금 때문에 그래? 그거 때문에 제주도까지 다녀온 거였으면 말을 하지. 보험금 수령하면 우리 셋이 똑같이 나누자. 엄마가 나를 피보험인으로 설정해놓긴 했지만, 우리 셋이 나눠 가지면 그것도 엄마가 좋아하시겠지."

재영이 한결같이 부드러운 목소리로 말하자 씩씩대던 경

미도 태도를 바꾸어 거들었다.

"좋은 생각이네요. 아주버님도 이제 장가가고 하려면 어느 정도 돈이 있어야 할 텐데 잘된 일이잖아요? 어머님 마지막 가시는 길에 맏아들한테 남긴 선물이라 생각하고 받으시면 되겠어요."

경미의 말에 어깨를 들썩이며 코를 훌쩍이던 인영도 눈빛이 변해 귀를 기울였다.

"그래. 엄마도 그걸 바라실 거야. 우리 세 남매가 뜻을 모아 앞으로도 엄마 산소 종종 찾아가자고. 우리가 이 일을 계기로 더 열심히, 사이좋게 살아가면 되는 거니까. 엄마가 준비해놓은 보험금을 발판 삼아서. 내가 보험금 타면 삼등분해서 정확히 나눠줄게. 형이랑 누나한테. 계영 형도 찬성하는 거지?"

계영이 침묵을 지키자 인영이 꽉 잠긴 목소리로 말을 보탰다.

"그러자, 계영 오빠. 우리 셋이 공평히 나눠 가지는 게 누가 봐도 맞는 것 같아. 고마워요, 엄마. 고맙다, 재영아."

재영 부부와 인영까지, 모두 세 사람이 계영의 대답을 기다리고 있었다. 엄마 빈소에 온 이후 처음으로 가장 화기애애한 분위기가 네 사람 사이에 흐르고 있었다. 그러나 계영은 이런 분위기에 낄 생각이 전혀 없었다.

"내가 원한 건 그런 식의 변명이 아니라 진상고백과 사죄였다, 재영아. 엄마 앞에서 그래도 한 번쯤은 진실 되게 뉘우치는 모습, 보여줬으면 해서 말했던 거고."

"오해라고 했잖아, 형. 뉘우칠 게 있어야 뉘우치지. 이러지 말고……."

"수익자가 금원 수령을 노리고 계약자를 살해한 경우, 보상은 받을 수 없어. 너도 그 조항을 알기에 날 회유하려는 거 아니니?"

빈소가 고요해졌다. 재영의 입꼬리가 낚싯대에 매달린 찌처럼 아래위로 빠르게 흔들렸다. 이마의 힘줄이 불거지고 두 눈은 급격히 충혈되었다. 분노가 치솟을 때 튀어나오는 표정이었다. 호흡이 빨라지는가 싶더니 온화함으로 가장했던 가면을 찢고 화에 받친 야수가 비어져 나왔다.

"씨발, 내가 어디까지 양보해야 하는데? 난 뉘우칠 일 한 적 없다고! 네가 형이야? 형이냐고 개새끼야! 네가 뭔데 여기 와서 사죄하라 마라야? 제대로 알지도 못하는 병신새끼! 엄마한테도 늘 미움만 받던 쪼다새끼가!"

멱살을 잡기라도 할 듯 얼굴을 들이대며 욕을 해댔지만 계영은 피하지 않고 가만히 서서 한마디 했다.

"손바닥으론 하늘 못 가린다. 이제 그만 그 손 치워."

계영의 말에 재영은 폭주하여 날뛰었다. 지켜보던 도우미 아주머니들이 장례식장 보안요원을 불러야 하는 거 아니냐고 두런거리는 사이 빈소 안에 두 명의 남자가 들어섰다. 그들 중 하나가 경찰 배지를 내밀어 보였다.

"서울 양천경찰서 강력 1팀 최인수 형사입니다."

뜻밖의 손님에 재영은 욕지거리를 멈추고 형사를 보았다. 두 눈에 충혈기가 남아 있긴 했지만 얼굴에서 광기를 걷은 재영은 어느새 양순한 평소의 인상으로 되돌아와 있었다. 그런 재영 옆에 선 경미는 전에 없이 공손한 어투로 무슨 일로 오셨느냐고 물었다.

"어제 오후 다섯 시쯤 권계영 씨가 고소장을 제출해서 수사에 착수하게 됐습니다. 아시다시피 망인의 죽음에 관여한 경우엔 피보험자격이 박탈되는 것 알고 계시지요? 더구나 망인의 죽음에 직접 관여한 정황이 포착되면 구속될 수도 있습니다."

형사는 네 사람을 번갈아 겨누어보며 답했다. 인영은 소스라치며 절대 아니라고 고개를 좌우로 흔들었고 재영은 서늘하게 뒤틀린 미소를 머금은 채 맞받아쳤다.

"그럴 리가 있나요. 뭔가 잘못 알고 오신 거 같은데 저희 어머니는 요양차 계셨던 제주도의 병원에서 쇼크사하셨습니다. 의사가 사망진단 내려주어서 의심할 만한 건 전혀 없습니다. 형사님의 수사는 저의 무고를 밝히는 과정이 될 것 같은데요. 형사님을 무고죄로 고소하는 건 제 혐의가 풀린 이후에 가능하겠죠?"

재영이 말을 이으려는 순간 계영이 엄마의 검시는 언제 시작되느냐고 물었다.

"오수옥 님 사체는 내일 검시를 위해 영안실에서 이송 중입니다. 제주도 현장은 지문감식 뜰 물건들 회수한 채 사건 당시 그대로 보존되어 있고요. 오수옥 님의 체내 인슐린과 이물질 농도, 미생물의 양과 투여된 시기 등을 종합해 고의 살해 여부를 확인하게 될 겁니다."

형사는 빈소 안에 걸린 시계를 한 번 곁눈질했고 시침은 오후 두 시를 가리키고 있었다.

"장례식 끝날 시간에 맞춰서 방문했는데 자세한 진술은 서에 가서 해주시겠습니까?"

형사의 말에 하얗게 질린 경미가 발을 동동 구르며 외쳤다.

"아니, 형사님인 건 알겠는데 일단 시어머님 장례를 치러야 해요. 오늘 세 시가 발인인데 시신을 가져가면 어떻게 해요. 조사를 하더라도 화장이 끝나고 해야죠. 이게 무슨 경우예요?"

"어머님 시신은 검시 예정이라 아직 발인 못합니다. 절차가 끝나고 나서야 화장을 하실 수 있을 겁니다. 장례식장 예

약 시간도 두 시까지인 거 확인했고요. 그럼 모두 동행해주
시죠."

재영과 경미가 저항했지만 형사들 악력에는 못 미쳤다.
인영은 어깨를 쪼그리고 죄인처럼 걸음을 옮겼다. 계영은
곧 따라가겠다고, 잠시 시간을 달라고 말한 뒤 엄마의 영정
사진 앞에 섰다. 엄마의 얼굴을 마주하자 그제야 한줄기 눈
물이 볼을 가로질렀다. 이틀 전 병원 측 연락을 받았을 때 계
영은 결심했었다. 감정에 빠져 눈물 흘릴 여력이 있다면 맨
정신으로 사건에 대한 실체를 파헤치겠다고. 있는 대로 밝
히고 남김없이 드러내서 여한 없이 보내드리는 것으로 자신
이 할 수 있는 마지막 효도를 하겠다고.

빈소 안 냉장고에서 맥주를 꺼내온 계영은 먼저 엄마 앞
에 한 잔을 올려드리고 자신의 잔에도 부어 꿀꺽꿀꺽 삼켰
다. 시원함이 목을 적신 것도 잠시 이내 격한 탄산에 사레가
들려 기침이 나왔다. 복도에서는 재영이 질질 끌려가며 고
소할 거라고 악을 쓰는 소리가 울렸다. 어린 시절 자판기를
부술 듯 때려서라도 음료를 뽑아냈던 소년은 이제 가족의
목숨이라는 동전을 넣어 목돈을 뽑아내려는 괴물이 되어 있
었다. 그 괴물이 자신과 피를 나누고 같이 자란 형제란 것이
섬뜩하면서도 마음 아팠다. 말 안 되는 일이 일어나는 것이
삶이고, 그런 말도 안 되는 일을 하는 주체가 인간이며, 결국

은 인간의 형상을 한 괴물이라는 점이…….

혀에 남은 맥주의 잔향이 너무도 써서 계영은 나머지 반 잔을 단숨에 비우고 절을 올렸다. 한 번은 엄마의 발걸음이 가벼워지셨기를 바라며, 두 번은 엄마의 가는 길이 조금이나마 시원해지셨기를 바라며. 이배를 마친 계영은 살짝 웃느라 휘어진 엄마의 두 눈을 바라보았다. 그러곤 신발을 신고 빈소를 나서 복도 끝 엘리베이터로 향했다. 계영의 동행을 기다리던 경찰관이 버튼을 눌렀고 승강기 문이 활짝 열렸다.

메르피의 사계

아무것도 모르던 시절, 저는 '인간적'이라는 말이 몹시도 거슬렸습니다. 그들은 저를 내려다보며 인간적이지 못하다고 했고 대신 야만적이라고 했습니다. 당시엔 그들의 말을 음성으로만 알아들었지 무슨 뜻인지는 전혀 알 수 없었어요. 하지만 시간이 흐르고 저도 한 명의 인간이 되고 보니 이제야 나를 가르친 분들의 노고에 감사드리게 됩니다.

인간은 태어나는 게 아니라 만들어지는 것입니다. 저는 그 훌륭한 샘플로 여러분 앞에 저를 전시해 보이고 있습니다만, 제가 단상에 올라오기 전에 제게 질문했던 분처럼 인간으로서 모든 걸 다 갖추고 있는 제가 왜 이런 연설을 하는지 궁금해하실 수도 있습니다. 저는 한마디로 단언합니다.

저의 이 연설이 아직 인간이 되지 못한, 과거의 나처럼 방황하고 혼란스러운 동물들에게 도움이 되리라는 것입니다.

보다시피 저는 매부리코입니다. 그리고 길지요. 인중에까지 미친 코끝을 보자면 이건 코라기보다 츄러스 같기도 합니다. 그것은 제 코를 탯줄 자르듯 잘라 매듭을 지을 때 조금 넉넉하게 코를 남겨둬야 짜리몽땅하게 말려 올라가지 않는다는 그들의 배려 때문이었습니다. 떼어낸 코를 버리고 얼굴 위로 남은 코를 당겨서 묶은 다음 아래쪽에 두 개의 구멍을 내던 그 순간이 생생히 기억이 납니다.

그때 나는 온몸이 사슬 침대에 결박당한 채 손과 발은 하나로 모은 상태로 더 엄중히 묶여 있었습니다. 제 코는 코끼리처럼 길어서 아래로 뻥 뚫려 있는 구멍으로 정보들이 흡입되었습니다. 늘어져 있는 코로는 주로 땅이나 바닥에 있는 것들을 보고 들을 수 있었습니다. 테이블 아래, 사람들이 신은 구두들끼리 나누는 이야기라든지 풀들이 짓이겨졌다 다시 튕겨 오르며 내는 소리, 타일에 엉겨 붙는 빛줄기……제가 본 그것들을 가끔 코로 뿜어내기도 했습니다.

이를테면 감색 양말과 프릴 달린 슬리퍼는 서로를 좋아했습니다. 양말과 슬리퍼는 늘 같이 있기를 원했고 그들은 신발장이나 테이블 아래서 사랑을 속삭였죠. 신발들이 서로

코로 뿜어낸 것들 중 그런 장면도 들어 있었나 봅니다. 저를 보살피던 중년의 남녀는 제가 토해낸 영상들을 보곤 자기들 딸과 가정교사를 황급히 떼어놓더군요. 물론 당시의 저는 그런 상황들을 차분히 인식하고 정리할 만한 사유의 방식도, 언어체계도 익히지 않은 상태였기에 이렇게 정확하게 사태를 파악하진 못했습니다. 하지만 일단 언어라는 시선으로 저의 과거를 보자 그때는 이해할 수 없던 모든 것들이 가지런하게 정리된 형태로 떠오르더군요. 추억, 에피소드, 과정과 같은 낱말로 순화되어서 말이지요.

그런 걸 보면 언어만큼 훌륭한 발명품도 없을 겁니다. 언어는 제가 겪고 느낀 것들을 설명해줄 말을 이미 넉넉히 구비해놓고 있습니다. 과거와 현재는 물론 미래에 내가 경험할 것들까지도 언어 안에 있다고 저는 확신합니다. 인간으로 살자면 언어를 몰라서는 안 되고 언어를 쓰다보면 그 편리성과 무한함에 존경을 표하게 되니까요. 언어는 저만이 느꼈던 감정을 여러분 앞에 꺼내어 여러분도 알고 이해할 수 있는 것으로 만들어줍니다. 언어가 없었다면, 전 인간이 되지 못한 것은 물론 여러분 앞에서 연설할 수도 없었겠죠. 제가 비인간이었다가 인간이 된 터라 그 소중함을 더욱 뼈저리게 느끼는 건지도 모르겠습니다.

어쨌든 저를 보살피는 중년 남녀의 골머리를 가장 앓게

한 것 중 하나는 배변 문제였습니다. 낯뜨거운 고백입니다
만 저는 창피함도 모르고 아무 때나 아무 데서나 볼일을 봤
습니다. 제겐 길고 두꺼운 꼬리가 붙어 있었는데 똥을 쌌을
땐 그 꼬리에 배변물이 묻어 제가 걷는 바닥 이곳저곳을 불
쾌한 향기와 색으로 물들이곤 했습니다. 부모님—저를 보살
피던 중년 남녀의 언어적 이름이 그것이라는 걸 인간이 된
후에 알았습니다—은 저를 을러도 보고 칭찬도 해보았습니
다. 때론 제가 거실 한가운데 싸놓은 똥을 몰래 화장실 변기
속으로 옮기곤 아주 잘했다고 거짓 칭찬을 하기도 했습니
다. 그 칭찬 뒤엔 어김없이 간식이 주어져서 저는 몇 번은 화
장실 변기 안에 네 발로 올라서서 변을 봤지요. 하지만 배가
고프지 않을 땐 여전히 누군가 보든 말든 아무 데서나 배변
을 했어요.

인간들은 화장실이라는 칸막이 안에서 똥을 싸고 몸을 헹
구었습니다. 같은 테이블에 앉아서 밥은 먹고 차는 마시면
서 왜 같이 앉아 똥은 누지 않는 건지 저는 의아했습니다. 왜
그곳에서 자기를 꾸미고, 꾸민 모습만 서로에게 보여주는지
도 알 수 없었습니다. 저는 부모님이 입혀준 옷이 갑갑해 손
님들 앞에서도 갈기갈기 찢어버리기 일쑤였는데 그때마다
부모님은 몹시 난감한 표정을 지으며 저를 때리거나 재갈을
물리고 팔다리를 묶은 채 방에 가뒀습니다.

여러분, 보이십니까? 이것이 제가 찢었던 옷의 잔해입니다. 셔츠 깃에 앙증맞은 나비넥타이가 붙어 있지요? 저는 이 옷을 입고 식탁에 앉았던 날을 기억합니다. 연구자 몇 명이 오신다며 부모님은 제 몸을 정성스레 씻기고 좋은 냄새가 나는 향수를 듬뿍 뿌려주었습니다. 억지로 옷을 입힌 다음엔 은색 광택이 나는 특별한 줄을 목에 매어놓고 저를 식탁에 앉혀두었습니다. 물론 손바닥과 발바닥이 다 땅에 닿아야만 안심하는 습성이 있는 저로선 무척 불쾌했지요. 저의 상체와 발은 의자에 묶인 채 양쪽 팔, 당시엔 다리만이 자유로웠습니다.

부모님은 제 양옆에 앉았고 제 맞은편엔 몹시 하얀 피부의 여자가 앉았습니다. 그 여자는 부모님께 뭔가 말하더군요. 어머니는 고개를 끄덕이더니 여자와 자리를 바꾸었습니다. 당시엔 그게 여자인지도 뭔지도 몰랐지만 그녀가 움직일 때마다 좋은 냄새가 풍겼고 아랫도리가 간질간질해졌습니다. 여자가 제 옆에 앉자마자 저는 그녀의 얼굴을 혀로 핥았습니다. 오른쪽에 앉은 아버지가 저의 목을 강하게 움켜잡았습니다. 하지만 여자는 제 몸이 의자에 묶여 있는 걸 보곤 아버지에게 고개를 흔들어 보였습니다. 아버지가 제 목을 놓자마자 저는 그녀의 머리칼과 어깨, 몸 구석구석을 핥았습니다. 그러곤 제가 뭘 하는지 눈치챌 사이도 없이 여자

위에 올라타 제 사타구니를 문질러댔습니다. 여자의 비명 소리가 들렸고 아버지가 제 목줄을 당기며 저를 들어올리려고 힘써도 그녀 위에서 버티는 제 힘이 더 셌습니다. 이미 의자의 포박을 끊어낸 저였으니까요.

식탁에 앉은 다른 남자들이 아버지를 도와 저를 끌어당겼습니다. 꼬리를 양옆으로 움직여 그들을 쳐내려고 했지만 꼬리는 이미 얌전히 말려서 리본으로 꽉 쥐어진 채 바지 안에 있었습니다. 양다리와 몸통, 어깻죽지를 나눠 잡고 끌어당기는 그들의 힘을 당할 수는 없더군요. 여자에게서 떨어지려는 순간 저는 양팔을 세차게 흔들었습니다. 여자 무릎에 올라탔을 때와 같이 저도 모르게 한 행동이었습니다. 다음 순간 저는 남자들 손을 벗어나 머리가 천장에 닿아 있었습니다. 기절을 해서 유체이탈이 된 게 아니냐고요? 아닙니다. 놀랍게도 저는 허공에 떠 있었던 것입니다. 저를 잡아채려고 허공에서 손을 허우적대는 그들 머리 위를 밟는 재미가 어찌나 고소하던지요. 아버지는 식탁 위에 올라서서 저를 잡으려 했지만 팔을 격하게 흔들어 그 손을 요리 피하고 저리 피했습니다. 하지만 제 목에 걸려 늘어진 줄의 손잡이가 문고리에 걸리는 통에 잡히고 말았지요.

그들은 저를 식탁 위에 팽개치고는 얼굴을 가리고 두 손을 등 뒤로 꽉 쥔 채 무릎으로 제 등을 찍어댔습니다. 성이 난 저는 그 자리에서 똥을 싸버렸지요. 지금 떠올려도 막심한 불효입니다. 하지만 그때는 그런 짓을 저질러놓고도 죄책감은커녕 더 갚아주지 못해 아쉽다는 마음뿐이었으니 제가 봐도 참 비인간적인, 아니 은혜도 모르는 못된 짐승이었죠.

당연한 결과지만 그때처럼 혹독한 체벌을 받은 적은 없을 겁니다. 저는 좁고 어두운 방에 팔다리가 묶인 채로 갇혀서 물 한 모금도 얻어 마실 수 없었어요. 문 앞을 지나는 발걸음 소리가 들릴 때면 이제 꺼내주지 않을까 반짝 생기가 돌아 고개를 들고 귀 기울였지만 그 소리는 무참히 방 앞을 지날 뿐이었습니다. 그런 기대가 몇 번이나 빚어지고 깨졌을까요. 문이 활짝 열린 것을 보면서도 몸을 일으켜 나갈 수 없을 정도로 지쳐버렸을 때 어머니가 들어왔습니다.

"메르피야. 아가. 네가 우리랑 같이 살기 위해서는 우리와 같은 눈높이를 가지고 같은 곳에 머물러야 해. 넌 코로 발밑을 보고 날개로 허공을 디디지. 하지만 우리는 바닥도 공중도 아닌 곳에 머물며 거기 속한 것들을 본단다. 넌 벌써 인간의 유아기를 지나고 있어. 네가 인간화되지 않으면 넌, 넌……."

반쯤 뜬 내 눈을 보며 말을 잇지 못하고 눈물 흘리는 어머니 말에 감동을 한 것이었을까요. 내 눈에도 물이 어려 사방이 흐리게 보였습니다. 물론 갑자기 들이닥친 빛에 대한 반사작용이었을지도 모릅니다. 허나 굶어서 죽을 것만 같은 절박한 상황이어서였는지 어머니의 진심이 왈칵 한낱 미물인 내게도 전해져 왔습니다.

어머니가 왜 그토록 애끓어 했는지 인간이 된 후에야 알게 되었는데 당시 저는 인간이 되느냐 달걀이 되느냐의 기로에 있었던 것입니다. 저와 같이, 평범한 인간의 유전자가 아닌 비인간의 유전자를 지닌 동물들은 인간의 유아기에 해당하는 기간 동안 기본적인 인간화가 진행되지 않으면 유전자만 남기고 도륙됩니다. 그리곤 둥근 달걀 껍질 안에 주입되어 누군가의 아침 식탁에 놓이게 된다는 걸 지금에야 얘기해주지 당시엔 아무도 말해주지 않았지요. 요즘이야 인권에는 못 미치는 비인간 유전자 동물들도 약간의 알 권리를 인정받아 인간이 되지 않으면 처해질 상황에 대해 의무적으로 듣게 되어 있습니다. 다행히 그것이 오히려 인간화되려는 욕구를 자극해 도움이 됐다고 하죠? 여기 앉아 있는 여러분들 중 일부는 그 사실을 알고 있으니 과거의 비인간 유전자 동물들에 비해 얼마나 복을 받은 것입니까? 그 사실을 안다는 것이 스스로의 정체성과 미래를 선택하는 데 큰 요소로 작용하니까요.

어쨌든 묘권, 견권, 사권이란 말은 없습니다. 비인간 유전자 동물권이 있기는 하지만 인간의 권리엔 발끝에도 못 미치죠. 존중받고 싶으시다면 인간이 되어 인권을 쟁취하십시오. 인간으로서 누릴 수 있는 행복과 기쁨들이 따먹을 수 있는 열매들처럼 만개하여 여러분 눈앞에 펼쳐지리란 걸 다시 한번 강조하는 바입니다.

어쨌든 어머니는 거동을 못하는 제 입에 먹을 것을 떠넣어 주었습니다. 턱을 움직여 씹는 것에도 그런 힘이 드는 줄 처음 알았습니다. 그 모습을 본 어머니는 준비한 음식을 잘게 씹어 내 입에 밀어 넣었습니다. 그 뒤 나는 얌전해졌습니다. 매우 부끄럽지만 진실을 말하자면 살기 위해서는 말을 듣자, 라는 생각이 지배적이었어요. 몇 날 며칠인지도 모를 시간 동안 갇혀 있어 쇠약해진 나는 살기 위해서 순종했습니다. 그런데 그렇게 지내는 것이 생각보다 편하더군요.

어머니는 온순해진 제게 말하기 연습을 시켰습니다. 사지가 묶인 채 억지로 들어야 했던 한글 테이프 덕분에 나는 정확히는 아니어도 어느 정도 들을 줄은 알았습니다. 하지만 말을 해보긴 처음이었어요. 성대를 울려 컹컹 짖는 게 아니라 입 모양을 만들고 혀를 튕기며 어머니가 요구하는 발음을 목구멍 밖으로 끄집어내는 건 너무 어려웠어요. 하지만 나는 차차 적응해나갔지요.

어느덧 배가 고프면 어머니의 발을 물거나 시끄럽게 짖

지도, 내 앞에 놓인 음식에 코를 박고 볼이 터질 정도로 삼켜 넣지도 않게 되었지요. 언어가 열쇠가 된다는 걸 깨달았습니다. 배가 고프면 "배가 고파요."라고 말했고 배변을 위해서는 "화장실에 가고 싶어요."라고 말했지요. 나는 새로운 열쇠를 하나하나 끼워 넣어보고 그렇게 했을 때 문고리가 돌아가며 문이 열리는 기쁨을 맛보느라 정신이 없었습니다. 먹을 것을 달라면 먹을 것이 제공됐고 산책하고 싶다면 공원으로 나가는 게 허락됐지요. 그럼에도 어떤 열쇠는 열쇠로서 구실을 못한다는 것도 알았습니다. 가령, "씻기 싫어요."와 같은 말이었죠.

내 의사를 표현해도 부모님은 날마다 나를 씻기고 새 옷을 입혔습니다. 향수도 뿌려주었지요. 하지만 내 눈엔 아직 우스울 뿐이었어요. 나는 누군가 내가 있는 곳에 들어서면 냄새만으로 그 사람을 판별할 수 있었어요. 그 사람의 살갗에서만 나는 본연의 냄새가 있으니까요. 하지만 향수는 오히려 그 사람의 체취를 희미하게 지워버리는 거였습니다. 인간은 자기의 냄새 대신 다른 것의 냄새를 빌려서 그것을 풍기기 좋아했는데 그건 마치 자아를 빌리는 것과 같아 보였어요. 사람들은 왜 악취를 싫어할까, 그리고 그것을 숨기려고 애쓸까, 하는 궁금증이 났지요. 하지만 내가 만나는 사람마다 좋은 향기를 풍기고 깔끔한 매무새를 하고 있어서 나는 내 의문의 답을 구하지 못했습니다.

"누구나 그렇게 산단다. 씻는 걸 싫어하면 못 써. 삶에 대한 대가를 치르는 거라고 생각하렴."

어느 정도 성장을 한 뒤에도 씻는 걸 싫어하는 내게 어머니는 말씀하셨습니다. 삶에 대한 대가, 라는 어머니 말씀이 마치 인간으로 살기 위한 대가, 라고 들렸습니다. 예, 어머니는 인간으로서 인간으로서의 삶밖엔 살아보지 않았을 테니 그게 당연한 일이었겠죠.

저는 언어도 많이 깨우치고 기본적인 예의범절에는 훌륭히 적응되어서 겉으로 보기엔 꽤 인간적인 존재가 되어 있었습니다. 나를 데리고 집 밖으론 나간 적 없던 부모님도 차차 나를 데리고 다니게 되었지요. 어떻게 해야 할지 모를 때 나는 부모님을 쳐다봤고 부모님의 행동거지를 따라 했습니다. 처음엔 두 발로 걷는 게 너무 힘들었지요. 하지만 시간을 정해놓고 꾸준히 연습을 하다 보니 네 발로 다니는 게 더 불편해졌습니다.

저는 여느 인간 아이와 다르지 않게 학교에 입학했고 그럭저럭 뒤처지지 않는 성적을 유지했습니다. 당연히 청소년기에 치러지는 세 번에 걸친 인간화 테스트에도 우수한 성적으로 통과했습니다. 하지만 제 속은 여전히 인간에 대한 의아한 점으로 가득 찬 상태였죠.

가령 인간 수컷—양해해 주십시오. 이건 뼛속까지 인간화가 진행되지 않은 때의 생각이니까요—들은 왜 저렇게 두툼하고 짧은 족쇄에 매어 있을까. 만물의 영장인 인간만큼 자유로운 존재는 없다고 하지만 저들은 왜 직장이라는 개집에서 한나절 동안 매어 있지 않으면 안 되는 걸까. 점심 식사를 할 때도 직장 반경 몇 미터 내로 족쇄의 길이가 허락하는 만큼의 거리에서만 밥을 먹는다. 퇴근하면 부부라는 이름의 족쇄가 걸려 있는 집으로 돌아간다.

인간들은 왜 사랑이라는 이름의 목줄을 서로에게 채우는 것일까. 사랑이라는 말이 없다면 인간은 오히려 자유롭게 사랑할 수 있지 않을까. 결혼이란 공인된 성관계일 뿐인데 왜 그렇게 중요하게 여기는 걸까. 저는 정말로 궁금했습니다. 처음엔 그런 것들을 일일이 어머니에게 물어보았지만 그 대답은 대부분 같았습니다. "다들 그렇게 산단다. 인간이라면 말이야."

인간에게 인간에 대한 의문을 표하는 것보다 멍청한 짓은 없단 걸 깨닫게 되었지요. 답을 구하기 위해선 인간의 정신과 생활을 완벽히 숙지할 필요가 있었으므로 저는 학업에 열중했고 그 결과 사회 시간에 배운 대로 이런 결론을 내리게 되었습니다.

인간은 사회적 동물이다. 모여들어서 친교를 나누길 좋아

한다. 그들은 그들 전용의 언어가 있을 만큼 교양이 있다. 그들은 더 향긋하고 깨끗한 모습만을 서로에게 보여주길 원한다. 그래서 혼자 똥 싸고 몸을 씻듯 성교도 칸막이 안에서 몰래 하는 것이다. 단, 성교는 혼자 할 수 없으니 같이 할 수 있는 파트너를 정한다. 똥을 싸도 거리에서 싸면 벌금을 내지만 화장실에서 싸면 아무 일 없는 것처럼 짝짓기도 아무하고나 하고 다니면 문제지만 정해진 사람과 하면 용인된다, 라는 것이었습니다. 시간이 더 흐른 뒤 전 이 해명에 몇 마디를 보탰습니다. 하지만 거리에 똥을 싸도 걸리지만 않으면 벌금 물 필요가 없듯이 아무하고나 짝짓기를 해도 잘만 감추면 욕먹지 않는다. 이상의 결론에서 저는 인간만큼 인간의 시선을 의식하는 동물은 없다는 걸 알게 되었습니다. 그 이유는 인간이 사회적 동물이기 때문이고요.

말씀드린 것처럼 청소년기, 그러니까 고등학교에 진학하기 전에 저는 인간화 최종 테스트를 받았습니다. 그때 심층면접관의 질문이 아직도 기억에 남는군요. "자네는 이 테스트를 거쳐 몇 군데 성형을 하면 내외적으로 인간이 되었단 걸 인증받아 주민등록증이 발급될 걸세. 마지막으로 묻겠네. 정말 인간이 되고 싶은가? 왜?" 저는 솔직히 이야기했습니다. "만물의 영장이 인간이라는 건 인간이 만들어낸 말입니다. 인간들은 자신들이 인간이라는 것만으로 뭉치길 잘하고 뻐기기 좋아합니다. 그렇기에 전 완벽한 인간이 되어 그들이 두 팔 벌려 환영하는 인간이 돼 보일 겁니다. 인간들 스스로가 자기 무리에 끼워넣고 싶어 하는 그런 인간이 되고 싶습니다." 그러자 면접관은 씨익 웃으며 답하더군요. "인간이 되면 그들과 스스럼없이 어울릴 수 있을 거 같나? 인간이 되어도 인간과 어울릴 수 없다는 고독감을 느낄 때 자네는 진짜 인간이 될 수 있을 걸세." 당시로선 뚱딴지같은 얘기였습니다. 내가 공인된 인간이 되면 어떤 인간하고나 막역하게 될 줄 알았으니까요.

저는 부모님과 함께 시험 결과를 초조하게 기다렸습니다. 너무 솔직히 얘기한 게 아닌가 걱정했지만 당당히 합격했고 통보를 받는 즉시 성형을 위해 병원으로 갔습니다. 압박침대에 사지가 묶인 채 눕혀진 저는 마취제를 맞고 코와 꼬리, 그리고 견갑골에 기형적으로 툭 튀어나왔던 작은 근육을 절단하는 수술을 받았습니다. 팔을 격하게 움직이면 저를 허공으로 안내해주었던 날개는 기형 근육의 발달이라 해서 이미 오래전부터 억제약물 치료를 하고 있었으므로 떼어낸 근육은 꼭 쥔 아기 주먹처럼 작고 비틀려 있었어요.

언젠가 어머니는 그것을 날개라고 했다가 아버지에게 호된 꾸중을 들었습니다. "그건 그냥 기형이야. 날개란 건 우리들이 상상해낸 것에 불과하다고. 인간 중에 날개를 가진

자가 있나?" 어머니는 고개를 숙이고 아무 말도 못했습니다. 나를 인간으로 키우고 싶다면 날개라는 말은 쓰지 말라고 단단히 다짐받은 뒤부터 엄마는 제 견갑골 쪽에 툭 비어져 나온 근육을 만져보지 않았습니다. 저 또한 팔을 양쪽으로 힘껏 펼쳐 날갯짓하듯이 앞뒤로 휘두르지 말라는 당부를 받았습니다. 근육수축제를 먹고 있던 터라 양팔을 움직여도 등의 근육이 말라붙어 같이 파닥대며 움직이는 일은 없어졌습니다.

그것이 점점 등 쪽으로 달라붙으면서 학교 친구들은 저를 곱추라고 놀리기 시작했습니다. 그러니 마취된 채로 그 근육이 떨어져나갈 때 제가 얼마나 큰 쾌재를 불렀는지 여러분은 모르실 겁니다. 저는 비인간 유전인자 중에서도 특이한 편에 속했으니까요. 여기에 귀가 토끼처럼 길거나 코가 강아지처럼 검고 뭉툭한 분은 있어도 저처럼 곱사등인 분은 없는 것 같군요. 있다면 손들어주십시오. 역시나, 없네요.

그날 이후 저는 보시다시피 꽤 길쭉한 코를 가진 인간이 되었습니다. 학교에 입학하던 첫날, 아이들은 대부분 나와 친해지려고 하더군요. 골격이 크고 근육이 발달되어 있던 제가 몸에서 비인간적 요소를 제거하고 보완하자 썩 나쁘지 않은 인간, 그래요, 인간으로 비쳤나 봅니다. 사실 그건 거울을 보는 제 스스로도 하고 있던 생각이었습니다.

저는 곱추라고 놀림 받긴커녕 학급회장 후보로 추천되었고 제 주변엔 친구들이 암술을 둘러싼 꽃잎처럼 그렇게 몇 겹씩 둘러싸고 있게 됐습니다. 저와 함께 꽃잎의 정 가운데 속해 있던 슈르허와 복도를 지날 때면 다른 반 여자아이들이 눈부셔하며 속닥거리는 게 분위기로 느껴졌습니다. 무리 중에서도 친우는 있게 마련이니까요. 우리가 주전으로 함께 뛴 뒤 물을 나눠 마시는 시간을 저는 특히 좋아했습니다. 더없이 맑고 시원한 물이 영혼으로 스몄고 전 어떤 갈증도 느낄 수가 없었습니다. 세상에 목마름이라는 단어가 있는지도 헷갈렸으니까요.

곱추로 놀림 받던 시절, 제가 그렇게나 끼어들고 싶어 했던 인간 아이들의 무리 그 가운데 있게 된 기분은 참으로 감격스럽더군요. 저는 집과 학교에서 배운 대로 인간으로서 필사적일 만큼의 배려를 베풀었고 그 결과 저를 따르는 아이들은 더 많아졌습니다. 하지만 아이들이 나를 가까이하는 것과 같은 이유로 저를 싫어하고 적대시하는 아이도 생겨났습니다. 제가 먼저 다가서봐도 더욱더 멀어지기만 하더군요.

특히 제비스라는 아이가 그랬습니다. 송곳니가 유난히 뾰족한 제비스는 개구쟁이처럼 볼똑 튀어나온 양 볼에 주근깨가 있었습니다. 입가엔 한쪽 꼬리를 말아 올린 조소를 늘상 걸치고 다녔는데 그 묘하게 성숙하고 노쇠한 입가가 위의 얼굴이 주는 앳된 느낌을 비겨 없애는 야릇한 데가 있는 아이였죠. 그는 몰려다니는 친구가 없었는데 그 자신이 적극적으로 동료를 찾지도 않을뿐더러 접근하는 교우도 적당히 대꾸하며 쫓아버리는 듯했습니다. 제가 말을 걸 때도 전혀 이치에 닿지 않는 엉뚱한 대답을 했고 저는 창피와 무안을 당하며 그에게로 향하는 내면의 발걸음을 멈춰 세워야만 했으니까요. 그런 저를 슈르허는 못마땅한 눈길로 바라보았어요. 슈르허는 꽃의 밖과 안을 철저히 구별하여 그 바깥에 있는 아이와는 시선도 맞추지 않았습니다.

인간이라는 동물도 종이 같다고 모두가 한데 어울리지는 않는다는 걸 그들의 바깥에서 지켜볼 때도 알고 있었지만 금 안에 들어가자 상상도 못했던 만큼 복잡한 일들이 수시로 벌어지더군요. 하지만 저는 겉으로 내색하지 않으며 어떤 것이 인간적인 대처방식일까 고민한 뒤 행동했습니다. 저의 성정과 평판은 더더욱 좋아져 학교의 우등생이자 모범생으로 교장의 훈화 시간에 불려나가 상을 받았습니다.

하지만 그것도 잠시 저는 씻을 수 없는 상처를 입고 말았습니다. 두 귀를 막은 채 처절한 절규를 내지르는 인간, 도깨비라고밖에 부를 수 없는 괴수 같은 인간이 조그만 아기를 딱딱한 과자 먹듯 두 조각 내어 씹고 있는 모습, 의자에 앉은 채로 불에 타 녹아내리며 지르는 죽음의 현장, 고등학교 수

학여행으로 간 루브르 박물관에서 저는 벽에 걸린 그 그림들을 보다가 졸도했습니다. 그러곤 깨어나서, 드리기 정말 민망한 말씀이지만, 저를 지켜보고 있던 양호 선생님 위에 올라탔습니다. 저를 둘러싸고 있던 친구들이 말리려고 하자 그들의 목덜미를 물어뜯어 피를 나게 했습니다.

흥분한 저는 제가 뭘 어떻게 하는지도 느낄 수 없었고 들이닥친 경비원이 제 목에 줄을 걸고 숨이 막힐 정도로 죄고 나서야 복종을 했습니다. 나중에 알게 된 것이지만 어린 시절 제 목에 걸렸던 줄과 같은 재질의 끈이었는데 비인간 유전자와 범죄인을 묶는 올가미는 같다고 하더군요.

저는 깨달았습니다. 액자에 담겨 있던 그림들이 제 본능을 일깨웠다는 것을요. 물론 뭉크의 '절규'나 고야의 '아이를 먹는 괴물' 등은 고전의 명작으로 생활 여기저기서 접해 오던 것들이었습니다. 하지만 그렇게나 큰 사이즈로, 더구나 원본을 보기는 처음이었던 저는 그 그림들이 제 시각을 통해 들어와 내 안의 가장 깊은, 저조차도 있는 줄 몰랐던 곳을 건드렸다는 것을 본능적으로 알아버렸던 것입니다. 그것은 성감대보다도 민감하고 달팽이관의 퇴로보다도 섬세해서 어떻게 그토록 오랜 시간 숨겨져 있었을까 의문이 드는 지점이었습니다.

그날 이후 저를 충실히 따랐던 친구들은 저를 흘끔흘끔

바라보기만 했습니다. 자기들이 속한 금 밖에 위치한 저를 금 안에서, 저희들끼리 킥킥대거나 수군대다가 한 번씩, 생각났다는 듯 고개를 비틀어 쳐다보더군요. 슈르허는 그 경멸 어린 시선조차도 주는 법이 없어서 저는 엄청난 상실감에 시달려야만 했습니다. 반대로 저를 적대시하던 제비스가 다가와 내 어깨를 치며 너의 폭발은 정말 멋졌다고 속삭이는 것이었습니다.

그 아이는 유난히 길쭉한 송곳니를 가지고 있었는데 박물관에서 그림을 볼 때 내 옆에서 작게 으르렁댔었고, 그림과 함께 그 소리에 이성을 놓아버린 제가 그렇게 날뛰었던 것입니다. 당연히 저는 그 아이를 멀리했죠. 그런데도 자꾸만 따라붙어 얼마나 귀찮았는지 모릅니다.

"너와 난 동류라고."

어느 날, 청소를 마치고 학교 운동장을 가로지르는 제게 녀석이 다가와 말하더군요. 녀석을 등 뒤에 남겨둔 채 걸음을 빨리하는 내게 그는 외쳤습니다.

"재밌는 거 말해줄까?"

어떤 재미진 얘기라도 그 녀석한테 듣고 싶은 마음은 없었지만 흘러나오는 말은 제 발길을 잡아 세웠습니다.

"박물관에서 으르렁댄 건 나뿐만이 아냐. 우리 반 애들의 숨이 가빠지고 이마의 힘줄이 튀어나오는 걸 넌 못 본 거냐?"

기억을 헤집어보니 그랬던 것도 같았습니다. 그림을 볼
수록 얼굴이 하얗게 질리는 슈르허의 팔을 잡으며 괜찮냐고
묻자 아플 정도로 뿌리치는데 식은땀 밴 축축한 손이며 그
눈동자가 평소와 달리 무척 커져 있어 저는 동물적으로 위
험을 감지하고 슈르허와 떨어져 걸었던 것입니다.

"재수 없게 네가 제일 빨랐던 거야. 네가 먼저 흥분하지
않았으면 다른 애가 날뛰었을걸? 이 학교, 이상하지 않냐?
반의 모든 애들이 체력이 특급이고 점심 급식을 한 다음엔
비타민을 챙겨 먹어. 네가 먹는 비타민도, 사실은 인간 호르
몬 아니냐? 너, 비인간 유전자를 갖고 있지?"

들켰다는 생각에 꼼짝도 할 수 없었어요. 하지만 그 애는
더 놀랄 만한 얘기를 하더군요.

"표정을 보니 맞군. 너뿐이 아냐. 비타민 통에 호르몬제
를 가지고 다니는 애가. 이 학교는 비인간 유전자를 가진 동
물을 모아놓은 사육장일 뿐이라고."

"말도 안 돼. 난 벌써 세 번의 인간화 테스트를 끝낸, 인간
이라고!"

제가 반박하자 녀석은 씨익 웃으며 자기도 그렇다고 대꾸
했습니다. 그러면서 이건 테스트라는 언질 없이 치르는 시
험이라고 하더군요. 미칠 것 같았습니다. 이제 막 인간이 됐

는데 동물로 날뛰는 모습을 보였으니 녀석의 말대로 학교생활이 테스트의 연장이라 한다면 저는 틀림없이 동물로 강등되어 탈락했을 테니까요.

"바로 퇴학당하는 일은 없을 테니 걱정하지 마. 사회에 풀어놓기 전 마지막 3년간 우리를 간 보려는 거니까 앞으로 더 인간으로서 생활한다면 무사히 졸업하게 될걸?"

녀석의 말은 곧이곧대로 믿기 힘들기도 했지만 덮어놓고 아니라고도 할 수 없는 논리를 녀석은 갖고 있었습니다. 그런 것을 어떻게 아느냐는 제 질문에 녀석은 예의 그 희떠운 웃음을 띠며 말했습니다.

"이 학교에선 누구나 인간으로 인정받기 위해 남을 의식하지. 남들의 시선을 통해 나를 보는 거야. 하지만 나의 눈으로 남들을 보면 보여. 나 말고도 눈치 빠른 몇 놈들은 이미 이 사실을 알고 있다고."

전 삶의 의지를 잃었습니다. 여러분도 그런 적 있으시겠죠? 내가 최선을 다해서 이루고 싶은 것이 있는데 주변 상황과 여건이 자꾸만 나를 귀찮게 굴어 나의 의욕과 노력을 꺾어놓을 때 말입니다. 그 환경이란 놈이 나를 가만히 내버려만 둬도 좋겠는데 그 발로 내 다리를 걸고 쓰러진 나를 보며 비웃을 때 말입니다. 곧 떨치고 일어나 다시 달려가려고 하지만 집요한 놈은 내 다리를 걸고 걸고 또 걸어서, 힘겹게 일어나도 무릎과 다리가 상처투성이가 되어 발을 떼어놓기도 어려운 상태가 돼 있을 때 말입니다. 열심히 하려는 의지가 넘쳤던, 꼭 그만큼 깊은 절망과 비감에 빠지게 되죠.

하지만 그런 상태에서라도 한 발짝이라도 옮기는 것이 인간 아닐까요? 가 닿을 수 없어도 목표점을 향한 최후의 한 발을 떼는 것이 동물과 다른 인간 정신이 아닐까요? 전 무너지려는 스스로를 일으켜 세워 눈곱만큼 남은 힘으로 녀석을 벗어나 학교를 빠져나왔습니다.

"넌 우리가 인간의 관리를 받아 동물에서 벗어난다고 생각하지? 실은 인간이야말로 관리되고 관리된 결과로 탄생한 동물이 아닐까?"

제 뒤에 대고 녀석이 던진 말은 우렁우렁 울리는 메아리처럼 뇌리에 박혀 여러 날 동안 저를 괴롭혔습니다. 그 뒤 저는 더욱더 올바른 행동만 했습니다. 보는 이가 없어도 거리에 떨어진 휴지를 주웠고 따돌림당하는 아이와 같이 놀았으며 숙제를 해오지 않은 친구에게는 제 걸 빌려주고 그 대신 혼나기도 했습니다.

또 기숙사 뒤편에 진흙투성이인 언덕을 잔디와 꽃을 심어 나비가 날아드는 화원으로 바꾸어 놓았지요. 그 진흙구덩이는 아주 오래전, 죽은 학생이 발견되었다는 소문이 돌아 아무도 가까이하지 않는 흉흉한 곳이어서 화원의 방문객은 저와 교직원들이 대부분이었고 불 꺼진 밤중엔 아무도 들지 않았지만 저는 꽤 만족스러웠습니다.

저의 바른 행실에 선생님은 입에 침이 마르도록 칭찬하셨고 아이들은 더욱 냉랭해졌습니다. 저는 전교 1등을 놓치지 않았고 다도, 승마, 클라리넷 등 인간이 향유할 수 있는 고상한 취미와 예의와 범절을 온몸에 두르고 휘감았습니다.

겉보기엔 흠잡을 데 없는 인간이 된 저는 그러나 아직도 때때로 인간세계에 대한 환멸과 불신에 사로잡히곤 했습니다. 그중 하나가 바로 예술이었습니다. 온갖 추악하고 잔혹한 장면들을 예술은 정면으로 노출하고 있었습니다. 좋은 옷으로 꼭꼭 가리고 숨겨서 제일 좋은 향수를 뿌려야 할 부분을 거리낌 없이 드러낸 장면들을 보면서도 인간들이 왜 눈살을 찌푸리거나 혀를 차면서 그림을 벽에서 떼어내 짓밟고 던져서 부수지 않을까, 왜 못 본 척하지 않고 네모난 액자 속을 깊숙이 응시할까 정말로 궁금했습니다. 같은 미친 짓이라도 그것이 전시관에 걸려 있으면 사람들은 탄성을 내며 좋아했으니까요.

방화, 정신 분열, 정상적인 것에 대한 적의, 그 모든 것들이 네모난 프레임 안에 있으면 예술이 되었습니다. 하지만 제 눈에 진짜 예술을 사는 사람들은 정신병원이나 감옥에 갇힌 사람들이었습니다. 인간들은 예술을 보길 즐기면서도 왜 예술을 살아내는 사람은 그토록 경멸하는지 모를 일이었습니다. 부랑자, 미친 사람을 그렇게 환멸하면서 왜 그들이 그린 그림이나 만든 음악, 써놓은 글귀는 그토록 기껍게 흠향하는지요.

저는 감옥에 난 작은 창문을 보듯이 예술에 눈을 빼앗겼습니다. 그러나 아시다시피 그것은 보통 인간들과는 다른 이유였습니다. 예술을 위해 불을 지르고 환희에 떠는 주인공이나 처제를 취하면서도 기쁨에 겨워 헉헉대는 남자의 모습은 눈살이 찌푸려지면서도 더 주의 깊게 쳐다보게 되는 무언가가 있었습니다. 그러다 보통의 삶이 처리하지 않는 것, 일상의 표면에서 포함하지 않는 것을 죄다 예술이 떠안는다는 걸 알았습니다. 인간들은 '여기까지가 인간의 삶'이라고 정한 대강의 경계 안에서만 생활하고 그 테두리 안에 속하지 않는 것들은 무의식이라는 어둠에 묻어버렸는데 그 어둠에서 재료를 캐내어 만든 것이 예술이었습니다.

예술은 그나마 공인된 반인간적인 행위였던 것입니다. 인간에게 직접 가하는 것이 아니라 액자나 화면이라는 프레임 안에서만 용인되지만요. 학교 친구들은 쉬는 시간마다 잡지나 영상이라는 프레임 속의 외설적인 것들을 공유해 돌려보았습니다.

그러나 그런 것들 속의 여자 나체는 제게 큰 기쁨을 주지 못했습니다. 제겐 오히려 파닥이는 나비 날개가 성욕을 불러일으켰습니다.

날개가 짓이겨지지 않게 엄지와 검지로 살짝 잡아챈 나비의 회전하는 더듬이와 파르르 떠는 눈을 본 적 있습니까? 벨벳같이 부드러운 날개 가운데로 여느 곤충과 다를 바 없이 흉한 검고 길쭉한 몸뚱이를 은폐하는 나비. 날개로만 이루어져 있든지 검은 몸통으로만 존재하든지 하지 이 어울리지 않는 조합은 뭐란 말입니까? 아름다움의 갈피 안에 접어놓은 흉악함!

모두가 잠든 밤이 되면 기숙사 뒤편 동산에 올라 나비를 잡았습니다. 저는 파닥이는 날개를 찢고 그 조각들을 얼굴에 문지르며 냄새 맡았습니다. 입에는 침이 고이고 땀이 밴 발바닥은 끈적해졌습니다. 나는 숨을 몰아쉬며 채집통에 모아둔 나비를 한꺼번에 꺼내 있는 힘껏 갈라버렸습니다. 높이 뜬 달이 구름에서 나왔을 때 화단 주변을 서성이는 어두운 실루엣이 보였고 저는 기척을 쫓았지만 그 자리에 남은 건 날개가 잘려 잔디에 버려진 나비였습니다.

그날 이후 저는 누군가 나의 특이한 취향을 엿본 것은 아닌지 불안해졌습니다. 밤이 되면 후원에 나가는 대신 나비 사진을 보고 약품을 부어 바싹 말려놓은 나비를 부스러뜨렸지만 생생히 살아 있는 호접의 감촉이 자꾸만 저를 유인했습니다. 그날 뜬 보름달처럼 유달리 크고 노오란 나비를 잡고 손에 힘을 주는데 풀숲에서 뒤척이는 소리가 나며 누군가 일어났습니다.

소리도 못 지르고 그쪽을 바라봤지요. 아프게 쥔 주먹 안에서 나비 날개가 조각나 버석댔습니다.

"악령을 본 듯한 얼굴이군."

목소리의 주인공은 제비스였습니다. 처음엔 악에 받쳐 노려봤지만 차라리 그인 게 다행으로 여겨졌습니다. 최소한 누군가에게 이 사실을 떠벌릴 것 같진 않았으니까요. 열 개의 손가락을 통해 온 힘이 빠져나가는 게 느껴졌고 펴진 손바닥 아래로 날개 조각들이 떨어졌습니다. 나비가루 묻은 손바닥이 따끔대며 희망도 생겨났습니다. 막 나비를 잡은 찰나였기에 그는 내 취향의 심부를 엿본 건 아니니까. 기대를 깨며 그는 말했습니다.

"인간도 아닌 우리가 왜 인간 여성에게 성적 호기심을 느껴야 할까? 이상하지 않아? 사회는 왜 누구도 아닌 인간 여성과 섹스하라고 부추기는 걸까."

내가 나비를 짓이겨뜨리는 걸 본 건가? 부서뜨리며 식은땀이 나고 가쁘게 숨 쉰 걸 본 건가? 물음에 대한 답을 그의 얼굴에서 읽어내려 했지만 허사였어요. 이마를 훔치고 싶었지만 얼굴에 묻은 나비가루가 코나 입에 들어가면 호흡곤란을 일으킬 수도 있기에 손바닥을 바지에 문질러 닦으며 그를 노려보는 수밖에 없었습니다. 제비스는 평상시와 같은 어조로 이야기할 뿐이었어요.

"우리가 인간의 예법을 배우듯 본능도 학습되는 거라고 생각되지 않아? 어른을 보면 인사하는 것처럼 여자의 몸을 보면 성 기호로 수용하여 몸에 일부가 불편해지는 반응을 내보내야 한다. 그래서 이때 사회는 포르노 잡지와 영상을 유포해서 몰래 보고 많이 보라고 독려하는 게 아닐까? 본능에 익숙해지는 법을 깨우쳐야 하니까. 여성보다 남성이 더 적극적이며 참기 힘들어한다는 본능의 성질도 사실은 후천적 학습으로 훈련된 게 아닐까 싶어."

그렇게 따지면 내가 어린 시절, 테이블에 앉은 여자에게 달려들었던 일은 어떻게 해석해야 될까요. 당시만 해도 인간의 모습이 아니던 제가 인간 여자에게 본능을 발휘한 거니까요. 제비스는 간단히 정리했습니다.

"존재가 미분화됐을 때니 인간을 포함한 모든 생물과 통할 수 있었을 거야. 네 앞에 생물이라곤 인간밖에 없었잖아? 비인간 유전자를 키우는 가정은 법적으로 어떤 애완생물도 키울 수 없어. 인간에 둘러싸인 비인간 동물에게 삶으로 본을 보여주는 거지. 너랑 난 실험 개체 몇 호일까?"

난 실험 개체 따위가 아냐. 인간이다. 인간화 테스트를 통과한 인간이라고.

반박하고 싶었지만 말이 되어 나오진 않았습니다. 그는 나의 침묵을 동의로 알아들었는지 손에 쥐고 있던 사과를 위로 높이 던졌다 받으며 말했습니다.

"난 사실 반으로 가른 사과를 보면 입 맞추고 싶다는 생각을 해. 먹고 싶은 마음은 조금도 안 들어. 오히려 남의 입에서 아작아작 조각나는 사과를 보면 내 살이 아프고 내 뼈가 시린 느낌이야. 내 유전자엔 분명 식물의 것도 들어 있는 것 같다."

그 순간 왜 그리도 편한 느낌이 났을까요. 그의 말 속엔 그와 내가 인간이 아니란 전제가 깔려 있었는데도 말이죠. 나는 인간이다, 라는 신념을 되새길 때보다 인간이 아닐 수도 있다는 생각을 하자 안도감이 들다니 이상한 일이었어요. 슈르허와 물을 나눠 마실 때와는 또 다른 기분이었습니다. 그와 나 사이의 비어버린 물통이 우리의 유대감을 굳게 했다면 제비스와 이야기 나눌 땐 마음이 떼고 또 떼어먹어도 처음보다 더 크게 부푸는 빵 같아졌습니다.

그 밤을 계기로 제비스와는 이상하게 편해져 같이 다니게 되었지요. 선생님은 내가 따돌림당하는 친구와 노는 인간적인, 너무나 인간적인 아이라고 칭찬하셨습니다. 저는 친구들의 심부름을 하지 않게 되었고 아이들 사이에서도 저에 대한 우호적인 뭔가가 암묵적으로 자리 잡게 됐음을 피부로 알 수 있었습니다. 적어도 그 반에서 선생님이 '인간적인'이라는 수식어를 붙인 유일한 학생이었으니까요. 동경에 가까운 수식어의 주인공 저를 이제까지와는 좀 다르게 대하기 시작한 거지요.

저를 조금씩 친근하게 대하는 아이들과 달리 슈르허는 그들 대신이라는 듯 깔보는 눈초리로 저를 지그시 응시했습니다. 뒤통수에 뭔가 달라붙었다는 느낌이 들어 고개를 돌리면 슈르허가 저를 겨누어보고 있었어요.

저는 더 이상 슈르허의 옆자리가 탐나지 않았습니다. 그와 물을 나눠 마신다든지 그가 가져온 간식을 함께 먹고 싶지 않았습니다. 저는 제비스와의 학교생활에 만족했어요. 그런데 학부모 참관일을 앞둔 어느 날이었습니다. 체육 시간, 여느 때처럼 벤치를 지키느니 제비스와 비어 있는 농구대를 접수하기로 했죠. 그런데 축구를 하던 슈르허 무리가 농구코트로 오는 게 아니겠습니까? 그들은 팀을 짰고, 농구하려던 제비스와 전 축구로 종목을 바꿔서 운동장 가운데로 발길을 옮겼지요. 그때 한 아이가 저를 불러 한 명이 모자란다며 같이 뛰자고 하더군요. 저는 거절했습니다만 제비스와

축구를 하는 틈틈이 시야의 한 켠에 비치는 농구코트를 훔쳐보았습니다. 모두가 내게 패스하고 최고의 플레이였다며 손바닥과 손바닥을 마주쳤을 때의 짜릿한 느낌이 되살아났어요. 다른 생각을 하는 사이 완급 조절에 실패한 저는 정면으로 달려오는 제비스를 향해 달렸고 급히 방향을 틀며 속력을 줄이려던 제비스는 넘어져서 발목이 꺾였습니다.

그건 물론 사고였어요. 제비스는 교내 병원에 머물렀고 저는 다시 혼자가 되었습니다. 익숙해져 있던 터라 별달리 문제 될 건 없었어요. 슈르허가 저를 꽃의 안쪽으로 불러들이기 전까진 말입니다.

교실에 도는 전자담배는 슈르허의 것이었고 아이들은 선생님 몰래 그것을 몇 모금씩 빨곤 돌렸어요. 그것이 제게도 전해진 겁니다. 바로 어제까지만 해도 나는 쏙 빼고 내 주변에서 주거니 받거니 하던 전자담배를 다른 친구에게서 전해받은 기분을 아시겠습니까? 처음엔 누구에게 전해주라는 것이겠지 싶어 건네준 아이를 쳐다봐도 그는 더 이상 아무런 눈짓도 하지 않았습니다.

하지만 전 그 전자담배에 손을 댈 생각이 전혀 없었습니다. 고작 이것 한 모금으로 꽃의 안쪽으로 받아들여질 리 없잖은가, 싶었지만 마음속에서 어떤 감정이 스윽 의식을 밀치고 고개를 디밀더군요. 저는 차가운 마우스 피치에 입을 대고 한 모금 빨았습니다. 기껏 전해줬는데 안 피우고 넘기는 것도 예의가 아니지, 라고 생각하며 그보다 깊은 심중의 이유를 무시했습니다. 그러고 나서 담배를 넘기는데 슈르허가 저를 보고 있더군요. 저는 고개를 돌렸지만 시선을 옮기는 시야의 주변으로 그가 싱긋 작은 미소를 짓는 것이 보였습니다. 그날 점심이 되자 저는 친구들로 둘러싸인 꽃의 안쪽에서 밥을 먹었고 식사가 끝나자 슈르허는 화려한 후식 용기를 풀었습니다. 그 안엔 잘 깎인 과일들이 들어 있었는데 그것을 주욱 돌리자 아이들이 한 조각씩 집어 들었어요.

절대로 과일 맛을 보고 싶었던 게 아닙니다. 친구들과 둘러앉아 같은 걸 씹어서 삼킨다는 게 중요했지요. 우린 비슷한 속도로 저작하며 우리 사이에 흐르는 오렌지 향기와 멜론의 단물, 체리의 톡톡 터지는 식감을 느꼈습니다. 그 순간, 같이 느끼는 일 이외에 대단한 것은 세상 어디에도 없었습니다.

친구들은 미술관에서 나의 폭발을 보기 이전처럼 나를 대했습니다. 그들과 나 사이에 꽤 오랜 시간적 단절이 있었는데도 그들은 그것을 무시했습니다. 어색해한 것은 내 쪽이었지만 점차로 적응이 되더군요. 제비스가 완전히 나아 교실로 돌아오는 일이 없었으면, 하고 바라기도 했습니다.

친구들과 더 자연스럽게 어울린 날이면 한밤중 기숙사 후원에서 나비들을 더 세게 찢고 짓이겼습니다. 방에서 나비 사진을 자르는 걸로 만족하려 했지만 종이를 자를 때와는 다른 쾌감이 손가락을 통해 온몸으로 번졌습니다. 날개에 묻은 나비가루가 손끝을 통해 혈관을 타고 몸 곳곳으로 퍼지기라도 하듯 몽환적인 희열이었죠. 거기 취해 헉헉댈 때였습니다. 기척을 들은 겁니다.

기척의 진원지로 달려간 저는 제가 찢은 것보다도 훨씬 많은 나비가 갈가리 부서지고 짓찧어진 채 버려진 걸 보았습니다. 불길한 예감이 저의 뒤통수를 잡아당겼고 그 느낌을 따라 돌아보니 슈르허가 저를 응시하고 있었습니다. 그의 손에 묻은 가루가 달빛을 받아 반짝이는 게 꼭 비늘 같았습니다. 번득이는 그의 눈빛 같기도 했고요. 나비가 피 대신 흘린 나비가루들이 뿜어내는 냄새에 코가 마비되고 정신이 아뜩해졌습니다. 그는 제 시선을 눈치채곤 양손을 등 뒤로 접어넣었죠. 수풀 여기저기서 반 아이들이 머리를 디밀었고 슈르허의 얇은 입술이 미묘하게 떨리며 말려 올라갔습니다. 마술사가 밧줄 가운데를 사뿐 디뎌 서면 출렁임이 번져 나가다 이윽고 양옆으로 팽팽하게 당겨지는 순간처럼 말이지요.

저는 기숙사에서 자고 있는 제비스를 후원으로 불러냈습니다. 그는 절뚝거리며 아무런 의심 없이 따라오더군요. 지금 생각해도 껄끄러운 일입니다만, 제 앞에서 눈을 빛내는 슈르허에게 무엇이든 들어줘야만 하는 상황이었습니다. 인간이거나 인간이기를 지향하는 여러분이 더 잘 아실 겁니다. 누구에게든 기왕이면 더 나은 존재로 각인되고 싶어 하는 습성이 우리에게 있다는 걸 말입니다. 부모님 앞에서 저는 더 떳떳한 인간이 돼 보이고 싶었던 겁니다. 이제 겨우 교실이라는 망망대해 안에서 균형을 잡은 돛단배처럼 흐르고 있는데 외딴섬처럼 떨어져 밥 먹는 모습을 보여드릴 순 없었습니다. 미풍이 불고 잔잔한 물결이 이는, 바다의 아슬아슬한 평형 상태는 슈르허의 눈짓 한 번에 물기둥과 해일이 치솟는 지옥으로 변하리란 걸 잘 알고 있었으니까요. 친구들과 둘러앉아 오렌지 알갱이를 톡톡 터뜨리며 씹어 넘길 때의 시원하고 상큼한 향기를 잃고 싶지도 않았습니다.

제비스를 잡은 한쪽 손이 진득한 땀으로 번들댔고 그를 밀어 넘어뜨릴 한쪽 손은 차갑게 식었습니다. 진흙구덩이 앞에서 제비스는 걸음을 멈추고 무슨 일이냐고 묻더군요. 저는 고개를 숙인 채 작게 물어보았습니다. 이 구덩이 속으로 들어가줄 수 있겠느냐고. 내 말이 잘 들리지 않는지 그는 고개를 디밀며 크게 되물었습니다. 조금 있다가 와서 꺼내주겠노라고, 저는 입안으로 우물거렸습니다. 제비스가 외쳤습니다.

"무슨 말이야? 알아들을 수 있게 얘기해 봐!"

갑자기 수풀에 숨어 저를 지켜보고 있을 슈르허와 친구들이 의식됐습니다. 요리해야 할 대상에게 요리당한다고 비웃진 않을까? 두려워진 전 괴성을 지르며 제비스를 어두운 구덩이 속으로 밀어넣었습니다.

그날 밤 일은 더 이상 기억나지 않습니다. 제가 어떻게 기숙사에 돌아왔는지, 언제 잠들었는지도요. 다음 날 아침, 알람을 끄며 일어난 저는 여느 때처럼 세면을 하고 등교할 때까지 아무것도 떠올리지 못했습니다. 조회 시간에 들어온 선생님이 후원의 구덩이에서 제비스가 기절한 상태로 발견되어 응급차에 실려 갔다고 말하기 전까지는요. 선생님은 구덩이에서 수백 장의 나비 사진과 찢어진 날개가 있었다며 그와 가장 깊이 어울려 다니던 저에게 물었습니다. 그의 나비에 대한 취향을 알고 있었느냐고요.

"유명했어요. 교실에도 나비 사진을 갖고 왔다가 가방이 벌어져 바닥에 떨어뜨린 적도 있었다고요."

누군가 얘기했고 맞아, 맞아 하는 소리가 여기저기서 들려왔습니다. 선생님은 시선을 내게서 떼지 않고 있었고 그녀가 내게 대답을 요구하고 있다는 걸 알았어요. 무대 위 조명이 비추는 것처럼 아이들의 시선이 내게 쏠렸습니다. 저는 천천히 입을 뗐습니다. 딸꾹질이 나려고 했지만 삼켜버렸습니다.

"제비스는 나비성애자였습니다. 나비를 보고 찢으며 쾌감을 느끼곤 했죠. 남들 눈에 띄지 않는 후원 구덩이에서 그런 일들을 해온 걸로 알고 있습니다."

좌중은 조용했고 제비스는 퇴학을 당했습니다. 학부모 참관일에 저는 꽃잎의 가장 안쪽에 선 저의 모습을 부모님에게 마음껏 보여드릴 수 있었습니다. 축구에선 미드필더를 맡아 활약했고 슈르허와 물을 나눠 마셨습니다. 오렌지 향기에 둘러싸여 아이들과 간식을 먹기도 하고요.

방학이 되어 녀석의 주소지로 찾아가 서성댔지만 역시나 만날 수 없었습니다. 아마도 누군가의 아침 식탁에 쪄지거나 프라이된 상태의 달걀로 올랐겠지요. 녀석은 어차피 완전한 인간으로 안착할 가망이 별로 없던 놈이었다. 인간이 아니라는 것은 하등한 짐승이며 미물일 뿐이고 그런 것에게 감정이 있을 리 없다, 라고 생각했지만 이따금 녀석이 나오는 악몽에 시달렸습니다. 당시엔 그것이 어떤 감정인 줄 몰랐지만 많은 인간과 또 인간을 지향하는 이들을 상담하는 지금은 분명히 말할 수 있습니다.

그건 죄책감이었어요. 하지만 그 죄가 저를 인간으로 만들었습니다. 창조주가 인간의 형상을 만들어놓고 코에 생기를 불어넣은 그 순간처럼 내밀한 죄가 드디어 저를 인간으로 완성시킨 것입니다. 정말 숨기고 가려야 할 것이 생긴 저는 여느 때보다 깨끗이 씻고 단정히 치장해 제 존재 어디에도 그런 음험한 일은 없다는 듯이 행동했습니다. 이상한 일이지요. 그토록 싫어했던 환한 햇빛이 머무는 곳만을 따라서 걸었고 더욱더 스스럼없는 얼굴로 친구들과 어울렸습니다. 그즈음의 저는 웃어서 넘기는 법을 익히고 화려하게 구사할 줄 알아 제가 입을 열면 친구들은 폭탄 같은 웃음들을 펑펑 터뜨렸습니다.

우리의 웃음들이 만발한 벚꽃처럼 흐드러지고 일제히 흩어져내릴 때 우리는 졸업을 했습니다. 그제야 저는 알게 됐습니다. 제가 진학한 학교가 인간화 테스트의 마지막 단계라는 제비스의 말을. 학교라는 작은 상자에서 우리는 팽창하는 미생물처럼 현실에 자리 잡고 어떻게든 소멸되지 않기 위해 서로가 서로의 독성에 감염되고 서로를 물어뜯어야 했던 겁니다.

물론 어떤 전쟁을 벌였어도 우리의 살은 생채기 하나 없이 부드럽습니다. 어려움 없이 명문대 문화인류학과에 들어간 저는 다종다양한 인간들을 탐구하며 인간이 진화해온 방식과 지금 난만해 있는 형태를 연구했습니다. 수석으로 졸업한 저는 연구소에 남아 활동하는 한편 문화인류학을 현재의 인간으로 좁혀 연구하는 인간학과를 창설할 준비를 했습니다.

그리고 제가 수학한 대학에서 최연소로 인간학과의 교수가 되었습니다. 비인간 유전자들의 필독서《동물과 인간을 넘어》,《인간 행동양식의 범위와 실제》,《매너란 무엇인가》를 집필했지요. 저는 인간 사회에서 없어서는 안 될 존재가 되었습니다. 인간에 대해서 인간 자신들보다 더 잘 설명해줄 수 있는 존재가 된 것입니다. 물론 저는 다종다양한 방식으로 인간의 가치와 정신을 역설해왔습니다.

그렇게 성숙한 인간이 되자 아이가 생기더군요. 청소년기에 거쳤던 마지막 인간화 테스트처럼, 고등학생 때 진짜 인간이 되느냐 마느냐 갈림길에 섰던 것처럼 육아는 또 하나의 통과의례로 제게 모습을 나타냈습니다. 제 아이는 저보다도 한층 더 괴상한 모습을 하고 있었습니다. 코는 없고 눈은 짝짝이며 볼에 귀가 달려 있고 발꿈치에는 물갈퀴가 달려 있어 거실을 헤엄치듯 기어다녔습니다. 그 아이가 말을 알아들을 리 없으니 어려움이 많더군요. 몸에 익어 너무도 당연하게 구사하는 인간으로서 언어와 기술들을 아이는 조금도 이해하지 못했으니까요. 그제야 저는 저를 인간으로 양육해주신 부모님의 노고와 정성에 눈물 흘리며 감사 고백을 드렸습니다.

사실 저의 유전자를 물려받은 아이지만 본능에만 따라 먹고 자고 싸는 행동들을 거리낌 없이 하는 것이 몹시도 낯설

더군요. 심지어 욕설을 뱉을 뻔한 적도 있었습니다. 다행히
제 아내는 저보다 덜 엄격해서 아이를 잘 보살펴주고 있지
만요.

제 유전자를 물려받은 아이들도 우리 집 아이처럼 문제를
피우고 있지는 않을지 걱정이 되더군요. 어리둥절한 표정
으로 저를 올려다보는 분이 계시는데 여러분의 궁금증을 풀
어드리기 위해 피치 못하게 제 자랑을 해야 할 때가 왔군요.
여러분, 편안하게 들어주십시오. 일반적으로, 진화한 유전
자는 여러 특질 중에서도 우성이 우세하게 나타난다는 것을
아시겠지요? 비인간 유전자를 가지고 태어났지만 인간보
다 더 완벽한 인간이 된 저는 후천적인 진화를 거쳤다고 판
단이 되어 보통의 인간 남성보다 더 많은 각광을 받는 정자
제공자가 되었습니다. 정재계 인사들의 따님들도 많이 만나
보았지요. 그들은 분명 순수 혈통의 인간과 결혼했으면서도
저의 정자를 나눠 받길 원했습니다.

여러분, 저는 상위 7퍼센트의 규수집 아가씨들만 만나는
호사를 누릴 수 있습니다. 그녀들은 비인간 유전자를 가지
고 태어난 제가 얼마나 인간적인지 확인하기 위하여 난자
채취실에 들기 전에 종종 저를 미팅하길 원합니다. 그뿐만
아닙니다. 저는 매달, 병원에서 생체 호르몬 검사를 무료로
받고 국가가 붙여준 건강관리사가 24시간 함께합니다. 저

와 같은 인재를 건강하게 관리하는 게 국가의 의무니까요. 해외에 갈 때는 전용기를 타고 최고급 호텔에 머물 수 있는 것도 나라의 배려입니다. 하하, 이거 너무 제 자랑 같군요. 하지만 저는 누구나 인간이, 그것도 아주 훌륭하고 완벽한 인간이 될 수 있다는 걸 말씀드리려는 겁니다.

여러분도 알다시피 인간의 유전자와 딱정벌레의 유전자는 단 열네 개만 다르고 그 외는 거의 비슷합니다. 그러니까, 딱정벌레도 계속 진화하다 보면 인간이 될 수 있다. 누구나 노력하면 인간이 될 수 있다는 게 저의 견해입니다. 그러니 여러분, 비인간 유전자를 가진 분들은 인간이 되기를 힘쓰시고 순수 혈통의 인간이신 분들은 더 나은 인간이 되고자 애쓰시길 바랍니다. 이것이 제가 저의 부끄러운 면을 낱낱이 열거해가며 전하려고 한 것입니다. 감사합니다. 이렇게 큰 박수, 정말 감사합니다.

*

이 글은 메르피의 강연 내용을 글로 옮긴 것이다. 그의 고백처럼 메르피는 완벽한 인간이 되었다. 그의 정자 관리를 위해 현재도 정기적인 검사가 실시되고 있으며 후천적 발달로 이룬 생물학적 특질을 훼손하지 않기 위해 최고급 호텔과 전용기도 제공된다.

쓸모없는 인간들이 많아져 사회가 기능을 하지 못하게 되면 새로운 인류로 구성된 새로운 사회를 만들어야 한다. 지금은 신인류 프로젝트의 실험기여서 버려지는 종이 유전학적 인간일지 비인간 유전자들일지는 아직 결정된 바 없다. 현재는 이 두 개의 종이 공존하며 살고 있지만 패륜 범죄가 확산될 경우 정부는 조속한 판단을 해야 할 것이다. 비인간 유전자들이 후대를 이끌 차세대 인류로 선택될 경우 이 강연은 더욱 중대한 의미를 띄게 될 것이다.

이 강연은 '메르피의 사계'라는 제목으로 비인간 유전자를 비롯한 여타의 인간들에게 반복해서 들려주기 위해 녹취록으로도 제작되었다. 비인간이 아닌 인간으로서 맞는 사계는 어떤 것인가, 성공한 인간이란 어떤 것인가에 대한 많은 질문과 깨달음을 주는 강설로 메르피 사후에도 꾸준히 활용될 것이다.

월광

불을 꺼놓고 듣는 월광 소나타는 알 수 없는 예감이 시시각각 조여오는 긴장감을 선사한다. 물속에서 꼬리를 뒤치며 검푸른 수면 위로 몸체를 드러낼 것만 같은 운명. 검은 복면을 쓴 운명이 잠든 나의 목을 두 손으로 틀어쥐려 발소리를 죽인 채 살금살금 다가오는 것만 같다. 손에 잡히진 않아도 감은 눈 저편처럼 깊은 수면 안에서 무언가 치열하게 도사리는 듯한 불온함이 실감 난다. 숨을 고르듯 피아노가 침묵하는 순간, 나도 참았던 숨을 몰아쉰다. 이 악곡처럼 육감을 집중하게 만드는 음악이 또 있을까.

긴 호흡을 뱉어낸 보람이 없게 연이어지는 2악장은 평이하다. 귀를 기울여봐도 집중하기 힘든 산만한 멜로디다. 1

악장이 인생의 반죽을 치대는 운명의 악력을 느끼게 한다면 2악장은 찰기 없이 구워져 푸석푸석하게 흩어져버리는 빵과 같다. 아무리 잘 봐줘도 월광 2악장은 작업할 때 배경음으로 쓸 수 있는 백색 소음 정도일까. 운명을 기대하고 각오마저 하게 하는 첫 악장의 비장함에 잇대어지기엔 너무 맥빠지는 곡조이다.

창밖 달빛이 책상 위에서 빙글빙글 돌아가는 엘피판을 비춘다. 암전된 무대 위에 스포트라이트를 켠 듯 갑작스런 조명이다. 창밖을 보니 구름에 가려졌던 달이 나와 있다. 달무리가 져 멍든 눈두덩 같다. 보름에 달무리가 들면 썩은 달이라 하여 불길한 징조로 보았다지만 현대인에게는 상관없는 미신일 것이다. 내게는 더욱 그렇다. 매월 보름달이 뜨는 날 남편은 출사를 나가고 그사이 나는 남편의 서재를 마음껏 둘러볼 수 있으니 그것만으로도 큰 행운이기 때문이다.

사진 잡지에서 아마추어 포토그래퍼로 선발된 그는 매달 출사를 다녀온 뒤 나로선 알아보기 힘든 추상사진을 만든다. 서재 문 옆 넓은 벽에는 그가 입상했던 작품이 걸려 있지만 찍은 풍경을 자르고 겹치고 모자이크해서 무얼 찍었는지 분간할 수 없다. 그런 예술가적 기질 때문인지 같이 쓰는 침실보다도 훨씬 더 오랜 시간을 서재에서 보내는 남편은 내가 이곳에 오는 걸 반기지 않는다. 노크한 뒤에도 한참이나 지난 뒤에 "들어와"라고 짧게 내뱉는 그의 음성엔 방해하지 말라는 오만함과 짜증스러움이 은은히 배어 있다. 그러니 이렇게 몰래몰래 그의 서재를 탐험할 수밖에 없다.

지루한 선율을 내뿜는 엘피에서 고개를 돌리자 유리 수조가 보인다. 조그만 형광빛 손톱들이 흩뿌려진 듯 어둠 속에서 번쩍이는 베타 열대어들이 헤엄치고 있다. 그 옆 루벤스의 명화가 새겨진 장식장 안에는 브랜드와 모델이 다른 잭나이프가 거수경례를 붙이는 병정들처럼 늘어서 있다. 타일처럼 질서정연하게 꽂힌 책들과 정돈된 책상, 그 위에 네 귀가 반듯하게 직각인 컴퓨터까지. 갈색 계열의 앤티크 가구로 들어찬 그의 서재는 소독약 냄새가 날 것만 같이 가지런하다. 하긴 결벽은 그를 단정하는 데 더없이 유일한 단서다.

자기 물건이 남의 손 타는 걸 싫어하는 남편은 책상 서랍은 자물쇠로 잠가두고 컴퓨터 역시 비밀번호로 무장시켜 놓는다. 하지만 잠긴 것은 열어보고 싶고 꽁꽁 싸맨 것은 더욱 풀어헤쳐보고 싶은 법. 지지부진한 음악을 한 귀로 흘리며 컴퓨터 앞에 앉는다. 전원을 켜자 비밀번호를 입력하라는 요청이 모니터에 뜬다. 그의 핸드폰 뒷자리부터 생년월일, 주민번호 뒷자리, 전부인과의 결혼기념일까지 수백 번 시도를 해봤지만 열리지 않는 로그온 화면 앞에서 나는 황황히 전원을 꺼야 했다.

암호가 틀렸습니다. 이번에도 그런 알림창이 뜰 것을 알면서도 그의 취향과 습관을 세세히 떠올리며 키보드에 손을 얹는다. 2악장이 끝나고 찾아든 정적을 배경으로 피.카.소 자판을 쳐본다. 그는 예술가 중 피카소를 가장 좋아하기 때문이다. 엔터를 치자 세차고 빠른 연주가 고막을 때린다. 운명이 소용돌이치는 때가 왔음을 알리는 듯한 3악장의 서두, 내 안의 무언가도 같이 소용돌이치는 석연찮은 느낌에 맥박이 빨라지고 식은땀이 배어난다. 모니터 바탕화면에 '예술가님이 로그온하셨습니다.'라는 문장이 떠오른다.

얼음을 입에 문 듯 긴장이 된다. 모니터 속의 포인터가 뾰족한 화살표 모양이 되자 마우스를 살며시 눌러 내문서 폴더를 클릭한다. 폴더 안에는 취미, 작업, 단상이라는 작은 폴더가 카테고리별로 나뉘어 있다. 굳게 잠겨 있던 지하실 안을 들여다보는 듯 숨이 가빠진다. 취미를 클릭하니 각종 칼의 브랜드와 최신 상품정보가 나온다. 수술기구들도 최고급으로 사용하는 그는 잭나이프를 수집하는 취미도 있다. 상품 사진 아래에는 그가 직접 적은 사용 후기가 덧붙여져 있다. 빅토리녹스 아미나이프는 작지만 날렵하다. 레더맨의 물건들은 실용적이지만 크고 투박해서 역시 미국 제품 같다……

가장 많은 용량을 차지하는 건 그의 작업 폴더다. 여기엔 그가 찍고 합성한 사진 파일들이 쌓여 있다. 파일을 훑어보다 동영상 작업 파일을 눌러본다. 지하철 에스컬레이터에선 여성의 뒷모습이 보인다. 대학생인지 한쪽 팔에 두꺼운 전공교재를 끼고, 긴 머리에 미니스커트 차림이다. 화면은 여자에게 가까이 다가가 짧은 치마 아래 드러난 허벅지를 클로즈업한다. 이게, 뭐지? 미간을 찌푸리고 모니터를 노려본다. 에스컬레이터를 오르는 다리에 렌즈가 더 바싹 따라붙는다. 자동계단이 끝나는 지점에서 화면은 다시 여자와 거리를 유지하며 재생이 정지된다. 신음이 터져 나오려는 입을 손으로 가린다. 다른 동영상들을 클릭하니 배경과 대상만 다를 뿐 모두 여성의 다리가 찍혀 있다.

엘피 속의 손가락이 건반을 높은 음계로 옮겨가며 긴장을 고조시킨다. 점점 더 가늘어지는 피아노음을 들으며 동영상을 끈다. 보통의 포르노라면 이렇게 놀라지 않았을 것이다. 남편이 이렇게나 많은 몰카를 저장해놓다니 믿을 수가 없다. 최고음을 찍은 멜로디가 다시 낮아지기 시작한다. 건반 위쪽으로 치솟았던 음반 속 손가락이 나를 달래듯 부드럽게 더 아래로 아래로 내려온다. 입에서 손을 뗀 나는 긴 숨을 내쉰다. 그래, 어쩌면 이 몰카들은 인터넷에서 다운받은 것일 수도 있다. 다운받은 것이 작업 폴더에 섞여 들어갔거나 이것들을 재료로 작품을 만들었을지도 모를 일이다. 무엇보다 남편의 핸드폰을 보면 그이가 직접 찍은 것인지 아닌지 알수 있겠지. 나는 컴퓨터 전원을 끄고 달빛이 비치는 창밖을 내다보며 소나타를 감상한다.

운명은 단숨에 달려들지 않는다. 조심하라는 예고를 보낸 뒤 안온한 일상에 함몰되어 운명의 경고를 완전히 잊어버렸을 때 뒤에서부터 서서히 숨통을 죄어 온다. 이것이 비범한 전조의 1악장, 심판의 3악장 사이에 지루할 정도로 평이로운 2악장을 끼워 넣은 이유가 아닐까. 최저음을 찍은 멜로디가 다시 위로 치솟으려는 순간, 도어록 버튼 누르는 소리가 난다.

그는 커다란 카메라와 배낭을 서재에 두고 나와 내 배에 손을 대며 묻는다.

"우리 아기, 잘 일었지?"

"응, 여보. 근데 나 요즘 너무 배가 부른 것 같아. 임신 초기인데 너무 살찐 거 같지 않아?"

"걱정마. 이건 양수로 부른 배지, 음식물로 부른 배가 아니잖아. 내일 오후에 우리 병원 산부인과 예약 잡아놨던데 저녁이나 같이할까? 오후 늦게 예약된 수술이 있어서 당신이랑 식사하고 다시 병원에 들어가면 될 것 같은데."

나는 고개를 끄덕이고 그는 여느 때보다 게걸스럽게 밤참을 먹는다. 몰려오는 음식 냄새에 지지 않으려 해독주스를 마시는 동안 그가 리모컨으로 티비를 켠다.

여름을 맞아 짧은 하의를 입는 여성들이 늘어나면서 이들을 노리는 이른바 하의실종 범죄가 기승을 부리고 있습니다. 핫팬츠나 미니스커트를 입은 여자를 뒤따라가 특정 부위를 몰래 촬영하는 것도 엄연한 범죄 행위인데, 이렇게 찍은 영상을 유출하거나 돈을 받고 파는 일이 발생하여 더 큰 문제가 되고 있습니다. 거리나 지하철뿐 아니라 호텔이나 워터파크 내 탈의실에서 찍은 영상까지 거래되면서 불법촬영물 공유사이트의 이용률도 늘어났습니다. 피해자들에게 초상권 침해와 정신적 손해를 주는 하의실종 범죄가 최근에는 피해 여성의 신체 일부를 흉기로 베고 달아나는 상해범죄로까지 이어져 더욱 각별한 주의가 요구됩니다. 범죄심리 전문가는 짧은 옷을 입은 여성에게 폭력행위를 가하는 것으로 성욕을 만족시키려는 도착적 범행이며 체포되지 않을 경우 언제라도 추가 범행의 우려가 있기에 정확한 조사와 검거가 시급하다고 밝혔습니다.

마감 뉴스를 보며 식사를 마친 그는 촬영한 것을 컴퓨터로 옮겨 작업하겠다며 서재에 든다. 컴퓨터를 끄고 의자도 책상 깊숙이 집어넣고 엘피도 원래 있던 곳에 꽂아놓았다. 커튼도 쳐서 원래 모습 그대로 되돌리고 나왔으니 내가 서재에 있었던 사실을 알아차릴지 불안해할 필요는 없다. 그릇들을 식기세척기에 꽂아놓고 소파에 앉아 날씨 예보를 본다. 내일은 오늘보다 더워지겠습니다. 소식을 전하는 기상 캐스터의 짧은 원피스가 눈에 띈다. 하의실종 범죄가 기승을 부리든 말든 햇볕으로 달궈진 거리는 허벅지와 엉덩이를 드러낸 여자들로 가득 찰 것이다. 더불어 남편에게 하체 지방흡입을 의뢰하는 손님들도 많아지겠지. 여름처럼 몸을 내보이기 좋은 때는 없으니 말이다.

핸드폰이 짧게 울려 액정을 보니 발신자표시제한으로 메시지가 와 있다. 내 남편을 돌려줘. 넌 내 영역에 침략해서 모든 걸 약탈해갔어. 행복과 사랑까지 전부 다. 지옥에 가게 될 거야. 발신자 이름은 없지만 그의 전처가 보낸 게 확실하다. 이 여자의 악성 문자에 벌써 몇 번째 핸드폰 번호를 바꿨지만 어떻게 알아내는지 그녀의 끔찍한 메시지는 계속되고 있다. 남편도 전처와 완전히 연락이 끊겨 주소지나 핸드폰 번호도 모르는 상태여서 주의를 줄 수가 없다. 이런 상황을 악용하는 그녀가 이제는 불쌍하게 느껴질 뿐이다. 난 약간의 승리감을 느끼며 어깨를 으쓱하듯 입술 양 끝을 올려본 뒤 주스를 한 모금 더 마신다.

남편과 만난 것은 그가 페이닥터로 있는 성형외과에서였다. 여성 고객을 위한 올인원 병원으로 피부과와 산부인과도 같이 운영해서 과별 의사들만 일곱에 상담실장과 간호사들이 스무 명쯤 됐다. 성형외과 페이닥터는 모두 세 명으로 눈코와 얼굴 윤곽, 전신 등 각자 전문 분야가 있었다. 남편은 주로 지방흡입을 담당했고 막내로 입사했던 내게 주어진 첫 일과는 해독주스를 만드는 것이었다. 출근하자마자 만든 주스를 원장과 페이닥터들, 실장의 책상 위에 놓고 나면 병원 청소와 수술복 세탁이 기다리고 있었다. 대기실에 놓을 원두커피를 내린 후엔 3호실 수술 보조를 했다.

전신 마취가 진행되는 3호실에서는 양악 수술이나 가슴 성형, 지방흡입이 이루어졌다. 여름 시즌에는 특히 하체 성형이 많아 3호실 라이트가 꺼지는 날이 없었다. 마취의가 배드에 누운 고객의 동맥에 프로포폴을 주사해 잠드는 걸 확인하면 그이의 독주가 시작됐다. 지방액화제를 주입해두었던 환자의 몸을 커터로 절개한 그는 환자의 살 속에 길고 가느다란 은색 관을 집어넣었다. 은색 관이란 지방액 흡인기인 캐뉼라인데 그것을 잡은 그는 익숙한 손길로 다리 구석구석을 헤집으며 주홍빛 지방을 빨아들였다. 지방은 튜브를 통해 대용량 비커에 담기는데 액화된 탓에 건더기가 많은 자몽주스 같아 보인다. 환자의 몸속 여기저기 찌르면서도 날카로운 캐뉼라 끝이 피부를 꿰뚫고 나오지 않게 주도면밀하게 움직이는 그의 손은 바이올린 활을 켜는 연주자처럼 세련된 분위기를 자아냈다.

그가 캐뉼라를 휘두르는 동안 나는 바닥이 미끄럽지 않게 닦았다. 지방액이 바닥에 튀어 집도 중 미끄러지기라도 하면 대형사고가 날 수도 있기 때문이다. 축 늘어진 환자의 다리를 들어 올리거나 몸통을 뒤로 엎고, 봉합용 실과 밴드를 내미는 것도 내 일이었다. 수술이 끝나면 고객의 다리는 멍으로 물들어 울긋불긋해졌다. 마취의가 프로포폴 주사 장치를 잠그면 고객을 부드럽게 깨워 회복실에 데려다주는 것, 1,000리터 비커에 담긴 지방액을 쏟아버리고 기구를 닦고 소독 돌리고 다시 수술복을 세탁하는 것도 물론 막내인 내 몫이었다.

그이는 내가 일을 빨리 배운다며 칭찬했지만 상담 실장은 사소한 것으로 트집을 잡았다. 회복실에서 쓰는 찜질용 얼음을 너무 크게 만들었다든가, 드레싱 세트에 붙여놓은 소독날짜가 잘 안 보인다든가 하는 말도 안 되는 이유 때문이었다. 어디에 가든 이유 없는 악의를 내뿜는 사람은 있기 마련이고 내게는 실장이 그랬다.

"이 소나타, 보름달이 뜬 밤에 불 꺼놓고 들어본 적 있어? 어두운 방으로 드리워진 달빛이 삶이 걸어놓은 올가미처럼 보여서 소름 돋아. 운명이 선고하는 대로 처분되는 인생의 나약함을 실감하게 된달까. 심판의 망치 소리 앞에선 어떤 사람이라도 눈먼 소녀와 같다는 거겠지."

　상담실에 월광을 틀어놓고 클래식에 조예가 깊은 듯 잰체하는 것부터 나와 코드가 안 맞는 여자였다. 별 것 아닌 일들로 호되게 꾸짖는 그녀 앞에서 주눅 들기 일쑤였던 나는 수술 보조 업무를 더 열심히 했고 마스크 위 눈빛만으로 그이의 심중을 읽게 되었다.

　실장이 임신해서 퇴사한 뒤 그와 나는 뜨거운 사이가 되었다. 성형외과에서 의사와 간호사들이 사귀는 일은 흔했다. 대부분 유부남이었는데도 병원에서 애인을 만들었고 애인이 된 간호사는 실장 자리를 꿰차곤 했다. 하지만 여전히 성형외과 실장 자리는 비어 있었다. 매출 신장을 위해 경력 실장을 스카우트한다는 말이 돌았지만 얼마 후 그 자리는 내 것이 되었다.

　지금도 그때를 떠올리면 가벼운 한숨이 나온다. 그의 가여운 모습이 아직도 내 가슴에 남아 마음을 조마조마하게 만들기 때문이다. 폭우가 내려 오전에 잡혔던 수술이 취소되고 내원 손님도 없는 날이었다. 무덤처럼 조용한 병원에 느닷없이 수술을 미뤘던 고객이 와서는 예정대로 집도해달라는 것이었다. 나는 그를 찾으러 다녔지만 진료실에는 물론 화장실이나 탕비실에도 없었다. 진료실 뒤쪽으로 나 있는 프라이빗룸 문을 노크했지만 기척이 없어 뒤돌아 가려는

데 문 안쪽에서 숨넘어가는 소리가 났다. 귀를 대보니 호흡이 발작적으로 가빠지며 모자라는 숨을 들이쉴 때 목구멍에서 나는 쉿소리가 들려왔다.

만일 그때 내가 남편을 발견하지 않았다면 지금쯤 그는 불귀의 객이 되었을지도 모른다. 그날 수술 고객이 찾아와줘서, 또 내가 여벌의 키를 갖고 있던 것이 얼마나 다행인지, 지금도 신에게 감사 인사를 하고 싶다. 서둘러 문을 딴 나는 뜻밖의 풍경과 맞닥뜨렸다. 그는 침대에서 떨어져 쥐처럼 캑캑대고 있었고, 바닥에는 버려진 프로포폴 약병과 주사기가 뒹굴고 있었다. 헝클어진 앞머리 사이로 보이는 퍼런 멍 자국이 사태를 설명해주었다. 수면마취제인 프로포폴을 스스로 이마에 찔러 몽롱한 와중에 호흡곤란이 온 상태였던 것이다.

나는 그를 흔들어 깨운 다음 이마에 찜질용 얼음을 대주고 차가운 물을 마시게 했다. 오염된 물속을 헤매는 생선 눈알 같던 그의 초점이 아주 천천히 돌아왔다. 그는 주사기와 빈 앰플이 나뒹구는 바닥과 나의 얼굴을 번갈아 쳐다보곤 하얗게 질렸다. 향정신성 약물 중독은 의사면허가 취소되는 사안이었기 때문이다.

하지만 나는 그의 비밀을 발설할 마음이 없었다. 전부인의 의부증과 유산 때문에 괴로운 그가 잠깐이라도 천국을 누리고 싶어 하는 속내를 이해할 수 있었다. 이마에 난 시퍼런 명 자국에 입을 맞추며 자장가를 부르듯 박자를 맞춰 어깨를 다독였다. 진정이 된 그는 수술실에 들어갔고 얼마 뒤 나는 실장으로 임명됐다. 내원 고객의 견적문의에 응해주는 상담실은 아주 쾌적했다. 그곳에서 나의 첫 일과는 막내가 만들어놓은 주스를 마시며 실내에 은은한 월광 소나타가 흐르게 스피커를 켜는 것이었다.

넌 그이의 약점을 틀어쥐고 협박했어. 다시 핸드폰이 울려서 보니 전부인의 문자가 전송된다. 그녀의 악의 어린 말들은 사실이 아니다. 내가 그의 비밀을 지킨 것은 전적으로 그를 아끼고 사랑하기 때문이다. 전부인에게 시달려서 프로포폴 중독에 빠진 가여운 그를 내 손으로 보살피고 싶었다. 자기 때문에 힘든 시기를 보내는 그를 위로하고 보듬어준 내게 이 무슨 망발인가.

도둑년, 신고할 거야. 넌 반드시 불행해질 거야. 나는 대수롭지 않게 핸드폰 액정을 끈다. 불륜죄는 없어졌고 전부인과도 사실혼일 뿐 혼인신고는 없었기에 그녀의 협박은 문제가 되지 않는다. 게다가 그가 자신을 떠난 것은 그녀의 숨 막히는 의부증 때문인데 누가 무얼 훔쳤다는 말인지 알 수 없다.

물론 그와 함께하는 것이 힘든 시기도 있었다. 내가 이 집에 들어온 지 얼마 안 됐을 때 그는 모든 게 나 때문이라고 소리치기도 했고 독주를 마시고 화를 내며 가구를 부수기도 했다. 하지만 자기 중독을 고쳐주려는 내 정성에 차차 응해 왔다. 멍 자국을 가리기 위해 내렸던 앞머리를 올려 이제는 한층 떳떳한 모습이 되었고 하루에 두 갑씩 피우던 담배도 반 갑으로 줄었다. 그는 전처와 살 때보다 내 옆에 있는 지금 훨씬 안정되고 행복한 삶을 맛보고 있다.

산부인과 진료를 마치고 성형외과실로 향한다. 내가 근무하던 상담실에는 경력직 실장이 스카우트되어 새로 왔다. 내가 머물 땐 늘 베토벤의 음악이 흘러나왔는데 지금 있는 실장은 조용한 것이 좋은지 내부가 적막하다. 그녀에게 남편이 어디 있느냐고 묻자 모르겠다고 한다. 나는 탕비실과 문 하나로 이어진 창고로 간다. 오후에 있다는 수술을 준비하기 위해 그곳에 있을 수도 있는 까닭이다.

탕비실 간이문을 통해 당도한 창고에는 의료용 냉장고와 수술복 세탁기가 들어차 있다. 냉장고를 열자 각종 물약과 얼음팩, 수건 등이 정리돼 있다. 맨 아래쪽 마취제 냉장칸을 열어본다. 눈 수술할 때 주사하는 안약과 국소마취제인 리도카인, 전신마취제인 프로포폴이 담겨 있다. 그중 하나를 꺼내 포장지를 열어본다. 마취액이 투명한 유리병에 담겨 묘약처럼 찰랑인다. 실내가 텅 빈 것을 본 나는 그의 진료실 안쪽 프라이빗룸으로 향한다.

문고리를 잡아당기자 두 사람이 있다. 막내 간호사와 남편이 가까이 다가앉아 무언가를 속삭이다가 내 모습을 보고는 화들짝 거리를 벌려놓는다.

"지희네. 무슨 일이야?"

"아, 말도 안 되는 걸로 컴플레인 걸어온 고객 때문에 보고 드리려고요. 그리고 오늘 저녁 수술 예약한 분이 선생님께 뭘 좀 물어봐달라고 해서."

내가 실장이었을 때 막내 간호사로 입사했던 지희가 벌떡 일어나며 말한다. 내가 퇴사한 게 몇 개월 전이니 이제는 수술 보조에도 익숙해졌겠지. 나는 말 없이 시선을 옮겨 남편을 본다. 그는 얼굴빛 하나 변하지 않고 웃는다.

"그리고 요 근처 레스토랑이 어디가 괜찮은지도 알려줬지. 내가 물어봤거든. 당신이랑 같이 가기 어디가 좋을까 싶어서."

가로등이 보이는 통유리 옆 테이블에 앉은 그가 메뉴북을 내 쪽으로 펼쳐준다. 입맛이 없어진 나는 주문을 그에게 미루고 지희가 어떤 애였는지 상기해본다. 아주 촌스럽고 통통해서 성형외과에는 어울리지 않았지만 바로 그 점 때문에 나는 지희를 남편의 수술 보조로 배정했다. 병원물을 먹으며 보톡스며 필러를 무료 시술받더니 그 애의 외모는 점점 나아졌고 나중에는 피부과 의사에게 프로포즈를 받았다며 고민을 토로했다. 유부남인 걸 아는데 어떻게 자기에게 그런 얘기를 꺼내냐는 것이었다. 나는 지희가 만들어놓은 해독주스를 마시며 여유롭게 대답했다. "결혼하자는 것도 아니고 오피스 와이프 삼겠다는 건데 뭐 어때? 지희도 이 바닥에서 더 크고 싶으면 사귀어보는 게 좋을걸." 조언을 해준 뒤 임신 사실을 알게 된 나는 퇴사하고 그와 동거를 시작한 것이었다.

벌떡 일어섰을 때 간호복 스커트 아래로 보이던 지희의 날씬해진 종아리를 떠올리니 입맛이 더욱 없어진다. 임신한 뒤 다리에도 살이 붙어 요즘은 발목까지 오는 치마만 입는 내가 한심하게 여겨진다. 주문한 음식이 나오지만 손도 대지 않는다. 그가 내 손에 포크를 쥐어주고 대화를 나누려 이런저런 시도를 해보지만 나는 대답하지 않는다. 그도 이야기하기를 포기하고 말없이 음식을 먹는다. 식기 부딪치는 소리만 나는 우리 테이블과 달리 옆에 앉은 여자 일행은 쉴 새 없이 떠든다.

"짧은 거 못 입고 다니겠다. 벌써 몇 번째야. 여자 허벅지를 찌르고 달아나다니 미친 거 아냐?"

"그러게. 그치만 더운데 답답하게 긴 옷을 입기도 그렇잖

아. 어제는 양평에서 네 건이나 발생했다며? 기사 보니까
완전 사이코더라."

양평이라면 남편이 출사 나갔던 곳이다. 어젯밤 생각했던
대로 그의 핸드폰을 봐야겠다는 생각이 든다. 핸드폰을 달라
는 말에 남편은 순순히 건네주고 나는 갤러리를 터치하여 사
진과 동영상을 훑어본다. 아무리 봐도 여자의 다리가 찍힌
것은 없다. 컴퓨터에서 본 영상들은 인터넷에서 다운받은 게
맞겠지. 가벼워진 마음으로 갤러리에서 나와 핸드폰 액정 속
인터넷 창을 본다. 대담해지는 하의실종 범죄. 헤드라인 아
래 실린 기사를 읽으려는데 그가 손을 내밀며 묻는다.

"이제 다 봤어?"

핸드폰을 돌려주는데 그의 목에 난 붉은 자국이 보인다.

"어? 이거?"

내 시선을 알아챈 그가 오른쪽 목의 셔츠 깃을 올려세운
다.

"어제 출사 나갔을 때 생긴 거야. 무거운 카메라 들고 있
자니 목이 한쪽으로 꺾이고 중심 못 잡다가 넘어졌지."

아까 프라이빗룸에서 지희와 남편이 바싹 붙어 앉아 있던
장면이 스친다. 그가 프라이빗룸에서 새로 키우는 취미가
설마 그 아이는 아니겠지. 그 애는 너무 어리고 눈치가 없는
데다 그사이 좀 날씬해진 것 빼고는 볼 것도 없는 외모다. 그

런 생각과 달리 머릿속에선 남편의 목을 혀로 핥는 그 애가 연상된다. 배경은 양평의 펜션 방이다. 야릇한 포즈를 취한 지희를 피사체로 셔터를 눌러대는 그. 침대 위에 엎드려 어깨를 드러낸 채 고개를 틀어 남편의 렌즈를 응시하는 그 아이. 살짝 벌어진 입술 사이로는 옅은 숨소리가 나고……. 핸드폰이 울려 정신을 차린다. 액정을 보니 문자메시지가 와 있다. 더럽고 추악한 것. 목구멍으로 밥이 넘어가니? 너도 똑같이, 아니 그 이상으로 당하게 될 거야. 여전히 발신자 표시가 제한된 번호로부터 온 내용이다. 나를 감시하는가 싶어 소름이 끼친다. 고개를 돌려 주변을 훑어보지만 전처는 없다. 임산부에게 이런 저주의 문자를 보내다니, 속이 역해지며 구토가 치민다. 전화를 걸어 악담이라도 퍼부어주고 싶지만 번호를 모르니 그마저도 할 수 없다.

"당신, 엑스와이프 핸드폰 번호 알아?"

내가 핸드폰을 디밀며 묻자 남편은 고개를 가로젓는다. 며칠 사이 새로 온 저주의 메시지들을 읽으며 경악의 표정을 띠는 남편에게 당당히 묻는다.

"이 여자 말대로 내가 당신 훔친 거야? 그런 거냐고? 응? 말해봐!"

"그런 건 아니지."

"그럼, 아니지. 더럽고 추한 엑스와이프한테서 당신을 구해준 게 누군데? 당신이 누구 덕분에 의사 노릇 계속하며 프로포폴 중독에서 벗어났는데? 이 여자는 뭔가 단단히 착각하고 있어. 미쳤다고."

흥분한 내 어깨에 남편이 손을 얹으며 다 안다고, 당신 덕분이라고 속삭인다. 아이에게 안 좋으니 진정하라고, 숨을 편히 쉬어보라는 말도.

택시를 타고 가겠다는데도 남편은 차로 나를 데려다주었다. 다행히 남편의 호소력 있는 변명 때문에 마음이 가라앉긴 했다. 지희는 일을 잘하느냐는 내 질문에 그는 운전하다 말고 고개를 돌려 나를 따뜻하게 바라봤다. 걘 일도 못하고 너무 어려서 철이 없어. 일적으로도 사적으로도 내 타입은 절대 아냐. 나에겐 당신밖에 없다는 듯 내 손을 꼭 잡으며 얘기하는데 믿어줘야지 어쩌겠는가. 겉으로는 그게 아닌 것 같다고 볼멘소리하는 내게 남편은 입 맞춰주고 다시 병원으로 갔다.

현관에 들어선 나는 구두를 벗자마자 서재로 향한다. 어제 찍은 것들을 컴퓨터로 옮겨놓았을 테니 확인해봐야겠다. 그는 지희가 자기 타입이 아니란 걸 강조했고 나도 그 말을 믿지만 조심해서 나쁠 것은 없다. 물론 그의 작업 폴더에 수준 떨어지게 막내의 모습이 들어있을 거라 생각하진 않지만 그의 아내로서 남편이 출사해서 찍은 것들을 감상할 자격은 충분히 있다.

컴퓨터를 켜고 어제 써넣었던 암호를 키보드로 두드린다. 예술가님이 로그온했습니다. 하드웨어가 무장해제되었다는 신호가 떠오르자마자 마우스를 누른다. 포인터 끝이 내 문서 폴더를 빗겨 옆에 있는 지구 모양 아이콘을 건드린다. 인터넷 창이 모니터를 채우고 포털사이트 화면이 나온다. 창을 끄려던 나는 포털사이트 시작화면에 떠 있는 헤드라인을 선택한다. 대담해지는 하의실종 범죄. 기사 제목을 누르자 링크된 본문이 나타난다.

어젯밤 경기도 양평에서 짧은 치마나 바지를 입은 여성에게 상해를 입힌 뒤 달아나는 사건이 잇따라 발생했다. 지난 7월부터 매달 보름밤 이 같은 하의실종 상해 사건이 발생해 왔지만 하룻밤 사이 같은 지역에서 네 건의 피해가 접수된 것은 이번이 처음이다. 7월부터 세 달 동안 수원 화성, 인천 을왕, 경기도 양평에서 비슷한 범죄가 벌어진 것으로 보아 경찰은 단독범인이 거점을 옮기며 연쇄 범행을 벌이고 있다고 보고 있다.

모방범의 소행일 수도 있지만 단독범행이라는 가능성이 더 큰 것으로 보고 각 지부 경찰서는 협력하여 이 사건을 수사하기로 했다. 어제 사건을 접수한 경기도 경찰서에서는 피해자들의 진술을 바탕으로 용의자를 특정하고 있다. 이들 피해 여성들의 진술에 따르면 범인은 담뱃갑, 단추, 만년필 등으로 가장한 초소형 렌즈로 가까이 접근하여 촬영하다가 발각이 되자 동영상 삭제를 요구하는 여성을 흉기로 찌른 뒤 곧바로 달아난 것으로 알려졌다. 이 중 유일하게 정면에서 피해를 당한 A양은 다리가 찔릴 당시 힘이 빠져 몸이 앞으로 기울어졌고 그 과정에서 범인의 어깨를 덮쳐 한쪽 목에 열상을 냈다고 밝혔다. CCTV 판독 결과 흉기를 사전에 준비하고 모자와 마스크로 얼굴을 가렸던 점으로 미루어 우발범행이 아닌 계획적 범행으로 보고 추적 중이지만 범행 당시 얼굴을 가렸던 만큼 용의자 파악에 어려움이 있을 것으로 보인다.

수원 화성, 인천 을왕, 경기도 양평. 지난 7월부터 남편이 출사 나갔던 곳이다. 게다가 남편의 한쪽 목에 난 붉은 자국이 떠오르며 가슴이 조여든다. 그 자국은 지희가 낸 것이 아니라 어제 상해를 당한 피해자가 낸 것일까? 떨리는 손에 힘을 주어 인터넷 창을 끈 나는 그의 작업 폴더 중 어제 날짜로 저장된 부분에 화살표를 놓고 누를까 말까 망설인다. 그를 하의실종 범죄와 연관 짓는 건 지나치게 예민한 의심일 수 있다. 그가 여성의 다리를 찌를 이유가 없지 않은가. 자문하다가 하의실종 범죄는 성도착적 충동에서 비롯된 성범죄라던 기자의 음성이 떠오른다. 그와의 마지막 잠자리가 언제였더라. 바로 기억나지 않는 걸 보니 꽤 오래전이라는 데 생각이 미친다. 그가 임신한 나를 배려해주는 것으로만 여겼기에 특별히 의심해본 적은 없다. 지희와 그의 관계도, 하의 실종 범죄는 더더욱. 나는 고개를 흔들며 모니터 바탕화면을 똑바로 본다.

범행일과 장소가 그의 출사와 겹친 건 그저 우연일 것이다. 보름달은 인간의 추악한 본성을 끌어내는 마력이 있다지. 그 마력을 못 이긴 누군가가 매달 만월 칼을 들고 거리로 나선 거겠지. 만에 하나 그 누군가가 남편이라면? 머릿속이 뒤엉킨다. 그의 작업 폴더를 보면 답은 분명해질 것이다. 하지만 그의 범행 흔적이 나온다면 나는 그것을 어떻게 감당할 것인가. 동영상 촬영까진 특이한 취미로 봐준다 해도 허벅지를 베는 것은 엄연한 범죄다. 내가 아는 그와 모르는 그 사이의 괴리에 몸이 떨려온다.

판도라의 상자가 된 폴더를 화살표 끝이 날카롭게 겨냥하고 있다. 마우스를 쥔 손에 땀이 배어난다. 파일을 열어봤을 때 최악의 경우 지희의 몸과 얼굴 없는 여인의 다리 중 어느 것이 더 견디기 쉬울지 저울질하는 스스로를 느끼며 검지에 힘을 준다. 달각, 마우스 눌리는 소리가 나며 작업 파일의 내용이 펼쳐진다.

양평의 밤 호수가 보인다. 검은 천을 뒤집어씌운 듯 물결이 주름처럼 진 호수 표면에 달빛이 늘어져 있다. 어제 날짜로 저장된 작품들을 훑어봐도 비슷비슷한 풍경사진일 뿐 딱히 이상한 점은 없다. 긴장이 풀린 탓인지 손에 힘이 빠진다. 모니터를 똑바로 쳐다보느라 뻣뻣해진 목을 트는데 수조 옆, 그의 잭나이프 장식장이 눈에 들어온다. 몸을 일으켜 살금살금 다가간다. 평소와 같이 어항 속을 헤엄치는 베타들처럼 장식장을 받친 선반 안도 별다를 것 없이 정연하겠지. 그 규칙성을 확인할 마음으로 문을 열자 층층이 쌓인 선반과 그 위에 놓인 칼들이 보인다. 그것들은 칼집에 꽂혀 있거나 몸을 접어 자루 속에 예리한 날을 숨기고 있다. 날이 밖으로 나와 있는 물건은 딱 하나뿐이다. 남편이 가장 아끼는 아미나이프. 칼날에 말라붙은 피가 달빛을 받아 번들댄다.

나는 재빨리 달려와 컴퓨터 의자에 앉는다. 작업 폴더에 화살표를 놓고 숨겨진 파일 표시하기 버튼을 누른다. 작업 목록 안에 가려져 있던 수십 개의 동영상이 나타난다. 가장 앞에 있는 것을 재생시켜본다. 바닥을 디디는 하이힐 마찰음이 울린다. 화면은 노란색 바탕에 주황색 무늬가 새겨진 플레어 스커트를 입은 여자의 뒷모습을 따라간다. 촬영자가 다가갈수록 얼굴 없는 여자의 허벅지가 점점 더 크게 화면에 잡힌다. 화면의 이동이 잠시 멈추는가 싶더니 이번엔 여자의 치마 아래로 렌즈가 디밀어진다. 여자의 속이 보일까 말까 한 순간 여성이 뒤돌아 소리 지르며 다가온다. 화면 속에서 뭔가 날카롭고 차가운 것이 획 스쳤다 사라진다.

다리가 따끔거린다. 정면을 보인 여성이 다리를 감싸며 넘어진다. 손으로 가린 곳에서는 새빨간 피가 배어 나오고 있다. 화면이 회전하더니 탁탁탁 급하게 뛰는 소리가 들리며 영상이 끊긴다. 동영상 창을 닫자 양평의 어둠침침한 호수 사진이 화면을 메우고 있다. 영상을 끄고 동영상 파일을 원래대로 숨겨놓는다. 컴퓨터를 끄려는데 온몸이 딱딱하게 굳어진다. 재생이 끝난 모니터 테두리에 양쪽으로 잡아늘린 듯한 그의 얼굴이 비치고 있다. 테두리 위에서 부풀어 오르다가 일그러지는 그 얼굴은 점점 더 커진다. 어깨 위로 그의 손이 얹어진다.

"비밀번호 풀었네?"

그의 물음에 나는 잠깐 인터넷을 하려고 컴퓨터를 켰다고 답한다.

"근데 오늘 수술 예약 있다고 하지 않았어?"

내 목소리가 떨리고 갈라져 나온다.

"갑자기 취소됐지 뭐야. 고객이 변심하는 일 자주 있잖아."

고개를 굽혀 내 귀에 속삭이는 그의 음성은 평소와 같이 나직하다. 입가에 머금은 미소가 편안해 보이기까지 한다. 피부 아래 다 감춰두지 못한 동요의 빛이 어느 한구석엔 떠올라 있을 것이다. 잘못 끼워진 퍼즐 조각이라도 찾으려는 듯 모니터에 비친 그의 안면을 샅샅이 훑다가 눈이 마주친다. 그의 표정은 시멘트라도 덧바른 듯 변함없다. 불면 꺼져버릴 촛불처럼 좌우로 흔들리는 건 내 눈빛이다.

몸을 일으켜야 한다. 다리에 힘을 주지만 그의 손이 얹힌 어깨가 무겁다. 내가 솟구쳐오르려고 할수록 내리누르는 그의 악력이 느껴진다. 딸꾹질이 쏟아질 것만 같다.

"이번에 산 잭나이프 말야, 어제 출사 뒤풀이에서 누가 빌려달라더군. 그래서 건네줬더니 가지고 나가서 한참 있다 들어오는 거야. 그런데 손을 베었는지 칼날에 피가 묻었지 뭐야."

그는 나를 떠보는 것일까? 등줄기가 차가워지는 것을 느끼며 어떻게 반응해야 좋을지 생각해본다. 나는 무거운 입꼬리를 들어올리며 모르는 척 이야기한다.

"그래? 새로 수집한 건데 기분 나빴겠네. 칼은 돌려받았지?"

그가 고개를 끄덕이더니 모니터로 시선을 옮기며 어제 찍은 자기 작품이 어떠냐고 묻는다. 화면엔 달빛을 반사하며 일렁이는 검은 호수가 있다. 나는 그의 두 손을 어깨에서 부드럽게 떨어뜨리며 말한다.

"구상사진을 찍으니 얼마나 좋아. 대상이 뭔지 확실히 알아볼 수 있잖아. 당신의 원래 작풍은 좀 난해하잖아?"

나는 문 옆에 달린 그의 작품 사진을 가리키려는 것처럼 천천히 의자에서 일어나 문 앞에 선다. 주스라도 가져오겠다며 서재를 나서는데 그의 목소리가 들린다.

"저게 정말 구상사진으로 보여?"

몸을 틀어 그를 본다.

"검은 물속엔 수많은 것들이 가라앉아 있어. 뒤틀리고 비틀린 것들이, 짓눌린 채로……."

나는 뒷걸음질 친다. 모니터엔 내가 없애놓았던 동영상이 떠올라 있다. 서재 밖 통로로 발을 옮겨 놓은 순간 그의 팔이 뻗쳐온다. "여보." 나를 부르는 그의 손엔 아미나이프가 들려 있다. 한쪽이 곡선으로 휘우듬한 칼날엔 마른 피가 묻어 있다. 발을 뒤로 떼놓으며 내 핸드폰이 그의 책상 위에 놓인 것을 본다. 그가 칼을 쥔 채 다가오며 동영상에 대해 중얼댄다. 무슨 말인지 잘 들리지 않지만 듣고 다 이해하는 척 대꾸하며 그를 감싸 안는다. 그의 등 뒤로 팔을 뻗어 핸드폰을 집어든다. 내가 뒤로 튕겨나며 버튼을 누르자 그가 칼을 들이댄다.

"소용없는 짓이야. 이리와 여보."

버튼 위의 손가락이 미끄러진다. 씨익 웃는 그의 눈빛은 평소 내 남편의 것이 아니다.

"약물 중독자의 얘길 누가 믿어줄 것 같아? 허튼짓하지 말고 이리 와."

표정을 바꿔 위압적인 어조로 말하지만 프로포폴 중독에 빠졌던 건 내가 아니고 그이다. 요즘은 몸에 주사 자국을 발견할 수 없어 완전히 벗어난 거라고 믿었는데, 마취제 주사를 나 몰래 계속 해왔던 걸까? 저렇게 이상한 말을 해대는 걸 보면 어쩌면 지금도 약에 취한 상태일지 모른다. 그가 칼로 잠겨 있는 책상 서랍 자물쇠를 따고 있다. 무슨 짓을 하려는지 모르겠다. 주저 없이 신고를 한다.

"여보세요? 빨리 와주세요. 어제 양평 하의실종 상해범죄 용의자가 있어요. 아니 어쩌면 매달 그 일을 벌인 걸 수도 있어요. 프로포폴에 자가중독된 의사고요."

수화구 너머에서 주소를 다급하게 물어온다. 서울시 영등포구 여의도동 로열타워 2503호. 내 말에 주소를 확인 중이라던 경찰이 사모님의 쾌유를 빈다며 전화를 끊는다. 내 손을 빠져나간 전화가 바닥에 떨어진다. 쾌유라니 무슨 말인 걸까. 다시 핸드폰을 주워드는 찰나 그가 서랍에서 꺼낸 무언가를 내 앞에 디민다. 약물중독 재활센터 입소증? 코팅된 직사각형 종이에는 내 사진이 붙어 있다. 그가 입술을 비틀

어 웃으며 나를 본다. 말도 안 된다. 그가 나를 비웃듯 이번
엔 서랍 안쪽에서 검은 봉지를 꺼내 보여준다. 봉지 안에는
텅 빈 프로포폴 앰플과 주사기들이 버려져 있다. 나는 고개
를 흔들며 조금씩 조금씩 뒷걸음질 하지만 성큼 다가선 그가
내 가슴을 밀친다. 바닥에 쓰러진 나를 내려다보던 그가 칼
을 들어올린다. 아악. 칼날이 치마를 관통해 바닥에 꽂힌다.

"당신은 참 대단해. 세상에서 속이기 가장 어려운 상대도
잘 속여 넘기니까. 오늘도 창고에 들러 마취약을 훔쳐갔잖
아."

움직일 수 없는 나를 내려다보며 그는 익숙한 손길로 주
사기에 우윳빛 마취제를 잰다.

"무슨 소리 하는 거야."

"이것 봐. 자기가 속인 것조차 모르고 있잖아. 넌 내 중독
을 고쳐주겠다며 결혼하자고 했지만 중독에 완치란 있을 수
없어. 그 대상이 바뀔 뿐인 거야."

다리를 움직여보지만 치마를 고정한 칼 때문에 버둥대는
것이 고작이다. 그가 조롱에 찬 눈빛으로 말을 잇는다.

"또 모르는 척하는군. 너는 늘 나를 사랑해서 같이 산다고
하지만 아닌 걸 알고 있잖아. 내 프라이빗룸 키를 몰래 본떠
놓곤 내가 약물에 취하길 기다렸다가 문을 따고 들어왔지."

"그 열쇠는 만일을 위해 만들어 둔 거야. 그리고 난 당신

이 프로포폴 중독인 것도 몰랐어."

"역시. 네가 가장 잘 속여 넘기는 상대는 네 자신이야. 흐리멍덩한 내 모습과 주사기, 비어 있는 마취약 앰플 사진 찍어서 내게 들이댔던 거 기억 안 나?"

나는 고개를 흔든다. 조소가 어렸던 그의 입이 굳어지며 눈에 핏발이 선다.

"면허취소를 들먹이며 실장 자리를 탐낸 건? 전임 실장이었던 내 와이프의 주스에 약을 넣어 아이를 유산시킨 건? 그것도 다 잊어버렸나?"

그는 내 어깨를 아프게 흔들며 기억해내라고 강요하지만 나는 모르는 일이다.

"내가 그랬을 리 없어. 그랬더라도 당신을 위해서였겠지. 당신은 전처의 의부증을 지긋지긋해 했잖아!"

"그건 네가 지어낸 말이잖아. 병원에서 널 혼낸다는 이유로 그런 헛소문을 지어 퍼뜨렸지! 너의 그 자기기만, 소름 돋지 않아? 이제 그만 가면을 벗으라고."

남편의 약물 중독이 다시 시작된 게 틀림없다. 그렇지 않고서야 이런 말들을 할 이유가 없잖은가. 그게 아니라면 전 부인이 나를 모함한 것이겠지. 그와 나 사이를 갈라놓으려 거짓말을 한 것이다. 정말 음험한 여자다. 내게는 발신표시가 안 되게 문자를 보내놓고 뒤로는 남편을 만나 거짓말을 지껄이다니. 전처와 연락이 끊겼다고 하던 남편의 말이 떠오르며 배신감이 느껴진다. 하지만 내 남편과 아이를 지켜야겠다는 생각을 하자 몸에 힘이 솟는다. 팔꿈치에 힘을 주어 바닥 위에 몸을 일으켜 앉는다. 차분히 변론하면 남편도 곧 진실을 알아들을 것이다.

모두가 모인 회식에서 보란 듯 그이의 수저로 국물을 떠먹는 모습을 보며 실장과 그의 관계를 가늠할 수 있었고 유독 나만을 혼내는 이유도 내가 주로 그의 수술 보조를 들어가기 때문임을 알게 되었다. 하지만 난 그녀에 대한 복수심으로 그에게 접근한 것이 아니다. 악의를 품은 건 그녀이지 내가 아니었다. 그녀의 교활함을 증명하는 일화들을 말해주자 남편이 진절머리를 내며 소리친다.

"네가 찜질용 얼음을 너무 크게 만들어서 회복은커녕 눈가가 찢어진 고객 기억 안 나? 드레싱 세트에 소독 날짜를 헷갈리게 적어서, 일자가 지난 기구로 소독하다 리터치 고객 얼굴에 균이 들어가 고름이 찼던 건 생각 안 나냐고? 넌 네가 잘못한 일에 대해 정당하게 혼났을 뿐이야."

내가 무슨 말을 하든 믿지 않고 전처의 편이 되어 있는 그가 원망스럽다. 이제 알겠다. 전처를 깨끗이 잊은 척하더니 사실은 그녀를 비호하며 둘이 날 가지고 놀았던 것이다. 용서할 수 없다는 생각이 들며 온몸이 떨린다. 주사기를 든 그가 몸을 굽히며 다가온다.

"그래. 생각 안 나는 게 무리는 아닐 거야. 넌 프로포폴을 맞으면 그 전의 기억을 모조리 날려버리니까. 그럼 잘 자라고."

나는 한 손으로 그의 손을 잡고 나머지 손을 배에 손을 대며 아이가 잘못될 수 있으니 제발 그만하라고 소리친다. 나의 간절함이 통했는지 그가 동작을 멈춘다. 다음 순간 미친 듯이 웃기 시작한다.

"상상임신인 거 아직도 모르겠어?"

"아냐, 이 태동. 만져봐. 오늘도 산부인과에서 진료 본 거, 당신도 알잖아. 음식물이 아닌 양수로 부른 배라고 의사인 당신이 그랬잖아?"

내 말에 그가 또 오싹하게 미소 지으며 나직하게 말한다.

"산부인과 닥터도 나랑 동창인 거 알고 있지? 네가 본 진료기록은 없어. 넌 처방받은 철분제를 먹고 있다고 생각하겠지만 꾸준히 항생제를 먹어온 거야."

내 몸을 살펴본다. 배와 같이 통통해져 있는 팔다리. 임신 초기치고는 너무 뚱뚱하다고 생각해오긴 했지만……. 아니, 아니다. 그는 의사이니 조작된 차트 기록 정도는 손쉽게 만들 수 있겠지. 재활센터 입소증도 마찬가지다. 마취약 중독을 내게로 덮어씌우고 나를 망상병 환자로 만들려고 치밀하게 준비한 것이다.

"프로포폴 중독이 되면서 걷잡을 수 없이 살이 찐 것까지, 다 기억 못하는군?"

내 앞에 앉은 그가 발목까지 오는 치마를 찢는다. 다리 곳곳에 붉고 푸른 멍 자국들이 드러난다. 남편과 전처에 대한 증오심이 타오른다. 하지만 이곳을 무사히 빠져나가는 게 먼저다. 칼에 붙박여 있던 치마가 찢어졌으니 틈을 잘 타 빠져나가야만 한다.

"다 기억나 여보. 내가 잘못했어. 내가 나빴어. 당신에게 잘하며 깨끗이 속죄할게."

맘에도 없는 말을 하며 그를 진정시킨다. 예상대로 그의 움직임이 멎는 틈을 타 주사기를 던져버리고 그의 머리를 세게 친다. 바닥을 디뎌 일어서려는 찰나 누군가 내 등을 억누르며 주저앉힌다. 뒤를 보니 막내 간호사 지희다. 그녀의 손에도 주사기가 들려 있다. 피해야겠다는 생각이 들지만 주사 바늘이 내 허벅지를 찌르고 있다. 기묘한 표정의 그 애가 울먹이는 소리로 말한다.

"언니는 너 때문에 자살했어. 남편과 아이를 다 잃고 억울해했지. 형부는 너랑 잔 걸 딱 한 번의 실수라고 고백했어. 되돌릴 수 있었는데, 네가 형부의 프로포폴 복용을 약점으로 물고 늘어진 거야. 하지만 이제 중독자가 된 네 말은 아무도 믿어주지 않을 거야."

눈앞에 있는 지희의 얼굴이 실장의 얼굴과 겹쳐지며 바닥을 짚은 손에 힘이 빠진다.

"자장가로 네가 좋아하는 월광을 틀어줄게. 원래는 이 곡도 언니가 좋아하던 곡이었는데, 넌 언니의 취향과 집, 남편까지 모든 걸 약탈한 거야. 매번 이렇게 속죄해. 언젠가 과다 투약으로 죽게 되겠지만, 그때까지 반성하라고."

지희가 베토벤의 소나타 음반을 엘피판에 걸쳐둔다. 그러곤 핸드폰을 흔들며 뇌까린다.

"네가 속죄할 수 있게 도와줄게. 지옥에 있는 언니의 마음을 담아서."

달빛을 받은 지희의 얼굴이 분열하여 사방에 가득 찬다. 이곳에서 벗어나야 한다. 나는 몸부림치며 떠오르려 하지만 서재의 회색 바닥에 가라앉아 있던 그림자들이 서서히 솟아올라 나를 감싸서 끌어당긴다. 정신을 차리자고 생각하지만 자꾸만 눈이 감긴다. 힘을 주어 눈꺼풀을 밀어올리자 몽환적인 월광의 선율이 달팽이관으로 들어와 머릿속을 뱅글뱅글 헤집는다. 갑자기 타는 듯한 조바심과 갈증이 덜해지며 긴장이 풀린다. 내가 느끼기에도 호흡이 안정되어가고 있다. 마취되어가고 있다는 뜻이다. 이대로 잠에 빠지면 안돼. 안 된다고 생각하지만 손가락 하나 움직여지지 않는다.

가까이 다가온 그가 내 볼에 손을 얹는다. 그러곤 내 귀에만 들리게 속삭인다. 중독을 벗어나기 위해선 다른 중독이 필요한 거야. 삶의 괴리를 잊기 위해선 감각을 사로잡는 새로운 마비가 필요하거든. 윙크하는 그의 얼굴이 일그러진다. 뭉그러진 얼굴 아래 흰 셔츠에 달린 노란 단추 하나가 반짝 빛을 낸다. 꽉 찬 보름달 같다. 무거운 눈꺼풀 속에서 잔상이 잔상을 만들어낸다. 눈꺼풀이 완전히 감기는 찰나 나는 깨닫는다. 만월 모양 단추가 아주 작은 크기의 렌즈임을.

놀랍고 또 놀랍네

전영태
(문학평론가, 중앙대 명예교수)

미스터리 작가 설혜원은 중앙대학교 대학원 석·박사과정을 우수한 성적으로 마친 재원이다. 그녀는 한국소설 중 가장 난해한 최인훈의 작품을 주제로 박사학위 논문을 제출해 거침없이 심사를 통과한 문학박사이기도 하다. 근 10년 동안 지도교수로서 그를 지켜보면서 소설가로서 자질과 비평이론가로서 능력을 겸비한 문학청년이라고 판단했다. 언제 창작집이 나올 것인지 어디서 비평집이 발간될 것인지 기대하던 차에, 미스터리 소설집《클린 코드》가 출간된다는 놀라운 소식을 들었다. 그 원고를 통독하고 나서 다시 놀랐다. 놀랄 일이 많지 않은 요즈음 세상에서 나는 설혜원 작가 때문에 거듭 놀라지 않을 수 없었다.

본격 소설가로서 노정을 개척하기 어려운 작가지망생들이 장르소설에서 활로를 찾는다고 알고 있었는데, 《클린 코드》의 작가는 예외였다. 《클린 코드》에 수록된 작품들은 장르소설이라기보다 본격소설의 특성이 더 강하다. 단편소설의 기본적 요소가 충실하게 갖춰진 미학적으로 우수한 작품들이 '미스터리 소설'로 포장되어 있다. 이것이 내가 놀란 첫 번째 이유이다.

작가 본인은 코믹 미스터리라고 생각하는 〈독서실 이용자 준수사항〉은 독자를 억지로라도 웃기려는 단순한 코믹물이 아니다. 아파트 미화원 노 씨와 독서실 준수사항을 어기는 군상들 사이의 갈등과 그 해소 과정은 현 사회의 모순과 비리에 대한 신랄한 풍자로 읽힌다. 번득이는 블랙 유머와 어둠 가운데 빛나는 위트에 주목할 필요가 있다. 미화원 노 씨가 독서실 준수사항을 어긴 청년들에게 가하는 육체적 제압은 통렬한 복수극의 양상을 표출한다. 이 작품은 규칙과 법을 어기는 자에 대한 즉각적인 징벌이 현실 사회에서 가능하다면 얼마나 좋겠는가라는 주제적 무게를 깔고 있다. 풍자와 고발, 웃음과 비애가 양립되어 있는 우수한 단편소설이다.

두 번째로 놀란 것은 작품의 제재가 다양하고 각계각층의 인간상이 망라되어 있다는 사실 때문이다. 설혜원은 책상

물림의 공부꾼이고 사회 경험의 깊이가 얕은 양갓집 규수라고 여기고 있었는데, 그것은 나의 오판이었다. 그녀는 내가 짐작도 할 수 없는 직접적·간접적 경험을 통해 제재를 다변화하고, 다양한 직업의 인간상에 대해 정밀하게 고찰해왔던 것이다.

그러한 통찰이 총체적으로 나타나는 작품이 〈클린 코드〉이다. 변호사, 의사, 목사, 판사 등 사회 유력인사들이 '로열 소사이어티' 선상에 초대되어 예기치 못한 재판에 시달리는 과정이 이 작품에 충격적으로 제시된다. 이 사회를 선도하는 저명인사들의 내면에 가득 찬 비리와 모순을 재판 과정을 통해 여실하게 파헤친다. 물론 그 재판은 연극으로 진행되었지만, 연극이기에 더 극적으로 그들의 문제점이 포착된다. 권선징악이 아닌 권악징선을 강권하는 한국사회의 구조적 모순을 입체적으로 극화시킨다. 잘못된 재판 결과로 인해 한 젊은 여성이 극단적 선택을 하게 되었는데, 그 억울한 죽음의 배경을 파헤친다. 그런 의미에서 이 작품은 그 여성의 원령을 위로하는 진오귀굿, 씻김굿과 같다. '원령기피의 사상'은 샤머니즘의 전통을 이어받은 한국인의 중심사상이다. 이 작품에서 재판은 원령을 위무하는 굿과 같은 것으로, 그 제의적 성격이 연극의 특질과 상통한다. 작품의 후반부에 재판이 결국 연극의 일환이라는 설정은 심리극의 복합적

의미를 산출한다. 권악징선이 아닌 권선징악의 관습적 관념이 지배했던 전통사회에 대한 향수가 짙게 느껴진다.

내가 이 작품집을 읽고 세 번째로 경탄한 것은 작가가 인간의 심층심리를 작품을 통해 일관되게 천착하고 있다는 점이다. 〈월광〉은 베토벤 피아노 소나타 '월광'을 배경음악으로 삼아 성형외과 의사인 남편과 간호사 출신의 아내의 불균형한 결혼생활을 그린 작품이다. 이상야릇한 분위기 속에 오묘한 음악이 흐르고 기이한 사건이 전개되는 기담奇談풍의 미스터리라고 분류할 수 있다. 작가가 노리는 것은 그러나 기담의 전개가 아니다. 그 이야기 속에 녹아 있는 등장인물들의 심층심리에 포커스를 맞추고 있다. 선과 악은 분명하게 구분될 수 없고, 선 속에 악이, 악 속에 선이 존재하고, 악은 더욱 더 악해질 수 있지만 선은 그렇지 않다는 도덕적 통찰까지 작품에 담겨 있다.

〈셀프 큐브〉는 본격적인 심리소설의 양상을 보여준다. 한 여성의 실종에 대한 추리소설의 전개는 작품의 표면적 특질일 뿐이고 심층적 특질은 심리의 복잡다단한 변화에 두어졌다. 완벽한 자아〔self〕란 존재하지 않는다. 자아의 여섯 면의 입방체인 큐브는 어떤 면이 이지러진 불완전한 입체들이다. 자아 탐구와 확장의 결과 자아 환영을 체험하는 환상 심리의 변화 과정이 이 작품의 플롯과 잘 연결되어 있다.

이런 작품을 쓰려면 작가 자신의 심리적 체험이 전제되어야 한다. 작가 스스로 실패로 끝날지 모를 정신적 모험을 체험해야 하고 그것을 낱낱이 해부·분석해야 한다. 그 지난한 작업을 이 작가는 수행했고 또 하고 있는 듯하다. 심리소설은 아무나 쓰는 것이 아니다. 프로이드나 융의 책 몇 권 읽고 관념적으로 쓴 소설은 심리소설이 아니다. D.H 로렌스는 소설가의 관점에서 자신만의 심리체계를 정리하고 그 결과를 심리학 사전으로 출간했고, 그것을 그의 소설에 적용했다. 〈셀프 큐브〉는 자신만의 심리체계를 수립하는 도정의 작품이다. 갈수록 험난한 수련의 일정이 작가 앞에 놓여 있다.

덧붙여서 경이롭지 못한 세계를 경이감으로 가득찬 시선과 감정으로 경이롭게 형상화하겠다는 작가의 의지에 나는 놀란다. 작가가 미스터리 소설이라는 장르를 선택한 동인이 그런 의지의 발현에 있었다고 나는 생각한다. 사람들이 대수롭지 않게 여기고 당연시하는 사실의 이면에는 풀리지 않는 경이로 가득 찬 미지의 진실이 존재한다는 인식, 이것은 미스터리 작가의 인식이 아니라 일반적 작가의 인식이다. 설혜원은 그 일반적인 것을 미스터리로 특화한 것이다.

그녀는 일본 미스터리 소설의 대가 니시무라 교타로 같은 작가가 되고 싶은 야망을 품고 있을지 모른다. 500여 권의 작품을 발간하고 누계 판매부수가 2억 부를 넘는 최고의 미스터리 작가의 경력에 그녀는 이제 한 발자국 다가섰다. 설혜원 작가가 그처럼 성공할 것인지 아닌지, 그 예측 또한 미스터리로 점철되어 있다. 그러나 사회와 인생과 작품에 내재한 수많은 미스터리의 비밀을 밝히려는 작가의 노력은 분명 풍성한 결실을 맺을 것이다.

남자와 나는 땅 아래 새로 난 길 끝에 서 있었다. 벽이 막혀 더 이상 나갈 수 없었고 근처에는 그와 내가 타고 온 자동차가 세워져 있었다. 남자는 부드러운 말투로 여기까지 왔는데 그만두면 아깝지 않느냐고 물었다.

꿈에서 깬 뒤 나는 그가 소설에 대해 말하고 있음을 알았다. 길다면 길고 짧다면 짧은 그 길은 내가 맨땅을 파헤치듯 일궈온 소설의 길이었다. 그제야 나는, 내가 사는 데 몰두해 쓰는 것을 잊고 있었음을 깨달았다.

독자들을 백지사막으로 초대해 자꾸만 더 새로워지는 풍

경을 보여주고 싶다는 희망. 나를 열어 세상을 환기하고 싶다는 기대. 조교 사무실로 출근하는 버스 안에서 노트북을 켜고 소설을 쓰며 미지에 싸인 어두운 숲이 내 시선과 사유의 빛을 받아 진짜 얼굴을 나타내길 바라던 열망들이 가슴에 은은히 되새겨졌다. 꿈속의 남자처럼 현실에서도 나를 일깨우며 계속 쓰게 해주신 분들이 계시다.

많은 작가를 키워내신 최고 스승이시며 내 문학의 아버지이신 전영태 은사님께서는 평범한 순간마저 예술로 승화시키는 인생과 문학의 신비로운 연금술을 전수해주셨다.

아시아문학 석학이시자 중앙대 부총장이신 방현석 교수님께서는 시대의 고민과 아픔을 녹여내어 새로운 가치로 응축해내는 단비와 같은 소설론을 가르쳐주셨다.

또 무등일보 신춘문예에서 나의 소설을 뽑아주신 이미란 교수님, 계간 〈미스터리〉에 내 작품을 신인 추천해주신 한국추리작가협회 김재성 전 회장님과 한이 회장님, 그리고 이 소설집을 예술지원작으로 선정해주신 인천문화재단과 심사위원 선생님들. 이분들의 응원 덕분에 계속 써올 수 있었다.

가까이에서 함께하며 수시로 나를 격려해주신 분들도 빼놓을 수 없다. 〈미녀 병동의 콜라 도난 사건〉을 읽고 용돈을 쥐어주었던 아빠, 〈메르피의 사계〉에 대해 결말이 시시하다고 평해 개작의 계기를 마련해준 엄마, 〈셀프 큐브〉를 보고 마스터피스라고 말해줬던 동생, 좋은 글벗인 공민철 작가님과 유미 언니, 정미 언니에게도 진심 어린 하이파이브를 건넨다.

이 소설집이 억울한 누군가에게 위로로 다가가면 좋겠고 무언가를 돌파할 새 힘을 준다면 더욱 좋겠다. 나와 독자들 사이 책이라는 문을 내주신 지금이책 출판사 선생님들께도 고마움을 전한다.

마지막으로, 나를 작가의 길로 이끌어주신, 사랑할 수밖에 없는 하나님께 기쁨의 찬가를 불러드린다.

2019년 가을의 청량한 바람을 맞으며
설혜원

수록작품 발표 지면

클린 코드······계간《미스터리》2017 겨울호 신인 추천

모퉁이······2012월 1월 1일자《무등일보》

독서실 이용자 준수사항······계간《미스터리》2018 여름호

자동판매기 창고······계간《미스터리》2017 가을호

클린 코드

초판 1쇄 인쇄 2019년 11월 20일
초판 1쇄 발행 2019년 11월 25일

지은이 설혜원
펴낸이 임현석

펴낸곳 지금이책
주소 경기도 고양시 일산서구 킨텍스로 410
전화 070-8229-3755
팩스 0303-3130-3753
이메일 now_book@naver.com
홈페이지 jigeumichaek.com
등록 제2015-000174호

ISBN 979-11-88554-27-0 (03810)

* 이 책의 내용을 무단 복제하는 것은 저작권법에 의해 금지되어 있습니다.
* 잘못되거나 파손된 책은 구입하신 서점에서 교환해드립니다.
* 책값은 뒤표지에 있습니다.

이 도서의 국립중앙도서관 출판예정도서목록(CIP)은 서지정보유통지원시스템 홈페이지(http://seoji.nl.go.kr)와 국가자료종합목록 구축시스템(http://kolis-net.nl.go.kr)에서 이용하실 수 있습니다. (CIP제어번호 : CIP2019041368)